| 增订版 |

怀着怕和爱

王月鹏 著

山东友谊出版社·济南

图书在版编目（CIP）数据

怀着怕和爱 / 王月鹏著. — 增订版. — 济南：山东友谊出版社，2024.6
ISBN 978-7-5516-2978-2

Ⅰ.①怀… Ⅱ.①王… Ⅲ.①散文集－中国－当代 Ⅳ.① I267

中国国家版本馆 CIP 数据核字 (2024) 第 108212 号

怀着怕和爱
HUAIZHE PA HE AI

责任编辑：张倩昱
装帧设计：刘洪强

主管单位：	山东出版传媒股份有限公司
出版发行	山东友谊出版社
	地址：济南市英雄山路 189 号　邮政编码：250002
	电话：出版管理部（0531）82098756
	发行综合部（0531）82705187
	网址：www.sdyouyi.com.cn
印　　刷	济南乾丰云印刷科技有限公司

开本：880 mm×1230 mm　1/32
印张：8.25　　　　　　　　字数：220 千字
版次：2024 年 6 月第 1 版　　印次：2024 年 6 月第 1 次印刷
定价：38.00 元

自 序

这是一部散文自选集。初版是在 2010 年出版的，获得了第二届泰山文艺奖。这次再版，我把个人最满意的散文作品增补进来，且进行了反复修改，文稿增删幅度很大，可以说无论是整本书还是单篇文章，都呈现出新的样貌。

写作三十年来，我最偏爱的散文作品，除了《海上书》，就是这部《怀着怕和爱》了。我珍视这些文字，它们承载了一段最艰辛也最美好的时光，最终以这种方式留存在我的生命中。我所以为的"怕和爱"，是一种敬畏之心——对大自然的敬畏，对良知的敬畏，对那些未知事物的敬畏，以及对真理与常识的敬畏。特别是步入中年以后，我越来越体味到了这里面蕴含的深意。不管是走在人群中，还是独处的时刻，"怀着怕和爱"这个书名更像是一个提醒，时刻伴随着我，直到内化为一种对待生命和写作的态度。

修订书稿的过程中，我不时地问自己：这些文字，是准确的吗？那些曾经的勇气和锐气，还有对于意义的思考与追问，在今天仍是有效的吗？常言不毁少作，我却如此固执地修改以前的作品，很多文字被删除了，似乎唯有这样才可心安。被保留下来的，更多的是那些彼时彼地的情景，那些内心的犹疑和冲突，它们以自我的名义，穿越时光，与这个社会和时代的命题发生关联。

这本书，既是我的关于散文创作的总结，也是对人生来路的回望。从此之后，我将以更诚实的姿态，直面自己，始终怀着怕和爱，去走更长更远的路。

2024 年 2 月 1 日，福莱山下

目录

辑一 青春记

003　瞬间城市
008　西沙旺
014　琥珀
017　季节之外
026　空间
036　漂流瓶
039　远行之树
044　台灯下的生活
047　结局或开始
051　气息
053　减法
056　雪寂
060　沉默也是一种语言
063　此刻的物事
066　从心灵到心灵
072　何处是归桎

辑二 城与乡

087　老街灯
089　失败的寻访
096　路遇
101　洗尘
105　血脉里的回望
111　近在咫尺的异乡
122　如水的月光
124　影子
128　然后
138　城与乡
147　寻找戈多
152　葡园
155　在广场
159　虚掩的门
164　雾里的人
172　在烟台看海

辑三 旧站台

- 179 齐国故地
- 186 海边栈桥
- 189 怀着怕和爱
- 193 雪人
- 196 山地时光
- 205 旧站台
- 209 他者的意味
- 215 内心的冲突
- 218 此在；彼在；何在？
- 224 井塘
- 227 在高原
- 233 烟雨武夷山
- 236 济南断片
- 239 沉默的岛屿
- 243 驻足继述堂
- 246 鲁山
- 249 一滴酒里的世界

辑一 青春记

> 有些收获,是与秋天无关的;有些成长,是与季节无关的……它们在别人看不到的地方暗自疯长,它们自己就是自己的阳光和雨露。
>
> ——《季节之外》

瞬间城市

这是一条成长中的街道。到过港城的人，大抵是不会错过它的。

其实它很普通，与别的城市街道并无两样。车水马龙，灯火迷离，林立的高楼陷于形形色色广告的包围中。它的名字很普通也很响亮：南大街。小城在海的南面，它在小城的南面，大片空空荡荡的麦地静候在它的南面。它的长度，大约就是港城从东到西的距离。港城人对它的熟悉，就像它熟悉街边的每一栋建筑一样。事务所，交易厅，时装店，精品屋，咖啡馆，海鲜城，银行，公司，商厦，影院……在它的最东端，是张裕葡萄酒博物馆。这个浪漫的百年品牌旁边，巍然矗立着国税办公大楼。

与南大街的初识，是在二十世纪九十年代初期。那是我第一次到港城，也是第一次离开乡下老家。一个对城市心怀向往的年轻人，深深地记住了"南大街"这个名字。刀削一样干净利落的街面，是以老家的逼仄胡同和崎岖山路为背景的。城与乡的巨大反差，让我神志恍惚的同时，也在心里凝成一个结。它与梦想牵手，与青春激情相关。它牵引着我，一步一个天涯。后来，我终于跻身这个小城，工作，生活，读书，写作，曾经的惊诧很快就变成了习以为常。

激醒记忆的，是一幅黑白照片：并不宽敞的街面，一排树站在街中央，两侧是零星的楼房，不高，但很庄重。车辆像饰品一样点缀着街面。没有广告牌，没有霓虹灯，甚至没有太多的行人，仅仅是一条街，有些青涩感。在街的上空，漾着海的气息。

这幅照片所留存下来的，恰是我初次到港城时见过的南大街。它简单得令人珍视，简洁得让人心安。同样的一条街道，同一个人为什么读出了两种截然不同的感受？时隔十多年后，我没有将其归咎于"破坏"，而是遗憾在城市的所谓丰富里，何以偏偏缺少了那样一种让人心安的东西？

不仅仅是时间的缘故。历史走向未来的方式，常常是循环着的。这条叫作"南大街"的路，已经承载了太多，见证了太多。在同一条街道上，不同的行人将要抵达不同的地方。

城在城中。所城是曾经的城，位于如今的港城中心地带。

我一直以为，所城是被后来的城层层包裹了的。它不仅仅是记忆，还是根，是港城之所以是港城的理由。明洪武年间，为防倭寇的袭扰，朝廷批准设立了宁海卫"奇山守御千户所"。这是港城的发祥地，设在距海岸不远的地方。城墙之上可行军驰马，城外四周是护城壕，城内的"十"字大街与四门相通，建有环形的车马道通达城墙之上。整座守御所背靠青山，虎视芝罘湾，内设若干报警用的狼烟墩台。到了清朝，"奇山守御千户所"被废除后，原地改称"所城"。

后来的城在步步逼近。所城的古旧建筑留了下来。青灰色的砖墙，残缺的瓦片，磨得光滑的台阶，还有棱角分明的石，肆意疯长的树。这样的建筑，与冰冷的钢筋混凝土是不同的。房与房相望，屋与屋牵连，巷子越发显得幽深。潮湿的青石板上，凝结了一层层暗色油污，好似历史风尘都沉积在这里。大红灯笼高悬于木门之上，一株株老态龙钟的树，自墙内探出新芽。我曾一次次地从那里走过，默念着戴望舒的《雨巷》，并没有邂逅一个撑着油纸伞结着愁怨的丁香一样的姑娘。那巷始终是一副很生活化的样子，偶尔可见的几个摊点稀稀拉拉地摆着一些古旧字画。旁边的盆栽花草，在它们的映衬下，平添了一些沧桑味道。所城人有一搭无一搭地卖着它们，冬日不怕冷，夏日不嫌热，对询价的买主，他们没有商人的那种热情，常是一副爱搭不理的样子。暖暖的冬日阳光，就像他们若有若无的表情。很少有人留意到，他们的皱纹里收藏着一缕阳光，淌汗的脸上保留了一丝冷静。

所城在南大街的南侧，一排巨大的广告招牌横亘中间。广告遮蔽城市，城市在遮蔽什么？

后来的城仍在继续扩张。所城在坚持着。

在山野。这样的一个所在，离梦很近，离我们习以为常的现实有些远。

这样的一个所在，需要穿越高楼、穿越车流、穿越大片的厂房，才能抵达。不需要什么言语，它会为你滤去一路风尘，然后就只剩下你自己。陌生而又熟悉的自己。纯粹且有些伤感的自己。久违了的自己。面对自己，就像置身这山野一样，不需要太多勇气，只要顺其自然。

顺其自然，这在当下已是一件艰难的事。常规被打破，过程被生硬地压缩，人们在以"创造"的名义，释放一些什么，同时也消解一些什么。在山野，时间是很讲究秩序的，不拥挤，不越位，昼夜轮回，四季分明，时间不会为你停顿，你也不必去追逐时间。一切都是自然的，都是原本的样子。播种、耕耘，然后开花、结果……就这样简单简洁，一如山里人的性格。他们既与世无争，又心怀梦想；他们懂得对大自然的怕和爱，懂得应该留住什么应该拒绝什么。

在山野，花事是一个不该略过的情节。如今大家都习惯了匆匆赶路，很少有人愿意停下来，看一朵花的徐徐展瓣。那该是怎样美妙的一个情境？凝固的瞬间，充盈的激动，还有让人眩晕的美。诗人济慈曾经长时间守着一株花，只为等待花的绽放。我们可曾有过这样的情怀？在山野，善解人意的杏花，一树深，一树浅，星星点点的，团团簇簇的，像袅娜的炊烟，有暗香在心头浮动。它们在离你最近的地方兀自芬芳，花香弥漫成一道看不见的屏障，让你思绪飞扬但脚步滞重，直到让你恍惚成了一个遥远的存在。

我的童年是在一片果园里度过的。果园不在山野，在公路的旁边。十几棵杏树沿着公路一字排开，很有一点护路卫士的感觉。父亲在杏树下搭起护园的草棚，尖尖的顶，四周没有遮拦，躺在铺上，尽可以看到果园，看到那一排的杏树。蜂蝶群舞，肆意，轻盈，有的累了居然大大方方地落到枕边小憩。那些小花，曾让一个孤单的孩子长久仰望，哪怕是花蕊触须的颤动，都没能逃过他的眼睛。他的心里充满欢喜，那时他只知道每一朵花都可能长成一个果实，并不知道花是有魂的。

"现在看了花，过两个月就可以来摘果子，五月份杏就黄了，接下来就是海棠、梨、枣、山楂、柿子……"山里人热情地发出邀约。

村庄依在山的怀里，像一个被我们珍藏的童年。它拒绝长大，拒绝走出山野，拒绝外面某些东西的涌入。石墙、石门、石碾、石磨、石头建造的房屋，在飘忽的时光中，这个村庄仍在守候着石头的品质。

树是不受局限的，随处站立，随意地长着。还有水，山上淌着的，天上飘着的。太阳正悬在半空，雨就下了起来，是粗线条的那种，大滴大滴地跳跃着，不紧凑，也不松懈，像是经过特殊处理的慢镜头。

鸟的啾鸣此起彼伏。清脆的，婉转的，低柔的，任何一种声音的发出，都不是为了覆盖别的什么声音。庞杂的鸟鸣，时抑时扬，时急时缓，却让人觉得和谐，不对任何人构成任何的打扰。这是人与鸟的彼此懂得。从这声音里，我想到了人的声音，那些争论，那些各抒己见。他们更看重的是自我的看法，不愿静下来聆听别的声音。

在山野，有一株千年杏王。朋友说那是一株吉祥树，花开时香飘十里，结果时硕果累累，一定要与那树合个影啊。站在树下，我一脸的茫然，脚下是千年的根，头顶是新鲜的枝和叶，还有飘飘洒洒的花瓣，一千多年来的风风雨雨就这样在瞬间定格。

西沙旺

"西沙旺"已经名不副实了。"西沙旺,地儿荒,零零星星几个庄,黄沙从秋刮到春,提来咸水洗衣裳……"这支童谣,依然记得这个城市曾经有着怎样的过往。二十多年了,一些事物匆匆而去,一些事物留了下来。这个让我安身立命的地方,是曾经的西沙旺,也是如今的工业新城。高楼林立,外商群聚,原本荒弃的土地身价开始攀升,零零星星的那几个庄,也都没了踪影。从西沙旺到这个城市之间,仅仅是一段从荒凉到繁盛的距离吗?这些年来同样被改变了的,一定还有一些别的东西。

我来到这里已整整十年了。最初的记忆里,西沙旺的路面有些单调,偶尔才能见到行人和车辆,特别是逢年过节,这里的人大多回到那个叫作老家的地方,整个城区显得空空荡荡。时光交织叠加,现实在以比想象更快的速度发生变化,置身其中时日久了,渐渐也就生出几分麻木。我亲见了西沙旺的成长,熟悉它的每一个细节。道路纵横交错,东西走向的用江河命名,南北贯穿的则以山脉称谓,三十六平方公里的土地上,几乎包罗了所有美好河山的名字:长江路为主干路,泰山路属商业街……夹河是名不见经传的,它是一条真实的河,一路奔到这里,是为了融入黄海。夹河轻柔地把西沙旺与市区分割开来，一座长桥横卧河上，将断裂的道路牵连起来。人在桥上行，水在桥下漾，一半海水一半河水，交汇之处依稀可辨。然后沿长江路自东向西，依次是东村、海关、彩云城、天马、行政中心、天地广场、科技大厦、3-2小区……这些原本没有意义的字符，已嵌进这个城市的躯体，成为其中的一个部分。再继续往西，就是"新区"了。外资项目潮汐一样蔓延，村庄在夕阳的余晖中沉默着，钢筋和混凝土结伴前行越来越近。它们略过了那片葡萄园。在潮来潮去的日子里，我更在乎更惦念的，正是那片园子。它位于老区与新区之间，里面有一个酒庄，窖藏了上百年的葡萄美酒。向外地朋友介绍这个小城的时候，我总是谈到葡萄园，谈到葡萄美酒。

这样的一片葡萄园，让人满怀倾诉之欲。在冰冷的楼群里，在匆忙的车流中，这种倾诉的欲望还有多少？

留住这片葡萄园，它是一个不可复制的梦想。

一场大雪，让那个冬天真正成为冬天，也让人体味到冷暖之外的更多东西。雪是美的。当美以风暴的形式呈现，会给人带来什么？雪也是柔弱的。当柔弱携起手来，制造出的却是另一种暴虐和威胁。记得落雪那天，我在书房里写一篇与雪无关的文章，等到终于写完了最后一个字，拉开窗帘，我看到一片耀眼的白。

去看那栋被雪压塌的房屋。然后，我离开了。我一直没有说话，只是一个人在看，在走。脚下的积雪很厚，像一些坚硬的心事。行政中心对面的天地广场结了冰，有人从中间凿出一条路，窄窄的，仅容三两个人同时走过。我走在雪地上，看到焰火燃放后的痕迹。焰火在高空展示辉煌和美丽,却在地面留下炭黑痕迹。我想象那些夸张的焰火,它们以夜空和白雪为背景,绽放,然后消逝。那个老人如约从对面走来。他已退休多年了,常在这里散步,手里拽着一根细细的绳子,绳子的另一端拴着一只宠物狗。他面无表情地走过焰火燃放后的那段炭黑路面,从我的身边走过。看着他的背影,我听到雪在融化的声音。

以雪为背景,我在做一些很具体的事。修理吸尘器,订购家具,邮寄信件,加班赶稿子……这些事在排队等候着我。我想绕过它们,它们却总也不肯放过我。我更愿面对的,是一张书桌,一张能容纳风雨雷电苦辣酸甜的书桌,它可以让我同时拥有宁静与不安、丰富与贫瘠、恒久与短暂……我总觉得我应该是那样的,而不仅仅是这样的。

大学毕业那年的冬天也是多雪。我应聘到西沙旺的一家外企上班,在郊区租了房子。每天早晨,我匆匆穿过一段街巷,若是碰到面熟的人,就点一点头,说赶班车呢。我觉得我不是在赶班车,而是在赶一种被大家认可的生活。只要忙碌着就好,只要不再是流浪的、没有着落的就好,我把别人挑剔的目光错认成了照耀自己匆匆赶路的北斗。那时我租住的,是一个四合院里的厢房,大约十平方米,没有水,有电,还有一个土炕,每月租金一百三十元。房东是个八十多岁的老人。每月的第一个早晨,他都准时来取房租。他总是一个人,赶很远的路来敲我的门。他咳嗽的声音比夜色还深还浓,常常从一个我并不知晓的地方出发,远远地就蔓延过来,成为我睡梦中的背景和底色。那是1997年的冬天,在烟台市建设路一片待拆的铁路职工宿舍区,我靠着一堆书籍和劣质纸烟,熬过了那些孤寒的夜晚。

第二年的冬天来临时,我从那家外企进入机关工作,办公室在六楼,单位在二楼有一间仓库,就做了我的临时宿舍。夏夜里,几乎听得到窗外柳树的呼吸，而柳条垂向的那一湾池水，沉默得简直让人无所适从。我住在那里，也工作在那里，白天从二楼坐电梯到六楼上班，下班后再从六楼坐电梯回到二楼。单位与"家"的距离这么近，我感到无聊，开始盼着拥有一个真正属于自己的空间，哪怕是在某个居民区租住一间屋子，只要能与单位拉开一段距离就好。多年后我才明白了自己，那种想法的根源是我想把工作和生活尽可能地区分开来，不想让它们混合在一起。

从单位到家是十分钟的路。从家到海边也是十分钟的路。从家去单位，再从单位回到家里，这是我每天都在重复的事。偶尔，我会去海边走一走，比如在高兴的时候，或者不高兴的时候。穿过一片防护林，海就在身前了。

海是阔大的。海边的路并不宽阔。我在海边并不宽阔的路上来回走动，向往着走出一份阔大的心境。时常看到一个人，他在海边旁若无人地吊嗓子，那些来自心底的奇腔异调，不知大海是否听得懂。一群穿红袍的老人在练太极拳，一招一式都认真、绵长，像是躲在潮汐背后的一种力。这样的力可以推动潮来汐去，却总也拨不开早晨清淡的空气。这里面是有一种人生哲学的。他们付出大半生的时间，终于弄懂了这种哲学。我也一直在试着去懂，却总也无法抵达，感觉不是多了一点什么，就是缺少一点什么。他们一定经历过太多风浪，一定也曾有过激烈和抑郁，如今都释然了。在海的面前，他们不需要任何回忆和解释。

沿着海边走，时常可以看见一些年轻人在沙滩上玩耍。他们把垃圾丢得到处都是，在阳光下格外刺眼。那天在海滨路上，我看到两个拾荒人拥挤在公用电话亭里避风。他们衣衫褴褛，神情漠然，互相并不说话，像在积攒所有力气来抵御寒冷。接下来，我看到一个老人像影片中的慢镜头一样在前方倒了下去。车来车往。终于有一辆车减速停下来，司机从车窗探出头，犹豫了片刻，又摇上车窗，开走了。我离那个倒下的人越来越近。我停下脚步。躲在电话亭里避风的两个拾荒人奔了过去，他们扶起倒在地上的老人，不停地招手拦车。车来车往。终于，一辆人力三轮车停了下来，他们手忙脚乱地将老人扶上车，向着医院的方向飞奔而去。

那天我沿着海边走了很久也走出很远。在一个小渔村，满地都是蠕动的挖掘机，一片浩大的施工场面。据说有个很大的工业项目落在这里，需要填平一方海域。那是我第一次看到填海工程，巨大的石墩井然有序地摆进海里，然后是乱石、混凝土，等等。那些鱼去了哪里？

一直以为，我与这个叫作西沙旺的地方有着相同的体温和不必言说的默契。我常常回忆起她原初的模样，黄沙漫漫，阡陌纵横，一片并不美好的田园。二十多年过去了。我想写下这个城市的成长，写下她的成长背后的东西。拿起笔，我才发觉自己对这个地方其实并不了解。这个没有炊烟的栖息地，总让我觉得心里有些空落。我的梦想在别处。记得有天傍晚在法院门前，我看到了一个爆爆米花的老人。他的脸膛是黑色的，比他旁边的炭炉还要黑。这是童年记忆中的人物，他穿街走巷，不知穿越了怎样的一段距离，才从乡村走到这里。看着这个原本属于乡下记忆的场景，看着老人黑色的脸膛和龟裂的手，还有那灼小小火焰，我有一种说不出的感动。我站在那里，看着他，一股暖意从心底涌起。然后，一辆城管的车开了过来，车上跳下几个穿制服的，告知老人不能随意在街边摆摊。老人直起腰，满脸的茫然。我是旁观者。我看着这个老人，看着老人背后的影影绰绰的人群，心里有一灼小小的火焰在抖，在抖。

这是异乡。我的故乡在别处,在心里。岁月如河,谁曾察觉流水的伤口?那些炊烟,那些蛙鸣,那些素朴的日子,我都用心珍藏着。这个曾经叫作西沙旺的工业新城,到处都是生产流水线。在这冰冷的格式里,我期望邂逅一些与炊烟蛙鸣有着同样品质的事物,它们来自一个我再也回不去的地方,带着久违的温情,还有说不出的痛。

琥 珀

　　夜色与风相互纠结着。马修·连恩那支叫作《布列瑟农》的曲子正像雨雾一样从地表升腾，他被这些无从把握的东西层层包围了，无处可逃。

　　谁能拒绝成熟、永葆少年的心态？世界的最初，原本是新鲜干净的。从终点回望起点，我们风尘仆仆追寻一生的，其实正是最初出发时舍弃了的那些东西。很多忧虑，是因为我们的"知道"。世界时刻都在变化，是知识建立了我们与这种变化的联系，让我们看到这种变化。

　　追求阳光的人，身后大约是要有阴影的。人与人之间，就像星星与星星一样，隔着看似亲近实则遥远的距离。他企望在那些冷漠的心灵上，擦出令人温暖和感动的火花。或许，这永远只能是一个善良人对世界的善意期待。有些路不可绕行。在艺术领地走得太深的人，现实生活大多过得并不好，因为不顾，或是不屑。多少年来，他希望自己的生活尽可能地精神化，希望能有更多的时间坐在书桌前。书桌是战场，也是耕地，他会怀着怕和爱，付出一生去战斗和耕耘。他会透过桌前那扇小小的窗口，关注窗外的阴晴冷暖，惦念那些与宇宙相关的事。这让他既感到恐惧也感到坦然。这样两种截然不同的感觉，皆是因为自身的渺小。他为自己能有这样的视角,且对自身处境有着如此冷静的认知而欣慰。

天地相视无言。那些安静绽放的花朵,不正是镶嵌在地面上的另一种星辰?大地上独自奔走的他,惦念那些比星辰更高、比根系还深的生命。相似的处境,不同的遭遇。生命与生命,会有怎样的邂逅?那个夜晚读完那些长长的文字,他才发觉窗外正在飘雨。震撼与难眠。她怎么就那么丰富那么神奇那么懂得生活懂得爱呢?他想自己是不是已经爱上了她,像她爱着文森特·梵高一样。

是午夜。街上铺满了落叶,头顶飘着雾状的雨。长街寂寥,似乎唯有他在漫步,想象大片叶子自由地飞舞,也想象一片叶子栖落肩头。不知什么时候,雨渐渐变得密集。他步履依旧。在雨中,在这寂寥的午夜长街,他心怀一缕阳光。

如果真的有过前世,那它肯定与一个岛有关。一个三面环水的岛,疯长着各种各样的植物,蒲草、芦苇,还有野苹果树……这样的一个梦,已经做过好多次,它很自然地来,又很自然地去,模糊且清晰,遥远又亲近。她在梦里醒着,不知自己是在梦里还是梦外。

住宅小区的黑铁栏杆上爬满蔷薇和月季。大朵大朵的月季都是白色的,冒冒失失地探在栏杆外,风吹来,那些随风起舞的白色花瓣,像石头一样落在她的心头。有时候,看到西天的落日霞光,她顿时被一抹美好的情绪包围。刚刚割过的草坪,在雨后散发出的青草香味,也常常让她陷入一种说不出的感动。童年对一个人来说是多么重要,如果没有童年那段寂寞的与花草为伴的时光,她不会对美对生命这样敏感。已经这么多年了,回望过去,望到的还是那个独自坐在花荫里与花草对话的小女孩。她像一只被放飞的风筝,一根线始终拽在那个童年小女孩的手中。

爱在具体的生活面前能有多大分量？人到中年，如果还没有活得明白，是一种悲哀；活得太明白，失去未知与神秘，则是另一种悲哀。生活在人群中，很难有人可以走进内心来，只有写作的时候才肯真正敞开心扉，常常是在深夜，全身上下似乎都完全打开了，有一种说不出的神秘感。那个时候，你想着音乐，就有音乐在身边穿行；你想着花草，就有花草的香味在鼻尖萦绕；你想着大海，就能听到大海的涛声。在短短的一瞬间，就可以经历一生一世，活着，或者死去……像一个梦，一个比现实生活还要真实的梦。

那些长长的文字，是她一路走来的印记。她脚踏浪花，面带微笑，携着那些花草和小虫。她是童话世界中的王。

想象中的孤岛，鸥鸟与游人在散步，绿色草屋里燃起圣洁的蜡烛。烛光颤动，红色葡萄酒映着巨大的身影。尘世淡远了。马修·连恩的那支《布列瑟农》在涛声中低沉回荡。又是这支曲子，击中了这个人内心最脆弱的地方。音乐其实是一种底色。选择什么样的音乐，就选择了什么样的生命底色。一茬又一茬的流行音乐从耳边匆匆走过，但马修·连恩不，他的《布列瑟农》不。它离生命最近，听这样的曲子，举步即是悬崖。一个不曾在音乐中流泪的人，大约是不懂生活不懂爱的。

想象一枚等待了亿万年的琥珀，如何诉说在漫长岁月中的某个瞬间一滴松脂与一只飞虫的偶然相逢，以及那份挣扎是怎样被包裹成了安静的内心图景。槐香飘零，海潮沉吟，那片密密的松林将会记住那个日子。它与青春相关，它同时接纳了炽热与冰冷、惦念与忘却。

季节之外

那个夏天炎热多雨,县城郊外的道路就像溃疡的伤口,我日复一日地徘徊,却总也走不到想去的地方。那时我已从乡下到县城工厂一年多了,一直在努力融入城里的生活。

在季节交替处,传来了咣当的声响,就像火车在固执地叩问路轨。夏天又到了。

进入夏天,我们都要被安排到山上护林防火。这座城市的这座山曾经起过一场大火,护林防火成了当地的重大任务,"见烟就罚,见火就抓",宣传标语在漫山遍野飘扬。这座山太脆弱了,经不住一粒火星。漫山的草木正在蓬勃生长。我和同事戴着红袖章,在山路上值勤,打量每一个进山的人,不准他们携带火种进山。在不同的路段,可以邂逅同样前来值勤的同事,还有几处被圈起来的园子,外面挂了"私家园地不得入内"的字样。抬头,能看到我所寄身的那个城市,一派模糊。几个女同事提前准备了形形色色的零食,也准备了遮阳伞。她们在树荫下撑起伞,在伞下吃零食。天是阴沉的,云越来越密,居然飘起了雨。我们没有撤离。谁敢说雨天就不可能起火?

海在不远处，漾着巨大的水。对于一座山的燃烧，海更像是一个徒然的存在。

是在去年，他们投巨资把海边防护林改造成了市民公园，我对此举是持质疑态度的，觉得他们并未把钱花在刀刃上。后来，看到大家都去公园散步，我也去了，觉得还不错。散步时经常遇到施工场面，路被堵了，却没啥不适感，调转头，再向别处走去，这林子太大了，四周皆是可去之处。我对这个耗费巨资改造的公园日渐宽容甚至认同起来。再后来，我选定了一段最安静最适合自己的林间小径，每天晨昏都去那里散步，它俨然成了一条专属于我自己的路。我觉得这里面颇有一些隐喻意味，人生以及人生中的诸多事，大抵如此。

住宅小区里，一枚石榴高悬枝头，接受人们的观望和赞赏，直到坠落，腐烂。小区里的孩子们，并不以为这颗果实是与己有关的。

这些年我改变了许多，但不管怎么变，我始终相信种瓜得瓜、种豆得豆，这是一个农民后代永远揣在怀里的信仰。我知道，在我的成长道路上，在勤恳一贯的劳作中，总是会错过一些触手可及的事物。我把这种遭遇归结为机遇，归结为一个人的运气。这世上有些所谓成功并不取决于自身的努力，它们与一些看不见也说不清的力有关。

我们不再谈论什么收获，已经没啥值得骄傲的了。原本在秋天才能成熟的果实，如今在别的季节随时可见。秋天不再让我们激动。秋天的意义，已经被平均到了其他季节的每一个日子里。

在秋天，我两手空空。两手空空的我，才开始反思自己错过的其他季节，才恍然记起那些虚度的时光。秋天是不需要梦的。秋天本身即是其他季节的梦。关于故乡，关于土地，关于逃离和固守，都在秋天被我们重新谈起。再贫瘠的土地，也会供养劳动者的生活，只要耕耘，就会有收获，而且，在人与土地的这种相互依存的关系中，人获得了一种足以使自己健康地面对生活的东西。我把最高的尊敬，献给那些面朝土地且能听懂土地语言的人，他们是土地最忠实的倾听者，最默契的跟随者，最坚定的贯彻者。

土地可以消化很多东西，当农民失去了土地之后，一些在往常可以自行消化的问题，将会日渐凸显出来。

有些收获，是与秋天无关的；有些成长，是与季节无关的……它们在别人看不到的地方暗自疯长，它们自己就是自己的阳光和雨露。那些不劳而获的人，省略了播种和耕耘，成为季节规则的最直接的破坏者。种瓜得瓜，种豆得豆，他们在秋天终将收获属于自己的命运。

无力闯出一条新路，却又不愿走别人走过的路，我曾在原地徘徊了这么多年。以后的路，还要这样走下去吗？我问自己。

一个虚度了春天的人，是该独自面对秋天的。

一抬头，雪就下了起来。于是一片惊呼。他们惊奇的，不是雪，而是雪降临的方式。它太突然，没有预约，也没有丝毫迹象，在阳光中突然就降临了，越来越大，直到阳光渐渐淡去，整个天空全是弥漫的雪，像是一些被撕碎的心绪。

我把窗打开，让雪片飞进屋来。飞进屋里的雪，随即就融化了。雪落大地，迟早是要融化的，这是雪的宿命。我站在窗前，看着雪后的大地，白茫茫一片。接下来当走出房间，我就要面对大雪融化之后的满路泥泞。

这世界不会因为一场雪的降临而变得洁净，很多人在感慨雪的潇洒，却忽略了雪的即将融化的命运——这些年，"命运"成为我看待一些物事的窗口，太多说不清的东西，被"命运"这个词语轻易就解释了。即便如此，我仍在警惕，有些东西是不能轻易"打包"的，它们注定只能永远孤独地存在，不屑与他们为伍。

我有时在这里，有时在那里。所谓诗和远方，其实抵不过故乡的一缕炊烟。

那年冬天我在火车站附近租了一间十平方米的小屋。我时常半夜里去敲开小卖部的门，只为了买一盒纸烟。那些孤寒的夜晚，是靠书籍和纸烟度过的。后来，我戒掉了纸烟。不抽烟的日子我很快就习以为常了，生活并没有变得像我曾经无数次想象得那么煎熬和难过。

不喜欢众声喧哗，这并不意味着喜欢那些单一的声音。对于所谓豪言或壮语，我是不太信任的，我更相信人的内心的幽光，更愿意理解那些"似非而是"的生活。很多失误的造成，不是因为蒙昧，不是因为非理性，而是因为看得太清楚了，是高度理性的结果。这是更为可怕的自私。漩涡中，有一股巨大的力，要想让自己停下来，必须具有更为强大的内力。当我们以"变化"的大小和快慢为尺度来评价事物时，有些东西理应是永远都不变的。在变中，如何守住这些不变的东西，这是一个问题。

拒绝谜底。太多的阐释，其实已经与那个谜没有了任何关系。也许那个谜本身才是重要的，它并不企图彰显什么，也不遮掩什么，它只是一个谜，存在于某个地方。可以解开它的，唯有漫长的时光之手。

连日来的雾霾，已经改变了季节的颜色，那些热切的，那些美好的，那些被书写与被赞美的，此刻都陷入巨大的灰暗中，成为灰暗的一部分。

甚至连我们自己,也成为那灰暗的一部分。

一切仍在继续。路上行人匆匆,广告招牌在雾霾中闪着隐约的光……当太阳出来,人们一片欢呼,忘记了在这个寒冷的冬天,雾霾曾经来过。

生活在暖气房间里,我常常忘记了这是冬天。

一直记得,在火车站附近租住的小屋里靠着焚烧手稿取暖的那个冬天。当年的现实问题,二十年后成为一个隐喻。

在春天,有些东西已永远无法复苏。

春天变得越来越不真实了。他们在操持一些大词,谈论未来,谈论梦想,眼睁睁错过了播种的最佳时节。在春天,他们不再抱有期待,只相信眼前唾手可得的东西,凡事追求立竿见影,放弃了播种、耕耘和收获的耐心。他们把种子磨成了粉,用来解决眼前的"饥饿"。

那个在广场上摆摊唱卡拉OK的人,被城管赶走了。他开始到处投诉,到处追问唱歌有什么不可。起初我是有些不解的,在广场上娱乐一下,唱个卡拉OK而已。后来听说他是收费的,唱歌不过是一个幌子,里面穿插了很多东西,也赚了不少的钱。他在谋利,他给自己也给别人一个冠冕堂皇的理由。他到不同的单位去投诉,从古到今,从上到下,从国内到国际,喋喋不休讲了一大堆道理,只为阐明卡拉OK的必要性和被取缔的不合理性。这世间的很多事,其实并不需要那么高尚的理由。他的"似是而非",他的"一本正经",正是我所警惕和质疑的。

因为长期紧张的生活,因为想要抢时间,我突然感觉到了心脏的难受。因为难受,我才意识到心脏的存在。四十二年了,我几乎忽略了心脏这个最重要的器官,一直觉得一个人可以靠意志靠修辞靠理想而活着。我忽略了心脏。活着,是一件既复杂又简单的事。我开始调整作息习惯,遵循自然规律,不熬夜,少上网,每天的早晨和黄昏去树林里散步,像个老年人一样,走自己的路,不再追逐什么。

"那么我们就走吧 / 踏着满路落寞的尘埃 / 踏着那一抹从喧嚣中 / 沉淀而出的静谧……"这是写于二十世纪九十年代的诗。因为有诗歌,那年夏天的县城生活是值得回忆的。被写下的,只是一些句子,最真实的生活其实隐匿在诗句背后。我的生活态度的转变,是从拒绝诗歌开始的。诗性从生活中被剥离,被放弃,我遁入另一种生活——别人所以为的正确生活。我一直在期待那样的生活,我没有更多的力气去走一条独自的路;我不害怕孤独,我只是害怕被别人说成是一个孤独的人。曾经有段时期,面对现实,我不相信诗歌所发现和呈现的。我的文学起步,是从诗歌开始的。在疯狂写诗十几年之后,那份热爱戛然而止,以至于时至今日我时常反思,诗性的丧失,被拒绝的审美,这究竟是为什么?不是因为误解,而是因为对生活的另类理解——既然做不到专心专注于诗歌,我就选择了放弃。在很多年里,我几乎不再谈论有关诗歌的话题。又过去了若干年,我才发现,诗性的丧失,乃是生命中最重大的损失。其实我在现实中的所有努力,不就是为了捍卫一点一滴的诗性?我的拒绝和远离诗歌,本质上亦是一种浮躁和随波逐流。我放弃了对自我的坚持。诗歌作为一种拯救,被我错过了。

再严酷的现实,也不应拒绝诗性。

无助中的精神稻草,居然是诗歌。这些年我远离诗歌,但对真正的诗人一直都是深怀敬意的,这种敬意同样致以那些不懂所谓诗歌,却以素朴方式表达自己的人。

四季轮回。我试图以季节的方式划分出人世间的阴晴冷暖，这是徒劳的，已经没有什么可以划分这个世界，所有的标准都不过是一种假象。包括我个人对季节的感知方式，也早已发生改变。我按照自己的逻辑，在心里构筑了一个春天，以及春天之外的其他季节，并且为它们命名。那些花朵，那些流萤，那些收获，那些冰雪，都不是我的唯一参照，我更相信我的身体。身体是当下的。我的身体所感受到的冷暖，比我所看到的和想到的，更值得信任。面对那些具体的现实物事，我不想简单地转过身去。

在季节轮回之外，在所谓常规之外，我期待有一种不被外力更改的成长逻辑。

比如此刻，见证从太阳到星月再到太阳的时刻，究竟是白昼还是黑夜？为什么亲历了，竟然变得无语？季节之外，依然是季节；就像时光之外，依然是时光。可是在自我的深处，早已不是那个简单的自我。我总是试图对这个世界敞开一些什么，我的敞开，最后变成了一个滴血的伤口。这寂寞，这虚无，这些我厌弃之后才开始深爱的时光，在很多人选择了离去的时候，依旧留在我的身边。

结绳记事。我喜欢这个词语，它与灵性无关，与所谓智慧无关。我喜欢它传达出来的笨拙感和真实感。

我以这样的方式写下它们，写下这份被塑造被展览的生活，是因为不想淡忘那些已经发生和正要发生的细节。是它们，组成了这个人的生命；也是它们，记着这个人的来时路，在他的身后闪烁成万家灯火，让他在暮然回首时，还可以感受到丝缕的温暖。

发现那些被遮蔽被掩饰被涂改的现实，不仅仅要有一双洞察万物的眼睛，更需要一颗勇敢的心。

那支歌，我已经听过无数遍了，有次在KTV想要独唱一下，才发觉平日烂熟于心的歌，我竟无法完整地唱出。它无数次地打动了我，可我只是把自己当成一个旁听者。我觉得一首好歌，与心灵有关，与舞台无关，它在一个人的心里一次次地响起。一如我所向往的生活，是活在日常里，随时又能置身日常之外，与日常保持一段必要的距离。我做不到足够的理智与清醒，只想在内心守住一根反省的弦，它所奏出的声音，并不以大合唱的标准为标准。

春种，夏长，秋收，冬藏……这似乎是很遥远的事了。在一个四季不够分明的年代，我固执地相信四季是轮回的。我试图区分它们，坚持在不同的季节做应该做的事。我没有改变别人的生活，甚至连自己的生活也无力改变太多。我所能做到的，仅仅是没有把那些违背自然生长规律的粮食视作生活的恩惠。这些无处不在的巨大便利里，有着不为人知的秘密。我只相信四季轮回，相信真实的阳光雨露。

不同的日子，有着相似的东西。每一个日子的来处和去处，并不是每个人都关心的。

一个爱好摄影的朋友，常年拍摄晨曦。每天天还没亮，他就到了海边，在一个固定的地方架起相机，等待拍摄太阳从海面升起的那一刻，一年三百六十五天，天天如此，寒暑不误。他拍下的片子，大同小异，很多摄影同行不以为然，有人甚至据此判断他缺乏艺术天赋，太笨拙了。他不作任何解释，坚持每天早晨天亮之前就赶到海边，在一个固定的地方架起相机，等待日出。等到晨练的人渐渐多了，他收起相机，回家，吃早餐，然后上班，湮没在人群中。

我曾专门向他求证此事。他说早晨的太阳是最干净的，他只想把最干净的太阳留存下来。

最干净的太阳。这个说法，让我想到了很多。

空间

蝉鸣，来自窗外的某棵树上。我每天的生活像这蝉鸣一样悠长单调，太阳升起的时候开始晨练，然后吃饭，上班；等到黑夜降临，下班，回家，然后吃饭，睡觉，或者失眠。没有为什么，一直觉得生活本该如此。在家里，我会利用一切空闲的时机，教女儿背诵《三字经》。她才四岁，整天把"一而十，十而百，百而千，千而万"挂在嘴边。她觉得这挺好玩。

每个周末，我会在太阳升起之前，从住宅小区的西门出来，穿过五个十字路口，抵达一个地方。那里有一间空空荡荡的小屋，距我平日的住处大约十里地。我的工作很稳定，家庭也幸福，但是说不清为什么，我总有一种从日常生活逃离出去的念头。这念头越来越强烈，终于有一天，我不顾已经背负的房贷压力，再一次从银行贷款买下了这间小型公寓。选中这个地方，是因为它位于城乡之间，距离我工作和生活的地方不远也不近。我从小在农村长大，现在却已不再习惯农村的生活，在城里定居多年，也一直没有完全融入和适应城市生活。正如一个诗人所说的那样，故乡是再也回不去的故乡，异乡是待不下去的异乡。不管是故乡还是异乡，我都怀着同样的一种不甘，那是流淌在血液中的一种东西，任何外力都无法更改。

位于城乡接合部的这间小屋,背靠大海,前面是一片浩荡的葡萄园,我给它起了个名字叫"葡园"。每个周末,我都会去那里,像奔赴一场私密约会,读书,写作,或者什么也不做,只是发呆。小屋里摆放着一张绿色书桌,与窗外的葡萄园是同样的颜色。对于窗外的世界,我似乎有太多的话要说。我写下了它们,那是一些永远没有机会发表的文字。我会一直写下去,以这样的方式。这是我的命。我认命。我愿把这些文字装进漂流瓶,让它们在漫漫时空中漂流,在某时某地与某个人邂逅。

写累了的时候,我会在房间里踱步,从窗口走到门口,然后从门口返回窗口,来来回回,默念着步数。那张绿色书桌总让我产生一种幻觉,觉得窗外那片葡萄园也是小屋的一部分。我有时候在阳台俯视楼下的葡萄园,再回过头看一眼绿色书桌,好像它们有着某种内在的联结。往远处看,这个城市一片平坦,路面很少有坡度和起伏,更少见到山,哪怕是很小的山。站在阳台上,越过大片的葡萄园,可以看到一座山。山上有着隐约的建筑物,据说是新建的看守所,每年都在扩建。

因为不喜欢热闹,我躲避到了这里。在这里,我却感到一种说不出的孤单。阳光是沉默的。沉默的阳光终于爬上桌面。一只苍蝇追逐而来,我没有驱赶它。这个房间太清冷,有生命力的,除了我,就是这只小小的苍蝇。阳光照耀着我与苍蝇,房间里平添了若干暖意。很多荒谬事物,其实有着更为荒谬的原因。直面这个世界,爱这个世界,与这个世界始终保持对话关系,这不仅仅是一种能力,更是一种越来越稀缺的品质。对葡园的寻找和选择,其实不过是我在现实中节节败退的结果。这个发现让我百感交集。在这个叫作葡园的地方,我与另一个自己对话。我们谈到了往昔,谈到了将来,唯独不谈论当下。我和另一个自己都想拒绝当下,都想将生命的意义浓缩到一张书桌上，不关心书桌之外的任何事。

这是不可能的。

某个黄昏，我在不经意间发现了对面有个窗口架着一台望远镜。这个空间，其实一直处在别人的窥探中。这才几年的光景，城市就像潮水一样漫延过来，这间房子被巨大的建筑群湮没了。这扇门，一直是虚掩着的，从来就不曾彻底关闭。透过这扇虚掩的门，我看到外面斑驳的影子。

终于有一天，这扇门被敲响了。我正在午休，枕边放着读了几页的莫拉维亚小说集《不由自主》。我犹疑着，打开门，是一个年轻女子，似曾相识的样子。我说你找谁，她说你是戈多。她的语气，不是打听也不是询问，是直接判断。我点头。她径直走进房间，在沙发上坐下。她好像对这里的一切都很熟悉，沉默了一会儿，才开口说话。她说很喜欢我的那个中篇小说《别问我是谁》。

我蒙了。没有人知道我一直躲在这个房间里，至于那篇叫作《别问我是谁》的小说，是我昨晚熬了一个通宵刚刚完成初稿的，根本就没有公开发表。我不知道坐在我面前的这个年轻女子是谁，她是怎么找到我的。这个房间没有电话也没有互联网，我与外界没有任何的联系，更谈不上与陌生人有什么交往了。我说："你必须告诉我，你是怎么找到我的？"

她浅浅地笑，说这并不重要。

我站起身，冲了杯咖啡递给她。我每天的生活都是靠着苦咖啡支撑的。离开了咖啡，我对这个世界总是表现出一副无精打采的样子。那天我和她喝了一杯又一杯很浓很苦的咖啡，说了很多很多的话，一直说到夜色降临。她始终没有谈及她是谁，是如何找到这里来的。当我开始追问的时候，一道光闪过。我看到，房间的门依旧紧闭，电脑依旧开着，正午的阳光洒满了绿色桌面……

这一摞手稿，是他的母亲帮助誊抄整理的。他研究哲学，读过太多的书，写下了太多文字，因为不会与现实打交道，人到中年了，还与父母生活在一起。我是他唯一的朋友。除了我，他与外界几乎没有联系。我曾主动说起要帮他整理一些文稿，争取出版一本书。他的母亲很快就把他的一大摞日记本寄了过来，字迹潦草，怪异，难以辨认。我想拿出半年甚至一年的业余时间，专门来整理他的这些手稿，让更多的人读到。这些手稿跟随了我好长一段时间，搬家，工作调动，我一直带在身边。那些年，正是我工作和生活压力最大的时期，即使业余时间，我也没有自主支配的权利和自由，整天被工作折腾得焦头烂额，以至于自己的文学创作也不得不停顿下来。这般境况下，他的书稿根本无暇顾及，我一直没有兑现自己的诺言。后来，我终于鼓足勇气把那些手稿退还给他，希望他能自己重新整理誊写一遍，然后我来联系出版事宜。大约一年以后，他的母亲托人把誊抄清楚的文稿捎了过来，工工整整的十本。

一个年迈的母亲，戴着老花镜，一笔一画地整理抄写儿子的文稿。我无法想象，当她一边照料现实中不能自立、无法沟通和交流的儿子，一边还要面对儿子所写下的那些注定不被理解的文字时，内心会是怎样一种滋味。

他是一个艺术天才。他记不住自己家里的电话号码，但他几乎记得所有重要哲学家的生卒年月，谈到他们的著作更是如数家珍。大学时期，我和他是舍友，我们时常到半夜了还在谈论艺术，有时候观点发生分歧，争论越来越激烈,谁也无法说服对方,就干脆起床痛痛快快地动手打一架,有次竟然把宿舍阳台的玻璃打碎了。第二天大清早,我和他相约一起去吃早餐,若无其事地继续探讨昨晚的艺术问题。临近毕业,他突然退学了。文凭在他眼中只不过是一张废纸,他拒绝接受这样一张纸。毕业数年以后,我去上海,在他家里住了一日,然后与他一起去周庄游玩。途中,他给家里打电话,仍然记不住自己家里的电话号码,需要从记事本里查阅。他的母亲跟我说过,他是一个精神有病的人,一直在吃药治疗。他拒绝被当作病人,情绪激动的时候非常可怕。他不会上网,获取知识的唯一途径就是读书。他整天待在家里读书,很少锻炼,体质越来越差。他居住的房子,是父亲单位给租赁的,在上海机场附近,条件很差,一下雨屋里就漏水。他父母的梦想是,贷款在镇上买个小房子,一家人搬过去住。我们时常在电话里谈论艺术,但我不能明确地告诉他艺术在现实社会中其实是多么的尴尬和无力,不能说他对艺术的坚持究竟是正确的还是错误的。我担心我的敷衍会误导了他,让他在艺术的沼泽地里越陷越深。倘若我坦诚以告,这对他无疑是一个致命的打击。我只是一遍又一遍地告诉他,要好好生活,做一个快乐的思想者。当他无力穿越那些思想上的困厄和障碍时,我宁愿他选择放弃或绕行。生活中的很多困难,常常并不是被克服和解决掉的,而是被绕避和被遮蔽了。我想说的是,生活本身其实也是一种哲学。

　　已经很久没有他的消息了。他的书稿一直放在我的桌边,就像一块压在我心上的石头。这是他与这个社会对话的唯一方式。他在自己的房间里写下它们,然后交付给另一个更为巨大和虚无的空间。我是唯一的见证者。不管这些文字将会从此消弭还是留存下来,不管他最终是否有勇气有力量走出自己的房间,我只希望他能够过得好,希望他的世界之外的那些人即使不能去关爱他、鼓励他，至少，不要去伤害他。

窗外的蝉鸣渐渐地淡了，代之而起的是建筑施工的声音。楼房越来越多，葡萄园在一点点地萎缩。葡萄园的东北角挺立着六栋楼房，脚手架上人影模糊，叮叮当当的施工声音不断传来。向前看，视野被楼房遮挡；向后看，也遭遇了同样的遮挡。我的这间房屋在十四楼，原本是可以看见大海的，倘若天气晴朗，还会看到海上涌动的细碎波浪。好像仅仅是在一夜之间，海就被隔在了楼的另一端。后来，我读到米沃什60岁时写的那首《礼物》："如此幸福的一天 / 雾一早就散了，我在花园里干活 / 蜂鸟停在忍冬花上 / 这世上没有一样东西我想占有 / 我知道没有一个人值得我羡慕 / 任何我曾遭受的不幸，我都已忘记 / 想到故我今我同为一人并不使我难为情 / 在我身上没有痛苦 / 直起腰来，我望见蓝色的大海和帆影。"合上书，我在我的房间里一次次地抬起头。我没有看到大海。我只看到了一片冰冷的楼房，看到那些建筑工人在楼下蚂蚁一样蠕动。我是一只幸运的蚂蚁，有这样的一个空间可以停留，哪怕是短暂的停留。终将有一天，我会锁上这个房间的门，背起行囊，向着我曾经生活过的地方走去。

作为一个写小说的人，我并不擅长虚构。在现实中，我看到太多的真实，它们超过了人的想象所能承受的限度，我甚至觉得那是另一些人的另一种虚构，只需记录下来，就可留下这个时代的真实。托尔斯泰在《一个人需要多少土地》中写到了魔鬼对一个农民允诺，他只要在太阳下山之前回到早晨的出发点，那么他走过的路圈起的所有土地都归他所有。结果这个农民累死在途中。文章结尾是这样写的："他所需的土地，从头到脚，不过三俄尺而已。"托翁显然是想告诉我们一个道理，我却觉得农民对土地的吝啬或贪婪是不该被指责的。其实我所热爱的写作,何尝不也是这样?在一条没有止境的路上,怀着隐约的希望,固执地走下去,直到有一天累死在路上。这一切,很快就将被人遗忘,抑或从来就不曾被人知晓过。这不该成为远离写作和拒绝思考的理由,正如那个农民墓穴的限度无法遏制他的梦想或欲望一样,因为与魔鬼有约,与心灵有约。

那时她刚结束一段长达七年的感情,只身一人迁居上海。在陌生的城市,她回忆着那些往事,不想对熟识的人说起,又想找个人说一说。"那只有你了。"后来她是这样说的。

我见过照片上的她和他。她说当初读书时这可是被誉为校园里的神仙眷侣呵。说完这话,她在网络的另一端沉默了一下,说在这个充满隐喻的社会,"神仙"二字是否本身就意味着不现实与不可能?那天是她的生日,她向我讲述了去年的那个生日,她和他正式分手的事。

"你还记得那年的雪灾吗?那么大的雪,公路都被封了。路上没有车,他从老家出发,在风雪中走了整整一天才走到学校,只为了来看我一眼。那天他病倒了,高烧不止。

"因为他对我很好,我就觉得应该和他在一起,一直在一起。他不喜欢读书,并不理解我,沟通与交流自然成了一个问题。我知道他其实并不是理想中的男友,我一直在降低自己对他的要求,已经很低很低了,一直低到尘埃里去,还是没有开出花来。

"昨天想他了。昨天天冷,去苏州。他姓苏,苏州到处是'苏'字。想起下雨的时候他蹲在地上给我卷裤脚,冬天一起走路时他总把我的手放在他的口袋里,特别暖和,我出差时他一路发短信,怕我孤单。他又失眠了,是在博客上写的,他说有个她拉着他的手。我不想打扰他,希望他早点找到自己的幸福,可是又觉得,他不应该这么快这么轻易就从七年的感情中解脱出来。

"他在同学博客里留言说,大雪让人的行走变慢,在雪中行走,会慢慢地想明白一些事。

"以前总觉得我可以独自承担一切,最近发现原来我是那么地渴望被人倾听。真的谢谢你以倾听的方式,陪我走过了一段最难过的日子。那天在苏州很想给你寄一片枫叶,地上的太脏,树上的不忍心摘,也就只能想一想了……"

我在网上听她讲述,始终是沉默的,连一句安慰的话也没有说。人与人的相遇真是很难说清,像一列火车突然停在一个不知名字的城市,这个城市灯火辉煌。我已记不清与她的最初交往,偌大的网络,也许只是百无聊赖时不经意的几句招呼,就彼此关注和留意了。那个夜晚,她关掉手机,看着博客上关于那个城市第一场雪的文字,蜷坐在床上,发呆。博客里的音乐一遍又一遍地重复,她只听到许巍的那一句"就这样坐着"的歌词,恰如正在呆坐的自己,身心都是空的,连困倦都感觉不到了。

我始终没有见过她。我理解这个年轻女子背负着一段失败的感情从一个城市去到另一个城市,在某个雨夜开始对一个陌生人讲述时的心情。最虚无的网络中,流淌着最真实的人性。在这样的一个虚拟空间,有着这样的一段倾诉与聆听,这已足够。

在葡园,记忆是支离破碎的。我对这个世界的完整记忆,是从来就不曾有过,还是后来被我弄丢了?我越来越看不清自己了。我在葡园拒绝互联网，想要尽可能保持一份田园感觉，这让我安宁，也让我不安。在我的内心深处，一直盼望着来自远方的消息。葡萄园，海，还有通往海的视线，都在不停地被改变。没有来自远方的消息，我活在记忆里。

之一：去郊区的山上，我不记得山上有什么宜人的景色，只记得我坐在车上与来往的车辆擦肩而过，与田地里劳作的农人擦肩而过，与高高的楼房和低矮的农舍擦肩而过。我努力爬到了山顶，然后吃力地从山顶向下走，在半山腰看到一个并不年轻的女人坐在巨石之上，旁若无人地歌唱。返程途中，又遇到另一个并不年轻的女人，她在公路上一个人痴笑着舞蹈，完全无视来来往往的车辆。几乎满车的人都以各自的方式表达了对这个女子的嘲笑或同情。我在想，作为一个写作的人，仅仅有同情是不够的，还该有探究更深层次原因的勇气和力量。也许，那个在巨石上唱歌的女人，那个在马路中央独自跳舞的女人，她们也在心里嘲笑和同情我们这一群人。每个人总把世界理解成自己所理解的那个样子，其实世界远远不止是那样的。

之二：夜里下起了雨。我走到半路，看到有打架的，警车的灯在不停地闪耀，三五个警察正在调查打架的过程和原因。我站在旁边听，很快就明白了大致的来龙去脉。两个女人，因为一个男人，动手打了起来，彼此打得头破血流。那个男人一直在打架的现场，他不知如何是好，不知该帮谁。他真无助。

之三：一个交警正在处理一起交通事故。卖水果的老农骑着摩托车回家，对面的一辆出租车突然转向，两车碰到了一起。出租车司机下车后，用脚直接把出租车后面的保险杠踹了下来，然后理直气壮地指责老农追尾。整个过程，被几个过路的人看到了，他们愤怒地指责出租车司机。他拒不承认。老农不知所措。交警左右为难。这个时候，有人用手指了指小区门口的监控。出租车司机不再狡辩，掏出一百块钱塞给老农，就开车溜走了。受伤的老农，自始至终没有说一句话……

这是一些路过的事。我忘记了当时是从哪里出发，要去往哪里，只记得这些事发生在我经过的路边。它们与我有关，与所有路过的人有关。一些看法的来与去，好像不必经过大脑，不必经过眼睛，只需凭借机械一样的惯性。很多语言，是因为惯性而产生的。

在葡园，我拨通了一个越洋电话，不知道对方是谁，也不等对方开口，我说我爱你，然后挂断了电话。

漂流瓶

空气是湿的,让人生出一些不可捉摸的情绪。这一刻,生命中的某些东西被放大了,有淡定,有迷乱,也有说不出的沉醉。一时。一世。这个强大的现实,居然经不住一句简单的追问。越是在这样的迷惘中,越需要个体的自觉——对来路与去向的自觉。

生活终将继续。一直以为,一个人能否幸福,关键在于活得是否心安。对"心安"构成影响的物事,是他所以为的打扰。他知道自己想要什么样的生活,知道什么才是值得珍惜的。人情冷暖,世态炎凉,各有道理。很多东西之所以珍贵,往往正是因其短暂;对短暂物事的无限珍惜,即是永远。大家都活在惯性里。他无力抽身而出,又不愿随波逐流。面对漩涡,漂流瓶是他唯一的语言。不管前面等待的将是大海还是深渊,漂流瓶将承载着他的所有秘密,以沉默传递声音,以陷落表达抗争。他知道他所追求的,其实是一个巨大的虚无。他像爱自己一样爱着这虚无,把内心包裹得很紧,拒绝别人闯入。他只想安静,只想在艺术领地里走得尽可能远一些再远一些,过一种有主见的生活。这个社会有着太多诱惑。其实幸福无非就是一种感觉,并不需要他者的印证和阐释。内心孤寒,是因为亲手关闭了那扇窗，拒绝所谓的阳光。

杜拉斯说，写作是一种暗无天日的自杀。感同身受。不仅是身体的消耗，也有精神层面的悲观和绝望。越写越无助，倘若不写则会觉得更无助。安慰是徒劳的，作为一个不可绕行的过程，唯有面对。他渐渐学会了享受焦虑，觉得焦虑中的自己或许更为真实。形形色色的欲望，把生活切割成了琐屑状。活得琐屑是一个问题，活得不琐屑是另一个问题，并不是所谓物质所谓精神能解释清楚的。太多人在以浪费生命的方式对待生命。在自我与世界之间，隔着一层薄纱，可以隐约看得清楚世界，却不能够真实地触摸。他无法完全融入世界，世界也不能彻底征服他。他之所以对那些理想主义者始终怀有一份理解和尊重，更多的是因为他们区别于当下的"实际"。如果在自己不热爱的事物上耗费太多精力，那是对生命的不负责任。他在犹疑，是该彻底打开这扇门，还是悄然地永远关上它？割舍一些东西，捍卫一些东西，这是一个人理应做到的。

把那首歌播放到了最大音量。歌声湮没整栋机关大楼，这是来自钢筋混凝土内部的声音，他独坐于办公室，沉浸在这歌声里，就像走进一座庭院深处，抬头只能仰望青灰色的屋脊，看不到更为高远的天空。那一刻，历史凝成了一个"结"，留待后人不同方式的解读。

一个人对于这个世界，一个人对于另一个人，其实都是过客。最忠实的旅伴，是自己的影子。人生是一次行走，不仅需要体力，需要方向，更需要在行走的过程中具备获取快乐和意义的能力。意义并不仅仅在于目标和终点，沿途的风景像花朵般次第绽放。无数个傍晚，他沿着城市街道散步，身边是疾驰的车辆，偶尔也会遇到几个散步的老人，他们的白发在暮色中像一支支银针，扎得整条道路都有些颤抖。

我们都是一群无所依傍的人。

透过一粒尘埃，足以洞悉整个宇宙的秘密。他在这个小小的漂流瓶里，坦承了对生命对世界的真实态度。

把成堆的手稿一页页丢进碎纸机，他的整个过去都被粉碎了。他把这些记忆碎片装进漂流瓶，去找寻一场跨越时空的相遇。

在一个争相表达的环境里，聆听是一种素质。因为懂得聆听，你是值得珍惜的。我在这样的夜晚，以这样的方式，给你写下这样的一些文字。我并不知道你是谁。我也不知道时光需要漂流多么漫长的路途，才会遇到未知的你。我把我的倾诉与祝福都托付给漂流瓶，让它向着未知的领地，向着未知的你，一路流浪。这个脆弱的漂流瓶，这个严守秘密的漂流瓶，承载了难以言喻的梦想，也寄托了我对自由的理解与向往。这个流浪的人，他是有根的。他总在渴望一个人携着风，携着雨，携着雷电和力量，渴望被这样的力量击中。倘若，我的这点灵魂胆汁，能让若干年后的你知道在遥远的"现在"，在鱼龙混杂众声喧哗之中，曾经有过一个人的犹疑、挣扎和徘徊，这就足够。这是一个人的郑重交付——他走出戴着面具的人群，面向未来的你，坦承了这样的一份真实。多年之后，隔着一段客观的时间距离打量这个时代，你一定会得出属于自己的结论吧。而我的这些倾诉，仅仅是一个人的卑微与苦痛，倘若有幸成为那个时代的一个注脚，我将多么欣慰。

并不知道你是谁。隔着漫长岁月，想象伫立在某个岸边远眺的你，在某个不经意的瞬间邂逅这个漂流瓶，然后从一张纸的皱纹里，看到来自另一个时空的陌生倾诉。这不是什么缘分可以解释的。我们并不知道应该感谢谁。

那就感谢时光吧，是时光让我们隔着漫长岁月向对方伸出了手。

远行之树

这段路太短。我站在高楼下的岔路口,遥望那间赖以栖身的小屋,一时没了主意。午夜长街,风过无痕。而我是不同的,这条路上叠满了我的脚印。想起乡村的夜晚,倘若此刻能平添一阵狗吠声,该有多好。一辆出租车远远驶来,我用手遮挡刺眼的灯光,车在身前戛然而止。

我去哪儿?我问自己,脑中一片空白。

"再没有任何事情会比人的行为要服从他人的意志更可怕了。"这是康德说过的话。既然不能超脱于约定俗成的生活模式之外,既然注定要沿着别人的目光走下去,写作便成为一种慰藉。那些不受任何规则约束的文字,我珍藏着,不舍得伤害一个字,甚至将它们发表,在我看来也是有些媚俗的。它们是我的精神档案,只该属于我自己。

回故乡县城参加一次笔会,我从他因喝多了酒而红润的脸上感受到真诚。他进行文学创作已经好多年了,作品从未有机会发表。他渴盼那样的一天,相信一直写下去终会迎来那样的一天。"我们都会走得更远,会写得更好。"我以我的方式这样回答他。那个曾经少言寡语的乡村少年,与其说是在用心追求文学,不如说是在与命运倔强地抗争。一晃近十年过去了，如今他也会像此刻这样转过身来一本正经地安慰或鼓励别人了。从懵懂无知到现在的所谓理性自觉，我之所以能走过那段路，大抵就是因为结识了那么多优秀的人。他们热忱的扶助，他们追求事业的那份心无旁骛，让我深深明白该怎样生活才对得住自己。"你是我心目中的好兄弟，好好努力。不要白白到这世上走一遭。"一位把文学看得比生命还重的作家老师，在来信中对我这样说。当他在省城，在元旦之夜，在病中写下这样的叮嘱，他心中该是一份怎样的期望？

在季节与季节的边缘，在生命与生命的缝隙，我走着，一个人，手中的笔既是探路的拐杖，也是与我同行的伙伴。多少年来的风雨坎坷就在眼前，它们教我在放弃的同时，不要停止新的寻求。我承认自己的世俗，以及由此而生的诸多困惑，它们可能不仅仅属于"曾经"，可能还会继续侵蚀我的今天和明天。众声喧哗之中，与历史上那些先哲无声地倾谈，这正如人类的群居性并不能改变人本能上的孤独。孤独其实是一笔巨大的精神财富，真正拥有它的，大抵是最懂得生活的人。多少人在对孤独的改变与掩饰中倾其一生却浑然不觉，生命最大的悲哀莫过于此。我在告诫自己的时候不说一句话，只是将结痂的疤痕一次又一次撕裂，让它们携着更真实更残酷的往事逼入目光，浸透身心。无愧于青春，无愧于生命和良知，这样的要求并不过分。

那是小县城最早的一家合资企业。古典的建筑，黄色的琉璃瓦，各种各样的花草，还有轰隆不息的机器声。我在那里开始了新的生活。两年，最懵懂最值得怀念的青春时光，平静且又不平静地度过了。我经历了很多，也明白了很多，它们煎熬过我，也成全了我。若干年后，这份感触一定还会更为深切。升学落榜,记不清那段日子是怎样熬了过来。山村炊烟缭绕,都市高楼林立,真是一段难以跨越的距离。总算挺了过来,像一场梦。后来似乎又经历了很多。见面时他们不谈天气好坏不问是否吃了而是希望你活得有出息。你还年轻,懂吗,小王?我点头,机械似的。一个人的表情可以变幻莫测,眼睛却容不得掩饰。那段日子教会了我宽容与理解。是的,还有更重要的事需要去做,还有更遥远的路需要去走。

那个夏日毒辣辣的阳光覆盖下来,是他的冷峻与坚定,为我搭起一方阴凉。匆匆一面之缘,就谈了那么多,这需要我自己走多少弯路才能悟透啊。那个相互道别的八月清晨后来定格成一份最值得怀念的回忆。"你还年轻,分辨是成熟的第一要素。"车徐徐开动时,他说。

我记住了。

她是一个安静的女孩。在我辞去工作走进大学校园时,她闯进我的视线。秋空深邃高远,漾着几朵巨大的白云。"跟我走,你不会错。"我说。若干年后,她还时常怪我当初的表白为什么一点儿都不委婉不"艺术"。她全身心地投入了。她说二十多年来从未有过这样一份刻骨铭心的牵挂与难过。

在小城郊区那个十多平方米的租赁小屋,我将开始另一种生活。小屋委实有些破落,冰冷彻骨的冬夜里,我最牵肠挂肚的,是她。她并不优秀,有些任性也有些懦弱;她很平凡,但不平庸。难道今生就这样度过?是我太现实还是太虚幻?心思一天天变得沉重,我在这沉重中虚构着轻松。我相信我的真诚没有错,错了的是那些世俗的目光和语言。当我不能回答自己时，世界也被巨大的沉默覆盖。"明天会更好。"一个声音从未知的地方隐隐传来。它太模糊。譬如界定孰好孰坏的标准究竟是什么？是憧憬精神的"好"还是追求物质的"好"？这些疑问在现实中已被窒息很久很久了。特立独行最容易陷入无助之境，随波逐流最起码不必过多地忧虑"干涸"；活着，才是首要的问题，石头固然坚硬，鸡蛋才是生命，这似乎是人之所以为人的最貌似合理的诠释。那个黄昏，当我走在熙来攘往的城市人流中，一股巨大的失落感笼罩了身心。没有个性的生命，纵然维持千年万年又有什么意义？海明威、叶赛宁、川端康成、茨威格、伍尔夫、马雅可夫斯基、杰克·伦敦……他们看重的，并非生命本身，而是用生命、用心血凝结成的那些文字。它们留了下来。他们没有辜负生命，没有白白到这世上走一遭。即使有些心愿随生命之树的枯萎而永远凋零了，他们也是无憾的。理想之所以是理想，就在于它的不可实现性，在于它与现实之间不可调和的矛盾，人生常常因为这种矛盾而显得悲壮。这并不可怕，可怕的是理想自身的矛盾。若你付出多年甚至一生的努力去追求某种东西，到头来竟然发觉是一个错误，那是悲哀的。悲壮与悲哀是两回事。我知道纵然付出一生的时间去梳理它们，它们也不会像酒席餐桌上的拼盘那样条理清晰。"如果选择文学是个错误，我愿一错再错。"在很多场合，我这样说，对别人，更是对自己。在无意义中创造意义，就是我的意义；在无望中并不绝望，就是我的希望。我不相信整日没有痛苦没有忧虑就一定是快乐人生，觥筹交错载歌载舞就一定比我此刻坐在书桌前更为心甘情愿。有些孤寂是无法排遣的。直面它，是我此时此刻的悲哀；倘若此时此刻不直面它，将是我一生一世的悲哀。

像一滴泪 / 在眼里噙着 / 像一缕风 / 在耳边唤着 / 像一叶舟 / 在水中漾着 / 像一颗星 / 在窗前悬着……这是一首没有写完的诗,它一直停留在日记本的扉页上。

它本来就不该"完美"。有些东西,来也无踪,去也无痕。

台灯下的生活

写作其实是一个人的战争。在人潮中被裹挟了这么多年,他才明白。

一滴水将命运托付给大海的时刻,究竟该庆幸还是悲哀?从一种状态走向另一种状态,水不会无动于衷。融入大海,这种以放弃"自我"的方式去换得所谓更长久更壮观的生命,是他所警惕和拒绝的。做一滴不失个性的水,比如额头的一颗汗,眼中的一滴泪,阳光下的一串露珠,已是一个艰难的梦想。

想起文森特·梵高。那个生前穷困潦倒、死后一幅画就价值连城的荷兰人,他只活了37年。他太"自我",太"艺术",太看重那些用生命之血凝成的画。他在拒绝现实的同时,也被现实拒绝。在大海之外,他是一滴倔强的水。一百多年后的今天,这一滴倔强的水栖落在一个都市女孩的眼里,她不停地追问:如果同处一个时代,我们是否真的会付出理解和热爱,是否也要等到他消失之后才意识到他的价值和意义?看着梵高的自画像,她常常忍不住抚摩他的脸,他怎么要受那么多苦呢?她知道自己一定是爱上了他,爱上了一个终生未曾得到爱情的人,爱上了一滴远离大海的水。

好在还没有把"自我"完全弄丢。他开始拒绝"合唱",拒绝别人的所谓引导或拯救。后来，他看见风，看见雨，看见人群中的飞禽走兽，看见形形色色的眼光，看见永不满足的欲望，也看见阳光并没有像人们所说的那样将其覆盖。"原有我在一个疯狂的世界中独醒"，他一次次默诵艾米莉·狄金森的诗句。已经多少年了，他忙碌在生存与存在的缝隙里，一边与"现实"周旋，一边同"理想"作战，坦诚又虚伪，幸福且忧伤。

他喜欢上了夜晚。梦想肆意疯长，它们拒绝规则，它们就是规则。一块石头奋力扑向高远的天空，一粒尘埃寻找属于自己的位置，一页信笺正在随同漂流瓶漂向彼岸……

他仅仅是"他"，一个在阳光下挣扎在灯光下忏悔的热血青年。

人可以不够幸运，但不能没有幸福。那些作为思想乞丐的暴发户们，那些作为精神贵族的流浪者们，都在以自己的方式庆幸着自己的幸运，幸福着自己的幸福。这般对物质的迷恋或对精神的倾重，对形式的讲究或对内涵的发掘，究竟孰轻孰重，孰优孰劣？

噪音已经太多太多。他与先哲穿透历史风尘的倾谈，是无声的。

尼采曾在日记中这样写道："在热那亚的一个黄昏时节，我听到白塔上传来巨钟长长的声音，那声音一直悠悠不绝，延宕着，回旋着，盖过了街衢众生的嘈闹而冲向暮色里的星空，融入微风的怀抱里，那样凛冽却又充满孩子般的天真和伤感。当时我想起了柏拉图的话，那使我怦然心动的话——人的事情没有一桩值得过分认真。尽管如此……"

多么珍贵的"尽管如此"，就像他曾经虚度了的那些时日，在叹息之间，在踌躇之时，在真实与虚幻的交错重叠里，在有如此刻这般的又一次忏悔中，总要一次次地调整心态，打点以后的日子一样。这早已不是简单的"弥补"了。它们在放弃他的同时也选择了他，在动摇他的同时也坚定了他。它们使生命的轨迹变得更加明晰，给青春的履历增添了若干感动，人性的真实也在这个不断重复的过程中凸现出来。

"认真"是必须的，这是人之为人、生命之为生命的重要尺度。有些东西是淌在血液里的，永不可改。

是台灯的光亮滋养了他的生命。他之所以肯在白天的人群中缄默不语，大抵就是因为怀里揣着一支笔，他一直在默默地用心血浇灌它，它理应为他、为更多的人发现或留存某些不该忘却的东西。

从黑夜到白天，是一个从岩浆到石头的过程。一个不曾在长夜里辗转难眠的人，是很难真正坚强地直面白天、理智地走向人群的。

这是他多年来时常在那些孤寂长夜中醒着的理由。

结局或开始

书桌摆在小屋临窗的地方。杯子默立在书桌的右角。他注视着杯子，杯中的水渐渐凉了下来。他好似悟到一点什么，譬如眼前的杯子，举步便是悬崖；抑或杯中的水，终有凉却之时。

办公楼下有一片广场。工作累了的时候，他总喜欢站在窗前俯视那个地方。广场是属于大众的，他们在那里载歌载舞。相比"社会"这个大舞台，那里是舞台之中的舞台，也是舞台之外的舞台。他下班以后常去那里散步，直到舞台落幕观众散去，广场上只剩下一片空寂。"这舞台，属于我自己了。"在这里，他可以忘却那些所谓规则，手挽夜风，脚踏月色，静静地走着，抑或沉默地立着。

好在还有文学。是文学收留了他，与他彻夜长谈。那是一段怎样不为人知的心灵之路啊，彷徨、疲惫、忧愤、孤独……他珍视这些遭遇，把它们统统装入行囊。这么多年他才明白，有些现实问题是无法用简单的诸如对与错、成与败来评判的。对任何事物的认知都该有所参照，包括对痛苦和幸福的体悟，对黑白是非的界定，等等。倘若人类真如神话传说中的那样仅仅是造物主的"恶作剧"或无聊时的消遣品，那么我们的一生，不管是积极严谨的，还是消极放纵的，任何一种活法，相对于"存在"本身的谬误，又会有多大意义？与命运的抗争，实质上亦是一种对真正生命意义的寻求。他这样安慰自己。

也不仅仅是自我安慰。他想到将有可能面临同样困苦境遇的他们。"必须在进入地狱之前，先为所有爱着我和我爱着的人寻找、开辟一条通往天堂的路。"他这样想，决心用青春用生命去践诺。

他不再否认埋在心底的那份自卑了。多少年来他的所有努力几乎全都是为了抚平那道伤痕。他期待着一个没有"缺陷"的自己，参与到他们的行列，公平地分享机遇和挫折。他把静夜灯光下耕耘方格稿纸的那份专注视为实现这个梦想的唯一方式。后来，当亲手制造了那些所谓的成功与失败，他才恍然明白多年来自己其实一直活在别人的目光中。他理解了一辈子生活在布拉格的卡夫卡，理解了他笔下的约瑟夫·K，为什么会在莫名其妙地被法院判罪，在为证明自己无罪的辩护过程中，目睹了社会的荒诞与邪恶后，对自己清白无辜的那份自信变得越来越脆弱，激愤之情逐渐归于平静，最后坦然接受死亡。他从这个荒诞突兀的故事里，恍然看到自己的影子——为了生命而放弃"生命"，为了理想而放弃"理想"。他昔日追寻他们的所有努力，不正如约瑟夫·K一样在酝酿和导演一幕死亡悲剧？

当尼采抱着一匹老马涕泪横流的时候，当诗人济慈守看花开花落并视之为人间至乐的时候，当伊壁鸠鲁只靠面包度日的时候……他看到了一个人不被理解的坚守。"不要与别人攀比，只跟自己比，跟自己的过去比，保持内心的平静。"那位师长语重心长地对他说。他记住了，相信有付出必然会有收获，纵然暂时没有，命运终有一天是会跟你算总账的。他对"现实"就比常人更多了一份坦然，少了许多所谓愤世嫉俗的锋芒。他的被别人称道的所谓文学天赋，多年如一日地钟情于他，宛若血管里的热血，滋润着一个不甘平庸的血肉之躯，在阳光下，在风雨中，在田间，在都市，在每一个他所到达和企望到达的地方。这是命运。那些因投机钻营而获得的所谓"风调雨顺"，注定与他这样的血性和气质无缘。他已得到了很多别人不曾得到的东西，比如精神的充实与丰盈、写作的自由与快意，该知足了。

与其说是那些抉择改变了他的命运，毋宁说是他在人世的沉浮中日渐学会了把握自己。人与人是不同的。他不曾苛求别人这样或那样，一如谁都没有理由指责他的任何选择一样。在最喧嚣的人群中固守心灵的宁静，在最卑微的角落里仰望辽远的天空，他坚持着，相信"挺住就意味着一切"。一晃几年了，置身存在与生存的缝隙里，他日渐学会沉默。活得太明白，日子居然黯淡了许多。正如进入一片风景，这世界从此就在你的心目中失去一片风景一样。距离与残缺其实是同样的一种美。那夜，风清月明，他们聚在酒店为她饯行。她是他心目中的朋友。两人同在一座城市，平日里各自忙碌，难得有机会见上一面，就连相互想念一下的遭数也不是太多。得知她从那家知名外企辞职的消息，他感觉既在意料之外，又在情理之中。若干年前，她曾辞去待遇不错的工作，跟随那个男孩子从她的故乡流浪到这座滨海小城，像蜗牛一样，背负着一个小小的家。后来，他背叛了她，她又一次选择远行。"有你们这样的朋友，我是幸福的。"她举起酒杯，说。

午夜的长街格外寂寥。他们一帮人从酒店出来，无言地走着，宛若走在天亮以后她就要独自踏上的那条去往他乡的漫漫长路。想到这座城市将不再有她,他突然有些伤感。

"你活得真像自己。"

"可以没有幸福,但是不能没有对幸福的向往。"她说。

那个夏季久阴不雨。

日子,一页一页地降临。除了等待,还是等待。他知道,生命的真正意义其实远在等待之外。

"在精神方面的论战中,最优秀的并不是那些毫不犹豫地投入纷争的人,而是那些长时间犹豫不决的人。那些最难决定战斗的人,一旦决定了,就是真正的战士。"他把茨威格的这段话抄写在记事本扉页,已经好多年了。

气 息

咖啡的气息是往下沉的。我对咖啡的依赖，正是因为它所散发出来的气息，苦涩中带有一点淡淡的香味，是弥漫的，也是内敛的，与这样的气息相伴，思绪变得既飞扬又沉静。我每天的案头工作，都是从一杯咖啡开始的，整个房间里弥漫着熟悉的气息，犹如南方的雨季，湿漉漉的，更易于生长一些意想不到的情绪。我沉浸其中，像一个泅渡者，却不知将会游向哪里。其实我所期待和寻觅的，正是一些不被确定的文字，它们来自未知的地方。

文字也是有气息的。打开一本书，面对一篇文章，一个有经验的阅读者很容易就会嗅到文字间的气息。那是一种无法掩饰的气息，不管作者用了怎样的写作技巧，它都会从字里行间渗出。我更喜欢那些隐忍的气息，它们不修饰，不张扬，积聚在文字的内里，或者潜隐在纸张的背面，安静等待那些彼此理解的目光和心灵。

一个人与世界之间，将会以什么样的方式发生关联？有多少个体生命，就有多少不同的解释。我更喜欢"我的世界"这样一种说法。世界是"我"的，这看似狂妄的语词后面，实质上潜隐着一份温和，一份谦卑，一份尊敬和珍爱，是对拒绝随波逐流的另一种解释。这样的人，更有能力把对往事的记忆，对远方的憧憬，以及所有久远和阔大的物事，幻化成为一抹气息，并且按照自己的方式储存这种气息。其实，每个人的心中都有一个"模具"。你的心里装着怎样的"模具"，那些气息就会在你的身心被确定为一种怎样的形态，气息变为一种实在，最终凝结成了一个"核"。很多的人活着，却不曾真正地活过，他们把别人的目光和喜好当作"模具"，用来规矩原本属于自己的气息。或者，他们仅仅是让那些气息飘散着，最终在飘散中迷失了自己。

故乡是一抹永远飘在心头的气息。故乡的气息是有根的，没有什么会比它更为久远和真实。黄昏时分的袅袅炊烟，是故乡最日常最生动的生活气息。一株稻草，让整个旷野拥有了四季的气息，耕耘、播种、成长、收获，这是农民的朴素信仰。曾经，一个人在风雪中伫望，村庄一步步退远，寒冷、饥困和迷惘接踵而来，我没有退却，相信料峭季节的深处，冰雪终将融化，一粒种子正在顽强地发芽。当漫长的风霜和雨雪都已走过，那份壮美已不单单属于等待，它本身就是一种生活。风雪深处的春天，更令人感动与珍惜。若干年后，每当极度脆弱和懈怠的时候，我总会想起那场风雪，想起风雪中与春天的那个盟约。它们都已幻化成了一种微润的气息。我珍藏着它们。

大学毕业那年，我在郊区租住一间厢房，十平方米，一个土炕占去大半空间，一张简易餐桌兼做书桌。那个冬天很冷，屋檐下悬挂着已经多年不见的冰锥，这让我想起童年，想起故乡，想起阳光下冰锥的渐渐融化，像两行清泪，一滴一滴地落下。没有人在意它们。我仰起头，看阳光照耀中的冰锥携着久违的气息滴落，顿时泪流满面。

减法

桌面很凌乱。已经很长一段时日了,我沉浸在网络世界不能自拔,并不期望获取什么信息,只是哪天不上网转悠一下,就觉得缺少了一些什么。在网上,我不知道我要做什么,也不知道在做什么,内心变得更加焦虑。我对这样的自己越来越不满意了。

索性拔掉网线。我说不清是我放弃了什么,还是我被什么抛弃了。网络是另一片海,各种信息像浪花一样翻滚而来,破碎而去。信息在淹没我们。当浪花消退,太多的人被裸弃在沙滩上。人的精力是有限度的,甘心减掉一些东西,是活得明白的一种表现。面对泥沙俱下的信息洪流,你可曾将游移的目光停下来,坚定地去寻找那些隐匿在信息背后的事物?信息不给你思考的余地,但你要给自己留有余地。越是淹没在信息汪洋之中,越是需要镇定和主见,需要"刻舟求剑"。我敬重那些有着明确的自我追求、不为外界所动的人,他们按照自己的心灵法则,凭着一种理性精神与反思意识,对信息进行接受或拒绝。这是对价值的明白,也是对生命的珍惜。

时常在黄昏,我在从家里去往单位的路上,会遇到一些饭后散步的人,他们走着，仅仅是在走着，不思考什么问题，也看不出什么沉重或匆忙。这样的散步，在我看来是有些奢侈的。从他们身边走过，我时常故意放慢脚步，他们的白发在暮色中闪着安详的光泽，像一根根细针，让人感到微痛。这样的情景有时也发生在早晨，我在办公室加班一个通宵后，在回家的路上邂逅他们。那个时刻，我觉得他们年迈的脚步是迎着朝阳走去的；而我，并不知道自己正在走向何方。那些清晨和黄昏，还有那些在清晨和黄昏里最为普通的场景，让我突然在某一天意识到了其中的深意。这些年来，你一直在追赶时间，也一直在被时间追赶。时间是无辜的。追赶你的，不是时间，是欲望；你所追赶的，也不是时间，是一个巨大的虚无。只有学会拒绝一些东西，让自己慢下来，再慢下来，从容和创造才会成为可能。

这些年，每离开一个地方，我都习惯于销毁一些文字。我的最重要的生命轨迹，几乎都是以文字的方式留存下来的。当需要开始新的生活时，我最先销毁的是那些见证往日的文字。我希望通过这样一种减法，为内心换得轻松。若干年后我才知道，那些被减去的文字，那些尘封的往事，其实一直储存在我内心的某个角落，终于在生命中某个瞬间被触及，被打开，我与它们同时认出了彼此。

年少时，不断地为生命增加筹码，不曾想过要用减法去生活，为心灵减负，为行囊减负。其实，生活在为你增加一些东西的同时，也从你身上减去了另一些东西。你所看重的，对你果真是必要的？你所追求的，果真是你深刻理解和热爱的？相比于脚下的漫长前路，我更愿意站在终点向后回望。这不仅仅是一种思维方式，更是一种生活态度，这让我明白了，很多热闹拥挤的路，其实不过是一段弯路，是不值得认真去走的。我们的生命能量，很多都被耗费在这条弯路上了。

那段时间我很疲惫，每天下班总是心事重重的样子，偶然有一天脸上露出了笑意，刚上幼儿园的女儿格外兴奋，很认真地说："爸爸你今天表现真棒，那就奖励你一朵小红花吧。"她一边模仿幼儿园老师的口吻，一边飞快地把一朵小红花贴在我的胸前。第二天上班，走到办公楼前，我低头看到那朵小红花，笑了，是会心的笑，也是幸福的笑。我把小红花摘下来，对着阳光端量了许久，郑重地把它贴到衣服的里面。这朵别人看不到的小红花，紧贴着我的心，是女儿给我的奖励，也是我与女儿的一个郑重约定。我要对得住这份奖励，做一个快乐的人。

雪 寂

这个冬天没有下雪。

读川端康成的《雪国》是在一个午后,窗前落着一层冷光,想到这个冬天一直欲雪未雪,突然就有了读《雪国》的欲望。

是一抹若有若无的意绪。岛村、驹子、叶子……一个简单的故事,什么都没有发生,什么都已发生。人性的洁净没有掩饰原初的冲动,原初的冲动也没有遮蔽人性的洁净。雪是唯一的见证者。作为见证者的雪,终将融化。

在"雪国",一个后来沦为艺妓的女人,一个来去匆匆的男人。作为艺妓的驹子,爱上了作为过客的岛村,就像安徒生笔下的那个雪人爱上了屋子里的火炉。岛村知道这份爱,他有一种空虚感,总把这份爱情看作是"美的徒劳"。

"你走后,我要正经过日子了。"驹子对临别的岛村说。从一个如雪的女子沦为艺妓,这之间究竟发生了什么?而一个艺妓要寻找并恢复常人的生活,又需要面对怎样的现实难堪?

这个无雪的冬天,他很快读完了《雪国》。他看到一片雪花落在那个人的睫毛之上，它拒绝融化——这是坚强。或是忍耐。

也是美。

忽略日记这种自语方式已经很久了。这世间，除了深锁在抽屉里的日记本，谁还是你最值得信赖、最能够倾心一诉的朋友？大大小小的日记，该有几十本了。每离开一个地方，他总要亲手将它们销毁，只将日记封皮连同整理出来的一纸简单备忘录塞进行囊。万水千山皆在脚下，有些东西只能永远藏在心里。

而黑夜是知道他所有秘密和伤痛的。

走在冬日的长夜里，他手持一盏灯，一盏可以驱逐黑暗也可能被黑暗吞噬的灯，从"此地"走向"彼地"，从一个夜晚走向更多的夜晚。灯亮着，他看到脚下的泥泞与坎坷；灯灭了，他在浑然不觉中坦然越过那些障碍或危机。手持一盏灯，他不敢踏进那扇期待已久的门，担心门里突然被照亮的一切并不是期待中的模样。

成为自己，他的所有努力和挣扎其实仅仅是为了这样的一个愿望。"信仰就是愿意信仰，简单就是宁肯简单，美就是选择了美。"朋友这句话让他在咀嚼往事的时候，获得心灵的慰藉。那些寝不安席、食不甘味的日子，浪一样地涌来，又潮一样地退去。他开始依靠文字编织一张生命之网，企望以此遮风挡雨，并在力量充足的时候冲破它。这就是生活，是命运。他知道，纵然倾注所有气力，与头顶的星空和广袤的宇宙、神秘的大自然相比，一切意义也都值得怀疑，一切价值也都显得微渺。他只是做着，一如既往。

很多负重，没有来由也没有目的，它们的来去完全取决于你是简单还是复杂。在这个冬日，他体验到了前所未有的恐慌。比如，对那件事的耿耿于怀，已经足以将所有梦想粉碎。他并不知道那件事是否已经发生，或者将来能否发生，甚至他根本就不知道那件事究竟是一件什么事。但他相信，那件事一定会在某个瞬间悄然发生，他在现实中的所有努力，其实都是为了迎接那件事的到来，都是为了处理那件事造成的后遗症，都是为了撩开那件事的面纱，弄清楚它究竟是什么。一切努力都将是徒劳的。

正如一位诗人所说的那样："我将穿越，但永远不会抵达。"

若干年后，他会记起那个去看小屋的冬日黄昏。那时他在一家外企工作，为了寻求一份适宜读书与写作的清静，他逃离公寓，在郊区租住一间仅有十平方米的小屋。多年以后，他才意识到自己真正意义上的写作正是从那里开始的。那个冬天多雪，雪花总是淘气地从门上的窟窿蹿进屋来。他除了读书便是写作，偶尔用手稿在土炕洞里焚烧取暖，时常半夜去敲商店的门，只为了买盒烟。雪在夜里不知疲倦地飞舞，闪着白色的光。

那夜无梦，推开家门，看到路面湿漉漉的。可能是夜里下过雪，在他醒来之前融化了。是大地留不住雪，还是雪不愿降落大地？雪是洁的。洁的雪不肯降落大地了，或是大地难以容纳洁的雪了。他在潮湿的街上踽踽独行。

一个慈祥的老人和一个可爱的孩子／是整个冬天里最令人心动的情景／／一场大雪是高处扬下的纸片／上面写满对人类忠告的秘语……

在这个无雪的冬天，他读到朋友一首名为《我听到雪从远方启程的消息》的诗作。感谢诗歌,在尴尬与不安中送来安慰。

一片雪花日夜兼程地赶来。一片日夜兼程赶来的雪花悄然落在他的睫毛上。

融化,将在某个瞬间。

沉默也是一种语言

那些时光过去了，他留在这里。他知道身体里的某些东西已被时光永远带走，留在这里的，不再是先前的那个自己。他留在这里，不是固守，也不是为了兑现什么承诺，关于过去的事物，关于明天的期望，它们不需要所谓表达。他向往能像一个真正的人那样活着，不必理会别人的眼光，不去追求所谓的"圆满"，只做一个有尊严的人，偶尔透过虚掩的门，打量外面的世界，用文字记录自己所看到的和想到的。

在夜里，他看到时光流走的样子，带着一种含混的、欲语还休的表情，淡淡地转过身。时间带着所有人一起消逝于时间的深处。在时间尽头，一切的意义都毫无意义。

每天坐到书桌前工作，随意的某个词语都会牵出意想不到的思绪，这样的写作状态是自信的，而在这种状态中写下的文字总是让他犹疑，它们最终抵达哪里是不确切和不可知的。那些确切的路，值得去走吗？回想生命中最重要的一段时光，却没有用来做生命中最重要的事。那时他还小，还不懂得如何应对和介入这个世界，将太多心力消耗在外围事务上。正是因为曾走过这样的一段"弯路"，他一直告诉自己，不管前路多么遥迢艰辛，可以舍弃行囊中的任何东西，但永远不能舍弃爱与思考。他不是不懂得现实层面的那些策略，正是因为对它们的熟知，他才如此决绝地选择这样的纸上生活。他认同这种生活状态，那些看到的和想到的，只有写在纸上，他才以为是真实的。这个书写的过程，有着书写自身无法触及的秘密，每一次的书写都以貌似平静的样子透支了他的情感与想象，同时又塞给他新的情感与想象。那些隐形规则就像一座巨大的牢狱，他在里面生活了这么多年。他坦率地说出他的看法，并不是因为屈服，也不是为了换取所谓优待，他知道他的卑微躯体里藏有一颗怎样孤傲的心。

最狂野的抱负。

最平静的表达。

最冷漠的与最火热的选择。他留在这里，一直在这里。

曾经，一边感慨这个世界的喧嚣，一边喋喋不休地说过太多的话，他参与了这个世界的喧嚣，成为喧嚣的一部分。当人人都开始言说梦想的时候，他甘做一个沉默的人。在那些无眠的长夜，他唯一能做的就是直面自我、剖析自我，这是他对那些漫长时光的态度。他的沉默里有更大的躁动和喧哗。他珍视它们，那些体恤与关怀，那些冷静与反思，那些说过的话与未说出口的话，他都珍存着。他是一个尚有耻感的人。耻感是他生命中的盐。他的盐正在被一些莫名的眼神和话语所稀释，越来越稀薄。这么多年了，他还没有学会从眼泪中提取盐分，提取这生命中的必不可缺的元素。他能做的，就是听从内心的指令，关心那些应该关心的，遗忘那些应该遗忘的，按照自己的方式度过每一个日子，塑造属于自己的生活。

他在内心的旅程，拒绝同行者。他将独自去走，去完成一个人与一条路的相遇。

在钢筋混凝土构建的丛林里，有一座幽静院落。他在院里漫步，心事是散漫的，渐渐地就走出了一种田野的感觉。他随手从树上摘下一枚青涩果子，放到书桌上，几天之后他看到了它的枯萎。当一枚果子离开一棵树，那些枝叶仍是葱绿的，而果子已经枯萎，这真让人伤感。他自知这些年来得益于怎样的精神滋养，习惯了与先哲对话，也懂得在喧闹中倾听灵魂的声音。在两种声音交汇的地方，他恍然发觉这个世界背后的巨大沉默，还有这个巨大沉默里包裹的众多声音。那些窃窃私语的，那些轰鸣的，连同那些坚定的和犹疑的声音，都交织在一起。

沉默也是一种语言。

"从此之后，我只对自己沉默的那部分感到满意。"他在四十岁生日那天说。

这是北京的夜晚。巨大的孤独，看不到尽头的眺望。他总是站在窗前眺望。他的眺望看不到更远的地方，有巨大的回声从楼宇的空隙里传递过来。他从一栋楼与另一栋楼的间距里想象那些更为广阔的空间，它们属于另一些人，携带另一种声音。而他在固执地等待那个久违的自己一步步走来，他把他错认成了一个来自故乡的人，拥抱，寒暄，然后挥手告别。这个永不释怀的人，在异乡的夜空下徘徊又徘徊。

每一次的徘徊，是出发也是抵达。

那些静默的，那些倾诉的，那些欲言又止的，他一直记着。在异乡的夜晚，在灯下，写作是邂逅它们的唯一路径。他舍不得入睡，内心有一种东西从来就是醒着的。穿过漫漫长夜，黎明降临，他打开门，微笑着走向人群。

"当我在文学路上走累了的时候，我会想起鲁院。"隔着遥远的时光，他对自己说。

此刻的物事

　　已是多年的积习了。你很认真地写日记,隔段时间就会集中重读一遍,然后付之一炬。这是你打理自己的方式。那些本该记住的事,你轻易就忘却了,不知道这是一种坏记性还是一份好心态。那段日子很是郁闷,你居然接受了晚报一个关于幸福的访谈,答非所问地说了一些话,唯一能说服自己的就是结尾那句"西绪福斯是幸福的"。你幸福吗?你常常觉得自己就是"西绪福斯",一个心甘情愿去接受惩罚的人。所谓意义就是在无意义中创造意义,所谓希望就是在无望中并不绝望。因为石头的阻遏,流水溅起亮丽的浪花。在河边的观赏者眼中,浪花是一种美;而对于流水,这是粉身碎骨的痛。这个人此刻的煎熬,被别人解读成一种所谓的丰富,一些真实的东西流失了,一些别的元素添加进来。这个人,还是"你"吗?

　　那天去他的博客,得知他的手腕骨折已经半个多月。你拨通他的电话,听到一个熟悉的声音,疲惫且苍老。他刚退休,每天都在照顾患有大脑疾病的父母。他谈到写作,谈到生命和生活,谈到他的堂兄,很健康的一个人,前些日子突然去世。他说生命是很难说的,到了这个年纪,好好活着,用心把身边的这些事做好,不再像年轻时心比天高志在千里。曾经多少个深夜，你读着他的文章，像在倾听一位智者娓娓而谈，他谈到自己的所思所想，这些思与想更多的是融在此刻物事之中的。此刻的物事，于是拥有了一份遥远的意义。置身于这样一个迅疾变化的世界中，他始终在守护着自己的内心准则，对所有想要动摇或改变这个内心准则的物事都保持质疑。在速度所产生的快感之中，他更多想到的是"方向"；在冰冷的楼群里，他更珍视的是人与人之间的理解和友情；在雨夜，他越发惦念着那盏灯如何抵御黑暗和寒冷；在公园赏花，他更多看到的是赏花人的心态；在街头漫步，他时常猜想那个每天晚上都到外面闲逛，并且不时仰望星空的人究竟看到了什么想到了什么。在当下，我们判断问题的标准是什么？我们究竟能够把握什么？在他看来，我们所知道的，也许正是我们所不知道的；我们所自以为是的，或许恰是我们的愚昧和浅薄之处。他无法停止追问。他更多地是在问自己。在他那里，写作既是一种表达方式，也是一个抵达和探究自己内心的过程。从他的文字中，你同时看到了坚定与犹疑，宽容与谴责，冲突与安然，沉默与倾诉，梦想与现实，期待与失望，沉静与躁动，阳光与黑暗，欢乐与忧虑，爱与恨，冷与热……他的言说，像在与不同时期、不同状态的"我"对话。是什么让他无法安宁？你抚摸着那本书的黑色封面，想了很久也想了很多，想到漆黑夜色中轰鸣的礼炮和转瞬即逝的焰火，想到他在台灯下欲言又止的神情。他写下它们，也许是在结绳记事，也许既不是为了纪念也不是为了忘却，而是认为有一种生活值得去过，有一种意义值得追求，有一种爱可以终生珍藏。

你想到了自己。你忽略生活已经很久了，把生活中的那些具体物事抛给妻子，自己一个人埋头读书与写作。你热爱读书与写作，对生活却付不出起码的热情。生活总是有着千万条触须，每一条触须都让你焦虑和烦忧。

这些年来，你一直在与"生活"抢时间，想把消耗在公共场域的时间从日常生活中弥补回来，更多地用于写作。日常的、具体的生活被忽略，形而下的操劳与形而上的逍遥完全割裂开来，写作成了一件自私的事。"在别处"果真是值得期待的吗？你曾经那么固执地不屑于让自己的文字介入现实，那么固执地在乎别处和远方，其实对"未来"真正有意义的，最有可能在"未来"留下来的，恰恰是你的"现在"。恢复对当下生活的爱，好好把握它们，写出它们，才是真正重要的。

从此刻出发，成为一个正常的人，活得更像自己。"如此幸福的一天/雾一早就散了，我在花园里干活/蜂鸟停在忍冬花上/这世上没有一样东西我想占有/我知道没有一个人值得我羡慕/任何我曾遭受的不幸，我都已忘记/想到故我今我同为一人并不使我难为情/在我身上没有痛苦/直起腰来，我望见蓝色的大海和帆影。"这是米沃什的一首名为《礼物》的诗。这是你送给自己的礼物。

感谢生活，感谢阅读和书写，让这个尚未进入中年的人开始拥有了这样一份淡定和从容。

从心灵到心灵

我终于辞去故乡县城的工作,到那所滨海大学中文系读书。九月的天空深邃高远,我坐在学校5号公寓318房间,时断时续地想着过去、现在还有将来。我将在这里度过两年时光。我打量着这里的一切,它们都是新的——人是新的,物是新的。我,理应也是新的。

校园临海。站在宿舍阳台上,就可看见大海。夜里入梦,枕边隐约有海的呼吸。

办完入学手续,我请了两天假,回故乡县城的那家单位与同事们告别。他们对我的辞职表示了惋惜,也对我的不计后果的冲动以及没有着落的前途流露出隐约担忧。我知道我失去了一份在别人看来已经很是不错的工作,我为这份工作曾经期盼、焦虑和自豪了那么多日子。我必须面对的内心事实是,我在得到这份工作的同时就决定有朝一日要放弃它。我做到了。我在放弃它的同时,其实也被它放弃。临行前的那夜,我逐一问候熟悉的办公桌椅熟悉的床铺熟悉的走廊熟悉的窗台还有熟悉的花花草草,它们陪伴了我两年,知道我这两年里所有的苦辣酸甜。知道那些苦辣酸甜的,还有深锁在抽屉里的书信与日记。我销毁了它们。我在它们燃烧时升腾的浓烟中感受到自己的新生,可以无所顾虑地离开这个地方了。

顺路回家一趟。在秋日的桑园里,再一次体味到了父母的辛劳与不易。是需要活出个样子来的。那个一直想写的大东西,又开始在心底萌动。我别无选择,必须积攒全身的力气,去写好那个东西。

她出现了。

周末我们一群男生女生去文化宫溜冰。我笨拙到了极点,一个接一个地摔跟头,很是尴尬。看着他们轻松自如的样子,我怀疑自己是否有些老了。回到学校,在一家叫作"苟不理"的小饭馆聚餐,大家拼命地喝酒,毫不掩饰地袒露自己的个性。我想起在单位时的那些应酬场面,觥筹交错之间,说一些言不由衷的话。在校园里,我无须再掩饰什么,只想真实地做自己,哪怕活得浑身是缺点。我努力地让自己喝醉了。

我在矛盾,为文学,也为爱情。辗转来到这里,我究竟是在逃避,还是在寻找什么?我是为寻求价值而来的,是在远行的时候路过这里的。我无法放弃对价值的梦想,对远行的欲望。所有这些,总在同时用力拉扯着我,不肯放过我。

睡在我下铺的"哲人"老戴,很是郑重地递给我一个纸条:"在你曾经奋力战斗过的地方都战败了,在陌生的地方你会更没有勇气的。"关于老戴,可以说他有很多故事,也可以说他没有任何故事。他看重的是形而上的世界,极少肯在具体事务上花费心思。我不太喜欢老戴的生活状态,但我必须承认,他说到了我的痛处。

海边独步。海是灰色的,天也紧绷着脸,似乎还没从梦中睡醒。太阳没有四射的光芒,只是像一个烧得通红的火球,在云朵间游移躲藏着。海浪正与沙滩窃窃私语。前方不远处，一只海鸥也在散步。

我不会惊扰它的。我是一个写诗的人，我懂。

生日，自然想起远居乡下的父母。还有那些久远的日子。

晚餐是在一家拉面馆吃的。与她一起去邮局取稿费，八块钱，前几天在市报发表了一首短诗。邮局不远，出了校门口向右转弯，然后再往左拐就到了。兜里揣着稿费，我们走进一家拉面馆，拣了临窗的位置坐下。饭菜简单得几近寒酸，我端起满满一杯啤酒说干杯，她很是会意地点头，举杯。一杯接一杯，拉面馆里反复回荡着潘美辰沙哑的歌声："我想要有个家，一个不需要多大的地方……"我有些醉意朦胧了，问她是不是我的哪根神经不小心短路了潘美辰渴望有个家而我总是渴望一个人去流浪她说是呵是呵瞧你喝得脸红脖子粗一副傻样儿你冷不冷……

与她登上校园大钟楼的最顶层。遥望万家灯火，寒冷中涌起一丝暖意。

早晨醒来，才知道外面正下着雪。我躺在床上，两眼盯着天花板，想着自己进入这所大学以来的懈怠与不够刻苦。今天是周末，她回家去了。早晨她来道别时，我有些冷漠，说不清什么原因，我无法掩饰那种情绪。她默不作声地走了，我觉得心里突然变得空荡起来。抽一支烟，再抽一支，拿起塞林格的《麦田里的守望者》，一页接一页地翻下去……

直到晚上我才起床，一天没有吃什么东西，也不想读书写作，于是跟着宿舍的人去了舞厅。说是舞厅，其实就在学校第二食堂的顶楼，很是简陋，除了一台播放卡拉OK的机子，再没有什么与舞厅相关的设施。我们进去的时候，舞厅正飘着歌声，也飘着淡淡的油烟味。我有点后悔来这里。在这样的地方，我其实是无法真正放松自己的，总也没有一种"在场"的感觉。我待在舞厅一角，总觉得别人在用异样的眼神瞅我，尤其是那几个热情奔放的女生，我看到了她们脸上掠过的一丝鄙夷神情。年轻人总该有些青春活力吧，而我的激情与热情，全都用在写作上了。这叫与众不同。我又开始阿Q起来。这种心态很快就成了一个正在泄气的皮球，我再也没有勇气待下去，悄悄逃出舞厅。地上落满了雪，被人踩得又光又滑，我一个趔趄，差点儿摔倒。走出了好远，回头看看走过的路，我开始感到懊恼，也感到痛快，受了某种启发一般。

宿舍里只有老戴在。他在读书，他在读书时是不愿跟人说话的。风在窗外呜咽，我感到有些头痛，伴着轻微的咳嗽。想到了她，昨天晚上本来答应陪她去看电影的，但我食言了。我的言而无信，原因就是要忙于所谓的写作。我是真的忙吗？我在忙着写下一些什么样的文字？那些文字的意义在哪里？她像个受了委屈的孩子。而我，在固守我的那份所谓意义。我其实是个虚伪的家伙。

窗外一片漆黑，教室里坐着七个学生，也包括我。年轻的哲学老师站在讲台上絮絮叨叨地讲着一些含混不清的东西。他最大的特点，就是善于把简单问题复杂化，把复杂问题搞得更为复杂化。我的同学们在关心自己都来不及的情况下，哪里还有心思去关心那些形而上的问题，他们想要的，只是当下的、直截了当的快乐。我不是这样的，所以我活得没有他们快乐。我总在跟自己过不去。我觉得哲学老师似乎也在跟我过不去，他站在讲台上念念有词，我坐在下面根本就听不清楚他在说些什么。全班四十六个学生，只有七人来上课。七个人，多么具体多么珍贵的数字。博尔赫斯的第一本诗集《布宜诺斯艾利斯激情》最初只卖出三十七本，也是一个非常具体的数字。当时的博尔赫斯很想逐一登门拜访那三十七位读者，这是作为大师的从容。哲学老师正在讲课，我们全都低头忙着自己的事，读小说的，写情书的，填贺卡的，还有用耳机听音乐的。我正在写日记。她就坐在我的身边。上课之前她一个劲儿想拜读我的日记，我连哄带骗拐弯抹角才没有给她。日记是我独自的领地，拒绝任何人以任何方式侵入，包括她。

我在日记里过着另一种生活。一种貌似理性的生活。

我独自一人走向校园的湖边，才发觉湖水已冻结成冰。这是往日的那湾柔水吗？很无聊地抽完一支烟，把烟蒂投向湖中，我听到了冰与火厮杀的声音。

同样冰结的，还有心情。好像是萨特曾经说过，写作的欲望包含着对生活的绝望。对我来说，写作的欲望其实包含着对爱情的绝望。我像在故意逃避什么，每天泡在图书馆长达十二个小时，精力与体力都被折腾到了极限。我在这种自我折磨中得到些许安慰。我知道写作对我意味着什么。我也知道爱情对写作又意味着什么。写作与爱情的共同之处，也许就在于它们都是自私的。此刻，我坐在图书馆二楼阅览室，看着窗外的景色愣神。窗外其实并没有什么景色。已是冬天了，草是枯黄的，路边的冬青显得贼绿，与周围的一切极不谐调。阳光是亮的，五幢学生宿舍楼是灰的，巨大的沉默里包含着同样巨大的喧哗与骚动。我参与了它们，在寻求一种真实生活的时候，其实一直生活在虚幻里。

忍不住流下了眼泪。这是寒假的第一天,同学们都走了,她也回家了,只剩下我自己。我才发觉自己原来是多么爱这个又脏又乱的318宿舍。中午吃饭的时候,捧起那个熟悉的饭盒,想起她平时用它给我送饭的情景,我感到了说不出的孤单。那一刻,我终于相信,我是多么深地爱着她。

何处是归程

那时的北方县城盛行街头卡拉OK。乡下年轻人到县城工厂就了业，一边被按捺不住的激情驱动，一边警觉地打量这个陌生的世界，有些茫然，分不清哪是梦想哪是现实，不知该如何融入眼前的生活。卡拉OK摊点沿着县城街头延伸下去，宛若或明或暗的篝火，歌声此起彼伏，饱含对命运转机的欣悦，道路和远方构成了一支嘈杂的大合唱。夜色中，他们歇斯底里地唱，不是表演，是表达，像一棵走过严冬的树，开始舒展枝叶。

这是1993年的北方县城。我总算走出乡村，成为县城郊区一家工厂的职工。外面的世界都是陌生的。我爱这个陌生的世界，白天在工厂上班，下了班就到厂区前面的马路上散步，从一个卡拉OK走向另一个卡拉OK，在喧嚣中保持沉默。散步成为我品味新生活的一种方式。在很长的一段时间里，我无法接受"散步"这个概念，觉得这对一个乡下人来说是矫揉造作的。当日渐习惯县城生活，偶尔在故乡小路上漫无目的地走一走时，我仍能察觉到村人异样的眼神。我理解他们。他们把积攒的所有力气都用在应付生活上，认为劳作与劳累才是过日子的常态。这让我想到那些以散步姿态游走于乡间的所谓文人，他们以审美眼光看待乡村物事，忽略了更为真实的汗水和泪水。二十世纪九十年代初期,当开始在县城郊区学习散步的时候,我并没有意识到一条更为艰辛的路已从脚下铺向远方。不同的青春,共同的异乡,街头卡拉OK随处可见,《小芳》《潇洒走一回》《谢谢你的爱》《来生缘》《我想有个家》……唱得声嘶力竭南腔北调。在异乡的夜晚,除了这般发泄,还有什么方式更能契合乡下年轻人对城市生活的向往与表达?

一个女孩在唱《潇洒走一回》。她每天晚饭后都在工厂门口的那个卡拉OK摊点唱这首歌。我每天都去听,看不清她的脸。她高,瘦,有着飘飘的长发。她的歌声并不优美,但她唱得投入,深深地打动了我。我们同在一家工厂,她是另一个车间的缝纫工。我并不知道她的名字,却莫名地相信她与我心目中最美好的事物相关。她几乎每天晚上都去同样的地方唱同样的一首歌,她不曾察觉,人群中有一个人沉浸在她的歌声里怅然若失。我始终没有勇气主动跟她说一句话。后来有一天中午走在厂区,我上班,她下班,迎面相遇了。同事告诉我,这就是那个唱《潇洒走一回》的女孩。阳光下,我们擦肩而过,我只是迎面看了她一眼,长久以来的美好念想就被击碎了。那是一张怎样空洞的脸啊,浓妆艳抹,火眼金睛,夸张的表情,很难与那些夜晚的沉郁歌声联系到一起。她不是一个素朴的人。我觉得自己看错了整个世界。那次相遇,让我对朦胧物事从此有了一种本能的质疑。一段假想中的情感,水一样漫过心头,很快就了无痕迹。

我对陌生的县城生活过于专注,可是我仍然看不清它。看不清这个世界的,还有那些从乡下进入县城的同龄人,他们兴奋又苦闷,有些慌乱有些不适,被生活裹挟着,跟跟跄跄,走了很久也走出很远才突然明白身后的物事。到那家工厂上班不久,我就被工人罢工的历史吸引和感动了。

那家工厂在县城东郊，厂房上覆盖着黄色琉璃瓦，透着既古典又现代的气息，在二十世纪九十年代初期的北方县城，应该说是难得一见的花园式工厂。它还有一个特殊身份，是全县第一家中日合资企业。工厂产销两旺，效益却连年亏损，根源终于被挖掘出来，因为日方代表的暗箱操作，购买原料的价格被抬高，产品出口时价格被压低，两头在外，工厂生产形势越好，亏损的窟窿就越大。"病灶"一揭开，就引燃了罢工事件。工人们不吵、不闹、不游行，只是静坐在工厂办公楼前，想要一个说法。罢工持续了三天，工厂经营的真相一点点浮出水面。作为县城的第一家中日合资企业，工厂在罢工抗争中获得新生，屋顶的黄色琉璃瓦被一场大雨冲洗得清亮洁净。我没有亲历那个声势浩大的场面，后来当我动手写作工厂创业史的时候，特意采访了当年的亲历者，他们深情回顾了当时的情景。有个细节我印象尤深：工厂旁边村子的老百姓得知工人在罢工维权，便以各种方式声援工人的壮举。

刚进工厂的时候，我在羊毛衫车间当维修工。我们八个学徒工，跟着同一个师傅学艺，别人很快就出徒了，唯独我始终不具备独立作业的能力。在机械维修方面，我是一个不开窍的人，师傅手把手地教，我都学不会，更别说什么触类旁通举一反三了。我不敢独立值班，数百名纺织女工，每人一台设备，每时每刻都可能出现故障，我怕因为自己维修技术不过关耽误了别人的工作。让我感动的是，工友们给了我最大限度的宽容和包容，每逢我值班，机器设备倘若遇到故障，她们都是自己动手维修，不让我为难和尴尬。在她们看来，一个写诗的人不会维修机器是正常的。她们以最素朴的方式支持和鼓励了我。上班时我独自躲到车间的某个角落，伏在一条长凳上写诗，工友们从不轻易打扰我，偶尔过来聊几句，也是一副小心翼翼的神态。我把写下的诗文与她们分享，有人很快就能通篇背诵下来。那时我疯狂地迷恋写诗，每天都沉浸在诗歌里，有时睡梦中被一句诗触动，随手摸过枕头底下特意备好的纸片，并不睁开眼睛，在黑暗中梦游般记下那些诗句，然后塞到枕头底下。宿舍里住着十六个工人，荷尔蒙气息，臭脚丫气味，混杂成了一种说不出的氛围。舍友知道我的枕头底下总有纸片，早晨时常把手探过来，把诗稿拿去当作了手纸。有几次，我把写了诗句的纸片攥在手心，他们就从枕边的书上撕走几页。后来，宿舍调换了，八个人，全是搞技术和跑业务的，他们从未动用过我枕头底下的诗稿，也不撕书。他们每天晚上都打麻将，宿舍里烟雾缭绕，麻将声永不疲倦。我坐在上铺，读书，写诗。那段时间，锻造了我在嘈杂环境里不受干扰安心写作的能力。再后来，我调离生产车间，到工厂办公室从事文秘工作。办公室的套间成为单身宿舍，我总算拥有了一个人的独立空间，诗稿可以随意放置，床头的书也可以摞得老高，再也不必担心别人伤害它们。那些独处的夜晚，真让人珍惜和怀念。有时读书写作熬到下半夜，我也会像夜班工人那样，拿着饭盒去食堂打一份加班餐，吃份热乎乎的馄饨。那些清水里的馄饨，有着百般滋味。从宿舍到食堂大约五百米的距离，夜辽阔，满路都是馄饨的味道，还有野草拔节的声息。

放下手中的管钳，拥有一张书桌，这是我在县城工厂时的梦想。我的梦想很快就实现了。一张书桌，意味着生存方式的改变，意味着从此拥有了一方耕耘的领地。夜里，我独自坐在宽大的办公桌前，觉得自己是一个坐拥世界的人，常常忍不住就淌下了眼泪。

从工厂往北，大约走两三里路，就到了一座桥。站在桥头回望来时的路，一片模糊。抬头向前看，县城的灯火隐约闪现，仍然是一片模糊。我不知道，是否该以散步的姿态继续走下去，向着那片隐约的灯火，以及比灯火更远的前方。每次，都是一番犹豫之后，我又循着原路回到工厂。这样的散步几乎是每天都在重复的，有时候在一天之内会重复好多次，在工厂与桥头之间，我走来，又走去，反反复复，直到累得筋疲力尽。这种疲惫让我保持了内心的宁静。一种我所向往的有秩序的生活，恰恰是以无序和不可把握的状态渐次呈现的。我是亲历者，也是旁观者。生活像一面破碎的镜子，每一粒碎片中都有一个完整的自我。

那时最开心的事，是食堂里杀羊。掌管工厂食堂的是一位姓胡的师傅，矮矮的，胖胖的，据说是特级厨师，大家都称呼他胡总。胡总是不轻易下厨的，除非厂里来了特殊客人。到了冬天，胡总隔三岔五就招呼我们几个相熟的年轻人去喝羊汤。羊是胡总亲自动手杀的，羊汤也是胡总亲自熬的，从一只羊到一锅羊汤的整个过程，胡总全是一个人操持，不放心任何人插手代劳。他从乡下把羊买来，并不马上宰杀，而是先拴在食堂的门口喂养一段时日。这只被展览的羊很快就成为一个话题，熟识的人见了胡总，总要催问什么时候动手，胡总眯着双眼，并不作答，只是意味深长地笑。一天又一天过去了，不同的人都在重复着对羊的关心，甚至，那只拴在食堂门口的羊，也渐渐失去了继续熬下去的耐心，不愿再容忍这份拖沓。在某个早晨，胡总操刀上阵了。据说他杀羊的动作很专业，但我不曾亲见。我只记得常常是在某个寒冷的中午，我们会被胡总招呼到食堂的简陋雅间，围着一大盆热气腾腾的羊杂汤坐定，很快就响起了一片喝汤的声响。一只羊，经由胡总的手，被制造出了万种风情。喝完羊汤，抹一抹嘴，有人慨叹："羊味很足，不愧是特级厨师。"众人笑，随声附和，半是玩笑半是认真。羊汤喝光了，盆底显露出来，有人一声惊叫，发现了盆底沉淀的一层羊屎，像一粒粒珠子，光滑，饱满。

工厂里还有一位师傅，是从上海聘请的印染专家，姓谷。从背影看，谷师傅与食堂的胡师傅有些相仿，也是矮矮的，胖胖的。不同的是，谷师傅有一张白净的脸，脸上看不出丝毫的烟火气息。他住在厂区的贵宾楼里，每天黄昏总是一个人背着手，在楼前的小花园里走走停停，像在想什么，又像什么也没有想。偶尔，会看到他在街头卡拉OK那里唱同一首歌，"你既然不是仙，难免有杂念"，我记住了这句歌词，记住了谷师傅唱这首歌时的表情，蹙眉，低首，脸呈忏悔状。那年夏天，他的女朋友从上海来看他，黄昏时分在小花园里散步的就变成了两个人。他们手挽着手，相依相偎，旁若无人，成为厂区的一道风景线。谷师傅的女友并不漂亮，但她有一种让人说不出的气质。她来自上海，带着大都市的陌生气息。那时不用说大上海与小县城之间，即便县城与乡镇之间，也是有着巨大差异的。户口是差异的标签，标示着一个人的命运，农家孩子读书考学，大多是为了把户口迁到城市。

宿舍在办公楼的一楼，距离工厂传达室仅有一百米的距离。时常是在午夜，我坐在桌前读书，传达室传来女工的笑声。一个门卫，刚满十六岁，身材魁梧，长着一张俊朗的脸。据说他初中刚毕业，曾跟着镇上的某位高人习练武术，然后就到这个工厂当起了门卫。他的名字与唐朝大诗人杜甫谐音，究竟姓什么谁也不曾问过，厂里的人都喊他"杜甫"。"杜甫"不会写诗，但是他懂感情，会恋爱。我留意到，传达室几乎每天晚上都有女工的说笑声，而且主角时常变换。在这家纺织工厂，年龄最小的"杜甫"是谈恋爱次数最多的人，一年能换好几个女朋友。没有文化的"杜甫"，并不成熟的"杜甫"，何以深得女工爱慕？原因很简单，"杜甫"是习武之人，能够给人安全感。那个年代的年轻人从乡下到了县城,置身于一个陌生的现实环境,内心最需要的,不是文化认同,而是最起码的人身安全感。

办公楼走廊的尽头,在临近洗手间的地方,是大学生专用宿舍。四个纺织专业的大学生,毕业后被分配到了县城的这家工厂。他们上班下班,独来独往,像孤独的鸵鸟。工厂尊重知识分子,没有安排大学生住到职工宿舍楼,而是在办公楼单独腾出了一间屋子,给他们提供一个便于学习的清静环境。自从大学生住进办公楼,洗手间变得脏乱不堪,下水道时常就堵了,整个走廊里飘着一股烂白菜味。终于有一天,有人循着异味走进大学生宿舍,宛若走进一处荒芜的垃圾场。他们心怀天下,不屑于清扫和打理一间房屋,这让我想不明白,工厂的很多人都想不明白。然而大丛是不以为意的。大丛是一所名牌大学的毕业生,学的是纺织专业。他姓丛,身材并不高大,有点弱不禁风的样子,不知因何被喊作"大丛"。大丛一般不与别人说话,自从被分配到了这家工厂,他按时上班,准时下班,满脸的漠然和无所谓。相互熟悉了,我才知道,他无法容忍自己从农村考上名牌大学,毕业后竟然被打发回了老家县城。他觉得自己流落到这里,是个滑稽的错误,而且,这个错误必须纠正,现实必须向他道歉。他在县城工厂忍辱负重地工作,为的是等待现实向他道歉的那一天,他已经做好了原谅和接受命运的纠错之举。他不知道是谁造就了这个错误,应该怨恨谁,时常对着天空咬牙切齿,一双眼睛似乎要把天空盯出一个洞。他对着天空自言自语,我没有听清他究竟说了些什么。他对着天空自言自语时的严肃表情,让我对他有了几分理解。曾经,我特意尝试着与他交流沟通,最终却没有找到共同的语言。我们两个人的心思都在别处,住在同一层楼房里,各自孤独着,不愿走向彼此。我在现实面前节节败退,渐渐学会向现实妥协,习惯了与困难和解。大丛与我最大的区别,是他不屑于关注自己之外的任何事物。他的心中有一把尺子,他固执地相信和执行自己的尺度,丝毫不理会别人的眼光。每个周末,他都会到我的办公室给女朋友打长途电话。他的女朋友家在烟台,他每次给女朋友打电话的时候总会表现出一种罕见的温柔和拖沓。后来他的女朋友来过工厂一次,很清秀的一个女孩,并不漂亮,有一种柔弱的美。大丛找到我,吞吞吐吐大半天,我才好不容易听懂他的意思,他想借我的单身宿舍用几天。我犹豫片刻,答应了。我住到大丛脏兮兮的宿舍,原本属于我的空间,暂时成为大丛和女友的二人世界。我有些难过,想到了很多。在县城工厂的两年,我始终没有恋爱,那时心比天高,总是渴望远行,渴望一个人去流浪。我庆幸自己终于离开了农村,成为县城工厂的一名职工,我知道我的心其实在别处,在更远的远方,一个未知之地。事实上那几天大丛更难过,他的女朋友来工厂看他,是一次为了道别的相聚——她的父母不同意他们的爱情,因为大丛的农村出身,也因为他目前在小县城的工作。他们无力改变现实,无法扭转父母的固执态度。大丛的女朋友离开工厂时两眼红肿,几乎哭成了大白兔的眼睛。从那以后大丛几乎完全变了一个人,更少与人说话。每天午夜,他端坐在宿舍门口,抱着一把吉他放肆地弹奏。他的弹奏有时紧凑有时舒缓,更多的时候是杂乱无序的。他坐在长长的走廊尽头,一个隐约的影子,忽明忽暗。有次我去洗手间从他身边经过,他旁若无人地拨弄着吉他,我看到他的脸上淌着两行清泪。那一刻,我理解了大丛,理解了这个一腔热血的青年。大丛很快就辞职了。他离开工厂前找到了我,他说只与我一个人告别,对借用单身宿舍的事感念不忘。我没有惋惜也没有挽留,我觉得他是该走了。他是一个有梦想的人。一个有梦想的人应该永远在路上,拒绝归宿，归宿只会是一种伤害。若干年后当我从县城来到这座滨海城市，几经跳槽，去公安局办理落户手续的时候，居然遇到了大丛。他也在办理户籍手续，是从这个城市迁往另一个城市，他仍然没有结婚，一个人在打拼。当年他从故乡县城追寻到了这个城市，最终也没有挽回他与女友之间的爱情。我们没有叙旧，匆匆地客套几句，就匆匆作别。或许，彼此都不想碰触往事，对那些看似尘封的往事都有一种特别的小心翼翼，怕多说一句话就惊扰了那些早已落定的尘埃。

与大学生形成对照的，是一个目不识丁的兔毛贩子。据说他刚开始贩兔毛时瘦得像一根麻秆，骑着自行车串街走巷南腔北调地吆喝收购兔毛，然后倒卖给工厂赚取差价。时日久了，他的生意像滚雪球一样越做越大，他与工厂的合作关系也越来越牢固。后来他就不再亲自去吆喝了，雇用了几个人，串街走巷去做他以前做过的事。再后来，他只需待在县城，乡下不同渠道的兔毛贩子就源源不断地把兔毛汇聚到他的手中。他俨然成了兔毛收购领域的领军人物，只要咳嗽一声，全县的兔毛贩子都会患上感冒。几年的光景，他已大腹便便，开始用鼻音说话，完全变成了另一个人。

工厂门口的小商铺是不能忘记的。那时我抽烟厉害，工资常常维持不到月底就花光了。小商铺老板个头不高，精明干练，敢于赊欠货物给我们。那时工厂的男职工大多把抽烟当作一种时尚，一块零一毛钱的"宏图"，一块五毛钱的"双马"，是他们普遍抽的香烟牌子。经常是下了班，老远就朝着小商铺喊："老板，来盒双马。"老板就会迅速地抽出一盒烟，远远地抛了过来。烟接住了，然后财大气粗地加一句："记我账上，月底一起算。""一块五。"老板一边大声说着，一边低头在一张硬纸板上记了下来。这些密密麻麻的记录不清的账目，常常需要我们用大半个月的工资去消除。也有消除不掉的账目，有的工人赊欠了一大笔款，辞职后偷偷地溜走，从此杳无音信。小商铺老板的情绪会低沉好几天，再抛烟给我们的时候先咕哝一句："账该结一下了。"我们并不理会，他也不介意，兀自咕哝一声，仍然是记账。他当然知道，对于我们这帮子人，如果不赊账，他的货就难以卖得动，做生意，总是要有风险的。"人不能因为可能摔跤就不走路。"有一天我问他那么多坏账为什么还敢赊账，他这样回答。我记住了他说过的话，这个经营小本买卖的人说出了人世间一个最朴素的道理。一个人，不能因为可能摔跤就拒绝走路。其实摔跤内在地构成了走路的一部分，只是我们人为地把这一部分剔除了，并且缺少正视的勇气。在以后的行走中，我一直把这个朴素的道理记在心里。

　　工厂旁边的村子，村支书坐的是奔驰车，手里拿着砖头一样的大哥大。那个年代盛行报告文学，我在一本杂志封面上见过村支书的风采照，是当时非常流行的模式：坐在锃亮的老板台前，一手擎着大哥大，一手夹着香烟，一副正在联系业务的深沉样子。那个时候县城周边的村子，因为土地被征用，有点一夜暴富的味道，钱多得不知该怎么花。有的村子不肯坐吃山空，卖了地，收了钱，搞起了村办企业，最后的经营结局都一塌糊涂。那个工厂所在的村子，村支书脸膛红润，时常穿一身军便装，看上去有些威严。村支书很少说话，开口说话的时候，字是逐个地从嘴里往外蹦的，经常蹦出了这一个字，下一个字不知需要间隔多长时间才肯蹦出来，耐性不够的听众，简直会在他蹦出来的两个字之间窒息。性格急躁的，甚至会萌生一个念头：用手指探进村支书的嘴巴，把他含在咽喉迟迟没有说出口的那个字，直接抠出来。村支书每天上午九点都会准时出现在工厂大院里，好像是工厂的特聘人员，又仿佛是因为工厂占用了他村的土地，他无法改变每天都要沿着村子转悠一圈的旧习。他在工厂大院里转悠一圈，就到工厂办公室坐定，基本不开口说话，偶尔干咳几声，或者从嘴里蹦出几个字，抽烟，喝茶，然后再抽烟，再喝茶，一直到中午。工厂里不管来了什么客人，他都跟着去陪客，酒桌上一直坐在固定的边陪位置，他戏称自己是专职"三陪"。如果工厂哪天没有客人，村支书就会做东请客，张罗着我们一起去捧场。他酒量并不好，但每天都喝一点。他中午喝了酒，下午就不见了踪影，究竟去了哪里，谁也不知道。

  巨变似乎发生在一夜之间。工厂并没有让职工们端上梦想中的"铁饭碗"，当初进厂工作时他们以为从此可以将一辈子的生存问题寄托在这里了，一个人所能做的和应该做的，就是埋头劳动。他们并没有意识到，这是一个迅疾变化的年代，如何应对和适应这个每时每刻都在变化的现实环境，并且在这个现实环境里谋求生存和发展，委实是一个问题。那些与县城保持了同样品性与节律的人，还没有反应过来是怎么一回事，巨变就发生了——企业改制，过去同吃同住同工的人，一夜之间有了身份差异，有的成了承包者、企业家，有的成了受雇者、下岗者。原本相仿的生活，差距突然拉大，并且越拉越大。而在这种巨变发生之前，大约有五六年的时间吧，我已经成为县城工厂的"逃离者"——后来我才明白，那段看上去还算安静的青春岁月，其实是在积蓄某种力量的，直到有一天这种力量突然涌动起来，让我无从选择无力招架，于是青春被改变了。接下来的事实是，1995年的9月，我在县城工厂参加工作刚满两年的时候，毅然辞职外出求学。几经辗转在一座滨海城市定居以后，我曾经回过几次县城工厂，见到当年熟识的人，有一种说不出的陌生感和距离感。相聚，喝酒，回忆过去在工厂里共同经历的事，却很少有人愿意谈论具体的细节。这些"成功"的时代弄潮儿,都在忙着向前走向钱看,彼此之间感情不咸也不淡,疏于回忆和言说。无论现实怎样变幻,他们都懂得营造属于自己的风调雨顺的小天地小气候,丝毫没有了当年从乡下刚到县城时的茫然和青涩。他们看透了生活,深谙现实的"软肋",具备一种越来越娴熟的操控生活和现实的能力。而当年工厂里的更多职工,在为柴米油盐奔波,用全部的心力招架生活。这些卑微的生命,像一株株昙花,绽放与凋落都在不经意的瞬间,彼此偶尔想起和谈起,谁都不曾真正在意。所有的悲欢离合喜怒哀乐,都涌动在县城的表情之下,不管情感怎样冰冷和凝滞,生活终将继续。

去年回乡,路经县城的那家工厂,我特意进去转了一圈。工厂早已破产了,整个厂区一派荒芜。当年这里属于城郊,因为县城的不断开发与扩张,工厂所在的地方已经变成一个繁华地段,据说有开发商盯上了这块地皮,准备大兴土木。我在工厂院子里下了车,内心酸楚。这是我曾经熟悉的工厂吗?这是曾经收留我的青春梦想让我走来又远去的工厂吗?我蹲下身,想辨认我曾经留下的足迹,一层细细的尘埃覆在地面。宿舍楼前的花圃里稀稀疏疏地种了几棵玉米,干瘪的玉米棒子了无生机。我举起相机拍照,年幼的女儿有些不解地看看那些玉米,再看看我,她不明白我为什么要拍那些并不美丽的景色。办公楼被改造成了简易的旅馆,我曾经的办公室和宿舍的窗玻璃上贴满"特价房""钟点房"之类的广告语。工厂门前的路拓宽了,车辆如织。我曾在这条路上散步,遥望万家灯火,徘徊又徘徊。我和这家工厂彼此都已不敢相认,无法接受彼此的改变,我们在试图改变什么的过程中,却被一种看不见的力量彻底改变了。

一晃20年过去了。

那些县城工厂的往事,那个最初出发的地方,那些沿途的驿站,我一直不忍去碰触它们。我把它们安放在内心的某个角落,人情冷暖,世态炎凉,我越来越没有了打开它们、面对它们的勇气。被现代化和城市化的浪潮裹挟着,我更珍视的是时代变迁中的个人遭遇,一些温情的细节还原为最珍贵的青春记忆。然而我又是矛盾和纠结的,我的怀旧很少涉及具体情节,那些过往的物事大多幻化成为一种气息,在内心弥漫着,我感觉到了它们的存在,却说不出它们。曾经,我以为1993年的县城工厂生活是一段自己不曾融入的生活。当我走过了一些路,经历了一些事,我才终于明白那段岁月是真正用心度过的,它本身就是一种与我血肉相连的生活,并不需要所谓的"融入"。后来,则是另一些岁月了。

我们都是过客。

列车疾驰。暮色苍茫。城市和原野都变得遥远,一盏向后飞奔的灯让我备感孤寒。慢下来,成为一个艰难的梦想。我已听不到道路和远方共同构成的激越嘈杂的大合唱。

辑二 城与乡

又是石头。总是石头。太多的石头被堆砌在一起,塑造成为冷漠的建筑物。而那些孤独的石头,那些拒绝合作的石头,始终在人群之外保持了一个正常人的"体温"。

石头与石头之间也是有语言的。听懂石头的秘密,需要一颗柔软温情的心。

——《雾里的人》

老街灯

这是最后一夜。

当晨曦初露,当那个叫作"明天"的日子如期降临,老街灯将永远告别这条街道。

已经多少年了,它一直守望在这里。街道的秘密,就是它成长的细节。那些匆忙的步履,那些徘徊的心事,喜悦和悲伤,孤独与喧嚣,都曾走进老街灯的目光。老街灯珍藏着它们,永远都不会说出口。

老街灯的存在,仅仅是为了对一条街道的守望吗?当它的光越来越暗淡,无力继续照亮别人的路的时候,那些曾经被它照耀过的人,并没有给它指明一条路。离开这里,老街灯不知道自己将会去往哪里。当它带着这条街道的所有秘密离去,街道仍然是那条街道,仍然布满匆忙的步履、徘徊的心事,仍然上演着一幕幕喜悦和悲伤,孤独与喧嚣。

因为别人的遗弃,老街灯成了守夜人的珍藏。在离开那条街道之前,它从来没有想过,自己与守夜人会是如此的默契。守夜人和他的妻子也老了,这条街道,这盏灯,已经成为他们生命中不可割舍的部分。这么多年来,守夜人从来不揩老街灯的一滴油。现在,他拥有了这盏"退休"的灯。

它就搁在火炉旁边的一把靠椅上。守夜人独自凝望它的时候，心底涌起很复杂的想法。老街灯曾在那些风雨之夜温暖过他，就像此刻它在陪伴着他的孤独一样。炉火温馨，让那些相依为命的日子披上了一层暖意。老街灯记得，守夜老人每个星期日下午总喜欢读一些游记类的读物，他高声朗读那些关于非洲、关于大森林和野象的故事。他从未离开过这条街道和这盏灯，他的心里有一个关于远行的梦想。

是命运不肯放走他。当终于可以走开的时候，他不知道接下来将要遭遇怎样的命运。有些东西，其实是我们无从把握的，就像在奔往某处景观的途中，我们无法拒绝沿途的风景一样，甚至，途中那些风景的意义，已经远远超过了我们所奔赴的那个目的。我们意识到了这些，却很难作出有违初衷的选择。人的一生就这样固执地走了下去。

而守夜老人留了下来。还有老街灯，也一直留在那里。我们忽略了他们的存在。我们是匆匆的赶路者。

因为搬家，我翻阅了旧的习作。它们已在牛皮纸信封里尘封十多个年头。我无法让自己不按照当下的心态和眼光去重温那些文字。我在翻阅它们的时候努力让自己回归当初的心境，那些稚嫩的文字收留了我的青春，遥远且有质感，它们打动了我。我珍视这份真实，期望写下具有同样品质的文字。多年以后，我会再像今天一样成为自己的读者，就像那盏老街灯，它曾照亮我的远行之路，也一直记得回家的路。

另一种现实是，难耐寂寞的老街灯主动走进熔炉，被铸成一架可以插蜡烛的漂亮烛台，摆到了诗人的绿色书桌上。那些曾经的风雨，于是在诗人笔下成为浪漫的风景。也许，这仅仅是一个梦。这个梦让我有了说不出的伤感。

失败的寻访

去看那条千年古道。

村子临河而居,碎石沿着河岸垒出齐整的层次感。道路另一侧的胡同仅容一人走过,像一抹瘦长的影子被遗弃在那里。出了村,是一片浩荡的水。堤岸上有两棵柿子树,隔了很远依然可以看出它们的苍老;一头无所事事的驴,静默在水边,比眼前的这片水还要安详。几辆小车停在不远处,有人搭起帐篷,正在钓鱼。山野中的这片水,我还没有来得及细细体味,车子就一晃而过了。在路的尽头,一片竹林茂长在那里。因为山太深,人迹罕至,竹林才完整地留存下来。很多人从很远的地方蜂拥而来,则是近年的事了。通往竹林的,是一条千年古道,狭窄,凹凸不平,向险而去。为了吸引更多人更便捷地抵达那片原生态竹林,当地人动手开辟出一条新路,把原来的河道改造成为水泥路。那条千年古道被荒弃了。村人站在路边,用手比画着,讲述他所知道的关于古道的故事。新开辟的水泥路在千年古道的下方,即使是再热闹的旅游旺季,游人熙攘,也没有人留意高处的这条古道,他们奔走在新路上,直抵想象中的那个生态景点。千年古道成为一个被封存被悬置的景观,无人参观,只是偶尔会在某些时候被村人说起。路边有溪水流过，叮咚作响，不知名字的鸟，在水流的清脆声中穿过。一块并不规则的金黄麦地，镶嵌在山坡上，让人心里格外空落和孤单。

这个守候着一条千年古道的村子里，居然有一个铁匠铺。多年来，我游走于胶东乡间，在找寻农具的同时，隐隐盼望着哪天遇到一个铁匠，童年记忆里红彤彤的打铁情景，一直灼烫在我的心头。我从千年古道失意而归，却在村子里意外发现了那个铁匠铺。它比破落的村庄更破落，看上去却并不是彻底被遗弃的样子。我很快就找到了它的主人，一个76岁的老铁匠。他几乎符合我关于铁匠的所有想象，苍老，敦厚，脸上刀削一样的皱纹里，填满铁屑状的东西。让我稍感惊讶的是，他竟然那么健谈，表现出了常人难以接受的热情，一边口沫纷飞地讲解打铁知识，一边手舞足蹈地演示，比如火候如何掌控，比如落锤时的角度和力度有多少讲究。他似乎等待了很久，孤独了很久，对我这个陌生人的来访异常兴奋。我甚至在想，究竟是我偶然发现了他，还是他意外逮住了我这样一个倾听者？我理解他。他打了一辈子的铁，不舍得丢弃这个技术活，每逢镇上赶集，他就去摆摊收农具，直到攒够了一定的数量才开炉打铁，过上一把瘾。其实他过得挺好，早就不需要依靠打铁来维持生计。他的手艺已经没有多大的现实意义，村里用上了机器设备，播种和收获都很少使用农具，铁匠成为一个多余的角色。他说他舍不得丢下这个手艺。这是一个人的坚守。不管世界发生了什么，这个老人一定获得了常人难以理解的愉悦与安慰。那些打铁的岁月，没有仅仅成为苦难记忆。他现在拥有更多的，是回忆，在回忆中重新走过那些日子，守护一份已经没有多少现实意义的手艺，就像守候自己的余生。乡村铁匠赤膊抡动手中铁锤的童年记忆犹在眼前，那些火焰中纷纷落下的铁屑藏有我们最奇幻的想象和最简单的快乐。三十多年后的今天,那个曾经的孩童不需要任何解释,就理解了眼前这个打铁老人的热情。日子是渐渐冷却的铁。经年累月的巨大孤独。他与被这个世界淘汰了的手艺相依为伴。那天我亲见了他打铁的整个过程。他的表情有些悲壮,好像多年来的坚守就是为了等待这一天,他光着膀子,在通红的炉火前,酣畅淋漓地表演了所有手艺,认真,郑重,像在重温往昔岁月。这是一个民间手艺人对生活和生命的理解。我向他投去敬重的目光,按动快门,将某个瞬间定格。

老母鸡在草垛底下觅食,偶尔咕咕低叫,像在发一些什么牢骚。默立在村头的石碾,只有逢年过节才用一用,它已不仅仅是功能意义上的存在,至于具体是什么,我说不出,村人也说不出。我和他们都知道,石碾的沉实存在,对这个村子有一种不可解释也不可替代的意义。一个老农蹲在地头抽烟。他一动也不动,烟圈在他的头顶盘旋片刻,就像云彩一样飘向空中。这是农村的一个普通场景,我忍不住把它解读成了所谓的"守望"。我羞于将自己的解读告诉眼前这个老农,我知道他心里装的,与我心里所想的,截然不同。我与他之间,有一条看不见的深深沟壑。走在村里,随处可见"流动饭店"的字样,下面留有联系电话。村里的红白喜事,现在时兴找"流动饭店",主人只需备好饭菜原料,厨师会带着帮手和灶具登门服务,省力、省钱,且有面子。"流动饭店"的字样是用油漆刷在墙上的,旁边是同样用油漆涂抹的诸如"包治痔疮""种猪世界第一"等形形色色的广告,村人似乎并不介意。我跟随在他的身后,走下一道坡,拐了一个弯,再爬过一截长长的坡路,然后连续穿过两条窄胡同,在一座老宅跟前停步。本以为举步就会到达,没想到,他带我走了这么远的路,以至于这份热心让人不得不产生怀疑。他把我丢在门口，一个人走出胡同，等他再出现的时候，手里拿了一把钥匙。他把钥匙对准锈迹斑斑的铁锁，试了几次，都没有成功。我接过钥匙，折腾好长时间，总算把铁锁打开了。

院子里长满齐腰的荒草，有浓烈的植物气息。我是陌生的闯入者，闯入一段被遗忘的时光。

这栋老宅像一个农具陈列馆，犁，耙，连枷，碌碡，耧车，锨，镰，蓑衣，畚箕……各式各样的农具上覆盖了一层厚厚的灰尘。他说三十多年来没有外人进过这个屋子。屋里从来不曾通过电，我擎着打火机，在断续的微光中逐一查看那些农具，心里有些激动。也许，这是这里三十年来唯一降临的光。置身于这个昏暗的记忆库，我仿佛听到了时光流淌的声音。那些农具被我们搬到院子里，摆放，拍摄，他也像受到了格外尊重一般，脸上满是欢喜。他把一套驴具挂到院墙上，用手比画着告诉我每个部件的名字和功能，次槽，顶列，犁眼，亚力，扶手，不见天，托托……他越讲越来劲，渐渐有了一点神采飞扬的感觉。我被眼前这个陌生老农的情绪感染了。抑或，我以这种方式对农具的寻访，激活了他埋在心底的遥远记忆。他的讲解让我重新认识了驴具，好似看到一头驴在山野里骄傲地劳作。粗糙的驴具，原来凝结着这么多精致的民间智慧。挂在墙上的这套驴具，让我想起那些久远的日子，想起坑坑洼洼的山野，想起劳作，想起农人朴素的脸，以及他们面对土地的姿态。在乡村游走的日子，我也时常见到农家圈养的驴，它们不是用来劳作的，养大了直接被卖给杀驴的人。那天在某个村子发现了一群驴。栅栏是敞开的，一群驴，百无聊赖的样子。我端起相机拍照，闪光灯惊吓了一头小驴，它围着我一阵狂奔，蹄子飞腾，卷起一片尘土，我躲到一棵树下，半天不敢走动。在城市街头，我曾亲见杀驴场面。

那是一家颇负盛名的驴肉店，他们一直坚持在门前杀驴，以血淋淋的现场向顾客证明这里的驴肉是货真价实的。在一个虚假泛滥的年代，他们获得了预想的"成功"，生意一直很好，客人络绎不绝。

暮色中，下起了小雨。院落里齐腰的荒草经过雨丝的清洗，新鲜了许多。邻家的烟囱冒出一缕炊烟，在细雨中若有若无，像是一些乡愁。

一栋被遗忘的老宅居然藏有这么多的秘密，我以拍摄的方式，截取并带走了它们。这些年来我所寻到的农具，大多是在年迈老人家里，之所以留存，并非所谓收藏，也不是敝帚自珍，仅仅是因为贫穷。一个家，总是需要一些物品填充的。这些早已没有用途的农具，他们舍不得丢弃，成为一个空荡之家的组成部分，成为他们的命运中永远无法挪走的一部分。对劳动工具的热爱，是一个劳动者最朴素的感情。我记得，农村刚搞联产承包责任制的时候，父亲对生产队里那些破旧的农具表现出了令人不可思议的热情。在"叫行"现场，他不顾一切地冲在前面，几个恶作剧的人，故意把价格一再哄抬。这丝毫没有动摇父亲的决心，那些农具被他如愿买了回来，我们家为此背上了一大堆债务，好多年都没有翻身。后来，每逢使用那些高价买回来的破旧农具，母亲就忍不住数落父亲一番。这么多年过去了，那些农具一件也没有留下来。我之所以在乡间大海捞针一样地找寻，与童年的某种情结有关。

楸树花落了满地。楸树旁边站着一所老房子，它身上传递出来的颓败感，打动了我。举起相机，选好角度，又总觉得单调了一些，去附近农家借来铁锹和篓子摆到墙根底下，再从取景框看去，整幅构图有了别样的意味。

一个乡村女孩，大约十六七岁的样子，对我的拍摄很是不解。她问：

"有这么无聊吗？"我还没有开口回答，就传来一声巨响，正在拍摄的老房子一阵剧烈颤抖，泥土从墙体纷纷落下。那个女孩乐呵呵地说，全村人都盼着你们来拆房子呢，再不拆，就震倒了。从村人的牢骚中我听出了事情的原委：村子附近有个矿区，被私人承包了，矿上每三天就得放一炮，据说足有好几吨炸药。每次巨响，村里就像发生一场地震，不是这家的墙体震裂了，就是那家的窗玻璃被震碎。村人整天提心吊胆，不知道什么时候突然就响那么一下子，心里总惦记着有什么事要发生。他们埋怨村干部不肯站出来替百姓说话，也有人说村干部站出来也白搭，金矿老板上面有人，能耐大着呢，你告到哪里也不管用……村人扛着镢头，站在楸树下看光景，说着村里的事，就像在说一些村外的事一样，看不出有什么悲愁。他们知道，日子总得过下去。

直到离开那个村子，我也没能回答那个女孩的追问。那些现实的困难摆在那里，我以审美眼光从取景框里截取了自己所需要的那部分。它是真实的，但它不是全部的真实。我所留存的，并不是一个完整和真实的乡村，更多现实被所谓的"美"遮蔽了。艺术是有责任的。以拍摄的方式留存那些正在日渐消失的记忆，以审美眼光来面对乡村中那些被遗忘的事物，我的回望与寻访，在滚滚向前的潮流中是否真的有意义？这个所谓的意义，对我的寻访对象是有意义的吗？

并不仅仅是农具。还有农具曾经得以存在的乡村。乡村正在遭受巨大变化，失去了太多东西，包括农具的消失。村人对农具的态度也发生了难以想象的变化，农具成为贫穷和辛苦的代名词，他们像甩掉不受欢迎的事物那样，急切地甩掉一些农具，顾盼新的生活。新生活是什么样子的，他们并不知道。在山野，我曾与一台锈迹斑斑的废弃拖拉机对视良久，直到觉得内心也长满了锈，才走开。

时光就这样打磨着村庄和村庄里的人。而这一切，都是在无意识中发生的。

我自知从来就没有真正理解过这些农具。对农具的理解，只有在经年累月的劳动过程中才可真正实现。我只是浮光掠影的寻访者。我找到了它们。我满足于这样的找到。在漫长的时光里，在现代化浪潮中，我这样做，只遵从内心的声音，并不期待来自外界的理解。永远在路上。我知道我的寻访注定是失败的。自始至终的失败。无能为力的失败。不可言说的失败。我在这种失败中体味到了更多的东西，悲壮，悲哀，还有悲情，它们不肯放过我。我在乡村的奔走与找寻，不过就是为了一个不合时宜的"梦想"。我所拍摄和记录的，仅仅是村庄的一个截面。

截面承载的，是一段完整的隐秘记忆。

路遇

月亮像一面悬挂在夜空的镜子。云朵是灰色的,暗火一样在镜中涌动。广场嘈杂。唱歌的,跳舞的,散步的,还有驻足观望的,人群被分割成了若干版块。这是这个城市的中心广场,每天晚上总有上千人在这里健身锻炼。我是旁观者,在人群中穿行。一个驼背老人坐在台阶上抽烟。他的脸是古铜色的,手中握着一台老式收音机,正贴在耳朵上倾听。父亲也曾有过这样一台收音机,他每天都装在衣兜里,一边干农活,一边收听信息。我的童年记忆里,那台收音机总是处于电量不足的状态,艰难地发出丝丝拉拉的噪音,父亲照听不误,总是一副乐在其中的样子。后来我才理解了,父亲一个人在空旷的山野里劳作,收音机并不清晰的声音让他不再孤单。就像此刻,坐在我面前的这个陌生老人,他手中收音机发出的声音淹没在广场的嘈杂声中,他并不在意,旁若无人地把收音机贴在耳边。我无法断定,他究竟是在听广场四周的声音,还是在听来自手中的声音;或者,他什么都没有听,只是微闭双眼,偶尔吸一口旱烟。过了好长时间,他把烟锅在鞋底上磕了磕,细小的烟灰散落到了台阶上,他站起身,蹒跚着走开。我终于看清了眼前的这个老人,大约六十多岁,一身年轻人的装束，牛仔裤，西服上衣，里面穿的是红蓝相间的休闲衫。这身并不得体的装扮，大约全是被孩子淘汰了的旧衣服。他的脖子上挂着一串钥匙，在夜色中闪着隐约的光。我跟在后面走出老远，直到他转身看我，我才不好意思地走开。

这个走在人群中并不合群的老人，让我想到了我的父母，他们生活在乡下，偶尔也来城里住些时日。我没有时间陪父母散步，没有想过他们走在陌生的城市人群中会是什么样子。有一些东西是流淌在血脉中的，我定居在这个城市已经十多年，从未真正融入这里的生活。人群中，晃动着一张张模糊的脸。

那支体操队伍的规模如此之大，是谁也不曾料到的。据说最初只是几个人在小区里自编自导自娱自乐，后来加入的人越来越多，他们走向了广场，于是更多的人不断地融入进来，很快就达到上千人。声势浩大，整齐划一，有一种仪式感。对于仪式，我有很复杂的感受，特别是那些郑重的民间仪式，很容易就打动了我。那天去参加一个婚礼，烟花爆竹声中，婚庆公司舞起了狮子。我一直注视着站在侧面敲锣打鼓的两个老人，他俩身穿红色衣袍，气定神闲，目光淡定，很投入地敲锣，击鼓，控制着整个婚礼演出的节奏。这是一对老夫妻，都已经八十多岁了。婚礼开始之前，那位老人坐在锣鼓旁边吸烟，我们聊了几句，才知道他退休前是开公交车的，近几年婚庆公司请他出面指导舞狮子的场面，每次的报酬是25块钱。老人说他有退休金，不需要出来赚钱，况且年龄大了，腿脚也不像以前那么麻利，他每周只出一次场，因为实在是太喜欢舞狮子了。老人还说，到了这种喜庆场合，心情也会很好，不管是谁家的婚礼，只要舞狮子的节目一结束，他就赶紧离开。那天新郎新娘踏着红地毯走进酒店的时候，我看到舞狮子的老人匆匆离去的背影。那一刻，我似乎理解了这个八十多岁的老人，他是真正懂得生活的。

沿街旅馆发着幽暗的光。土特产店的门是敞开的。车辆嘈杂。街面的尘埃若即若离，雨随时都会落下来。此刻这条不知名字的街道独属于我。一步一个孤单。是的，是孤单。回到住处，独坐了好久，我起身向附近的网吧走去。网吧密不透风，一种怪异的气味在噼噼啪啪的键盘声中弥散，找个角落坐下，对着屏幕发呆。我想写下一些什么。

这是一座我向往的江南城市。耀眼的云朵之上，飞机在疾速飞翔。我没有方向感，唯有云朵一样的情愫，在巨大的空旷里散漫。机窗透进亮丽阳光，它们一遍遍地问我：在云朵之上，方向是必须的吗？从机窗俯瞰下去，已看不到山川河流，更看不到城市和乡村中的人群。

夜深了。在宾馆与网吧之间，有一截废弃的铁轨。可以想到若干年前，火车从这里呼啸而过。一截废弃的铁轨，依然留在这里，镶嵌在城市的高楼和街道之间，它早已失去对于远方的热情。走在铁轨上的，是汽车，是自行车，是步行的人，是此刻的我。这是寂寥的异乡午夜。我从远方来，带着一颗无处安放的心。我退回到了那截废弃的铁轨上，久久地站在上面，感受到铁轨的温情与战栗，还有多少年来一直隐藏在铁轨下面的火车轰鸣声，它们向我讲述远方的梦想，还有无望的等待。

而白天是不同的。巨大的园子。不息的人流。正午阳光炽烈，我像一滴即将干涸的水，被水流裹挟着，不知将要去向哪里。那栋神秘的建筑物近在咫尺，因为栏杆阻隔，变得狭窄，漫长，拥挤不堪。排队的人，一步步向前挪动。有人起初用一只手遮着阳光，不时地踮起脚尖翘望，但很快就变得安分守己了，只是站着，立着，跟随人群艰难地挪动。六月的阳光在脸上流淌成了汗水的形状，有孩童对着栏杆撒尿，哗啦啦的声音清越又可爱。陆续有人从队伍中撤走，但队伍并没变得宽松，反而越发拥挤了。我亲眼看到前后左右的表情，是如何由热盼变为焦灼，由焦灼变为无奈，由无奈变为麻木和疲沓的。偶尔有人翻越栏杆插队，于是人群中响起一阵起哄声，大家并不指责，只是以这种哄笑来表达态度。插队的人，有的面红耳赤，有的心安理得，当人的忍耐逼近承受限度时，道德往往是靠不住的。这个巨大的园子里，除了人，还是人，每个人的脸上写着不同的表情。那么多远道而来的眼睛，究竟会看到一些什么？或许，看到什么并不重要，重要的是曾经来过和看过。这世上的很多人，往往并不清楚自己想过怎样的生活，只是跟着人群在走，用一生的精力去追求一种并不明白和喜欢的生活。我没有安心于等待。当我意识到这份等待不可绕避的时候，我选择了诗意地表达，以这种久违的方式打发枯燥难挨的时光。没有纸也没有笔，我把诗句写在手机短信里，自己发给自己。离开那个江南城市后，关于等待的记忆，除了人群和排队，还有留在手机短信里的这首叫作《海上》的诗："一滴海水自北向南 / 穿越万水千山 / 栖落这座巨大的城 // 人潮中 / 看不到一张平和的脸 / 钢筋混凝土的天空 / 有着隐秘裂纹 / 这滴自投罗网的水 / 正在奋力突围 // 这个城市眨巴着惺忪睡眼 / 太阳升起前我将悄然离去 / 我没见到的人 / 已经去了更南的南方。"

每天早晨，我总会看到一个人围着机关大楼散步，他神情凝重，每一步都不马虎，几近刻板地围着机关大楼转圈，一圈，又一圈，究竟每天转多少圈，谁也不知道。每次遇到他，我都忍不住想问一下，他每天是否有个固定的目标，比如说围着机关大楼转多少圈，从何时起步，在哪里停步。我最终没有问，我觉得他的散步更像是某种私密的仪式，当某个目标被强化成了日常的习惯，语言已经无能为力。我尊重习惯，别人的和自己的习惯。每天早晨我都会提前一个小时走进办公室，先把敞了一夜的窗关上，然后打开电脑，埋头敲击键盘，写一些漫无边际的文字，一口气坚持到八点半，也就是正式上班的时间。我把电脑关掉，站起身，把工作牌挂到胸前，沏一杯茶，这一天的工作才算正式开始了。

对生活，我始终有着隐约的怕。这种感觉有时候会变得强烈，成为莫名的恐惧感。我不理解，那些无所畏惧一往无前的人，那些只有快乐没有烦忧的人，那些总是有着花不完的时间的人。我一路走着，写下省察与迷惘，写下爱与被爱，试图用手中的笔挽留每一个日子。我爱这个庸常的世界，她时常让我在阳光下迷失了自己。

洗 尘

天下着雨。他断定这样的天气是不会有生意的,就彻底放松了自己,坐在洗车店窗前,看着路上的车一辆接一辆地驶过。路上没有行车的时候,他的眼神就变得恍惚和空荡起来。他做的是洗车的营生,端起水枪冲车,拿起抹布擦车,这两个动作交替重复成了他的每一个日子。他不会敷衍任何一辆车,像对待艺术品一样认真、讲究,每擦完一辆车,总是站到不远也不近的地方端量一会儿,铮亮的车体,在阳光下熠熠发光,照得他的内心也有些明亮起来。

这个洗车的人,多年前离开农村老家,先后在建筑工地、电子厂、服装厂、夜市摊点打工,最后留在了这家洗车店。洗车店位于城乡交界处,对面依次排列着一家足疗店、一家药店、一家小商店,还有若干家餐馆。无车可洗的时候,他就看路上的车,回想一些往事。日子过得真快,很多事是看不明白的,但他感觉到了一种不正常。比如说速度,路上的汽车越来越多,洗车店旁边一栋那么高的楼,不到三个月的时间就盖了起来。他回老家,看到村人种的菜是速成的,养的猪也是速成的,城里人生产了饲料和农药供应给乡下人,乡下人用它们来养猪和种菜,再供应给城里人,大家都在一条循环链上。对很多事,他想不明白,越想越不明白。时常是在傍晚,他会发现一个人在对面餐馆前的下水道里挖地沟油,等到天亮了,偶尔看到这个人开着三轮车,挨家逐户给小餐馆送油。

他喜欢下雨的日子。只有下过了雨,这个尘土飞扬的城市才会暂时地尘埃落定;只有下过了雨,洗车的生意才会忙碌几天。他不喜欢很大的雨,雨下得太大,他租住的屋子就会漏雨,等待他的将是潮湿难熬的长夜。有一天他梦见自己在这个城市买了一套楼房,从梦中醒来,他觉得自己太荒唐了,没敢对任何人说起那个梦。他希望下点小雨,隔三岔五来那么一点小雨。下雨了就要洗车,有车洗就有钱赚有饭吃,这是他的常识。他靠着这个常识过日子。一辆车,被自己的双手洗得干干净净,不管是谁的车,不管这辆车来自何方去往哪里,都是干干净净的样子,这有多好。他喜欢干净,眼里容不得灰尘。

夏夜,蚊虫围着昏暗的灯光飞舞。他蹲在洗车店门前吸烟,那个乞丐又走了过来。乞丐喜欢在这里逗留,是因为洗车的人总会给他一个好脸色;他夜里睡在洗车店的门前,洗车的人从来不撵他,偶尔还会打开刷车用的水龙头,让他冲个凉水澡。这个一无所有的人,在黑暗中耍着水花,发出怪异的笑声。

对面那家足疗店的门通常是半敞开的,一个女孩坐在门前吸烟,看上去百无聊赖,一副很忧郁的样子。突然有一天,她开着一辆红色小车来到洗车店。车上的灰尘并不多,他认真地擦车,她在旁边认真地看着他,只说了一句话:"你也是个爱干净的人。"

他使劲地点了点头。他觉得这个女孩真好,她只对他说了这一句话,却胜过所有的话。在老家的时候,他常常看着天空,想象山的那边是另一个世界,如今流落城里,当起了洗车工,他拿着抹布在车体上熟练地擦拭,他的手心感觉到了那些尘埃的颤抖和挣扎。这些来自不同地方的车,带着不同地方的尘埃,来到他的面前。他屏住呼吸,能听到那些尘埃的微弱呼吸,感受到它们的体温,就像一个个具体的人。洗完了车,他就坐在洗车店的门前抽烟,瞅着下水道的盖子发呆。那些来自不同地方的尘埃,都被冲刷进了这个盖子底下。倘若揭开这个盖子,会看到一个怎样的世界?他觉得下水道真是一个奇异的所在,可以容纳所有肮脏的东西。因为容纳了所有肮脏的东西,它对这个世界一定有不同于别人的看法……他常常这样胡思乱想,从早晨到黄昏,从春天到冬天,就这样想来想去,渐渐对眼下的洗车营生涌起了莫名的感动。他不曾去过远方,但很多远方的物事以尘埃的方式留在车身上,那些来自远方的车,那些选择落定在车上的尘埃,带来了远方的消息。

他给她打过一次电话。那天不知为什么,他想跟她说说话,想听到她的声音,告诉她一些远方的事,这个想法没有来由地强烈,无法自抑。他给她打了电话。他看到马路对面的足疗店里,她抓起手机,动作有些慵懒疲沓。他在电话里沉默了好长时间,然后语无伦次地解释了好几遍,她才听出是他。她在玻璃窗的后面把眼光转向洗车店这边,他们相互看到了对方。一路之隔,她对他的电话感到意外。他沉默着,不知该从哪里说起。她在电话的另一端,轻声地说:"谢谢你。"

那次电话以后,他们就再也没有联系过,她也没有再到他这里洗过车。隔着一条马路,他在路的这边,她在路的那边,这段窄窄的距离,注定是他们终生无法穿越的。洗车累了的时候,他时常抬起头,望一眼马路的对面。终于有一天,这份遥望也被阻挡了,他看到的是路上的施工场面,蓝色的围挡将道路对面遮蔽得严严实实。他看不到她，她也看不到他。他站在路边，看到的是路中央的围挡上赫然写着一行大字："公用工程公司向全区人民问好！施工带来不便请谅解。"这条路，好端端的路面，三天两头就会被扒开，像拉开一条拉链那样随意。他不理解一条安静的路，为什么会被折腾成这个样子……

在那个雨后的黄昏，当我听完了他的讲述，我觉得这个洗车的人和他的遭遇，共同地成为我的背景，成为我的所谓观察与思考的一种底色。倘若忽略了这个背景和底色，是不道德的。

血脉里的回望

转眼三年了。那本厚厚的《王氏家谱》被搁在办公桌上,像一截裸露的根。有时候,我注视着那本家谱,觉得整个空间都是枯竭的,呼吸也变得艰难。更多的时候,我忙碌在自己的工作里,那本家谱从侧面注视着我,像在无声地质问:你从哪里来,要到哪里去?从那个老人手中接过家谱已经三年了,我每天都惦记着物归原主,却迟迟没有行动。我的时间,我的心思,我的对这世界的理解,被一种莫名的逻辑分割得支离破碎。一些看起来更为重要的事物占据了内心,让我无法从中抽离出来,时日越久,歉意越深。我竟日渐学会了安享这歉意,理由是它对所谓写作有益,让我活在自责和忏悔中,但又不伤及根本,更不会影响到现实的生活与生存。我发现了这个内心事实,备感羞愧。这是一份关于灵魂的真实,它不动声色地发生在我的身上;就像另一种真实,无声无息地降落在那些村庄一样……望庄早已拆除了,腾空的地方建起一片浩浩荡荡的工业园。那个主动把家谱借给我的老人,不知已被安置在哪里。记得当时听说我是一个作家后,他眼里闪过一丝光,迟疑了片刻,弯腰从抽屉里拿出一本书给我,是《王氏家谱》。他这样做,大约是希望我写下一些文字,记录这个村庄所发生的事。在望庄，我所见到的和想到的，那么强烈地拍打着我的内心。我什么也没写。每次翻阅《王氏家谱》，思绪就变得游离起来，以至于越来越漂浮，越迷惘，越不知该写下一些什么。

那天下午像是生命中的一个巨大停顿。老人弯腰从抽屉里拿出家谱的迟缓动作，一个人从成长到衰老的整个过程都浓缩在那一刻。

望庄的街巷都已不复存在，整个村子变成一片空地，建设中的厂房就像不经意间滴落在纸上的几滴黑墨水。厂房的不远处，几栋安置楼房站在那里，村碑被丢弃在某个角落。迎接村人的，将是云上的日子，一种脱离了土地的新状态。我曾建议他们把旧的村碑摆放在安置小区的某个地方作为永久纪念，他们说那不就是一块普通石头吗？

安置小区的门牌是彩灯做的，在夜里散发着幽幽的光。

拆迁工作组门前，一对青年男女骑着摩托车从路边的狭窄石径上歪歪扭扭地驶过，旁边是宽敞的公路，他们偏偏选择了钢丝绳一样的人行路。盲道上停满形形色色的车子。各行其道，这个常识并没有得到最起码的遵循，大家拥挤着，慌不择路。关于道路，我想到了方向、规则，以及各式各样的障碍和陷阱。就在那个早晨，一直站立在工作组对面的那栋房子被拆掉了。挖掘机的大手在空中挥舞，稍一停顿，房顶就塌陷了。然后它轻蔑地一挥，一面墙随之倒掉。我们站在屋里，透过玻璃窗看着外面正在发生的这一切，像看一出遥远的哑剧。尘土飞扬，留下风的痕迹。我走到门外，迎风而立。我所看到的不再是一幕哑剧。我听到了声音，房屋倒塌的声音，树被折断的声音，冬天的风把这些声音送出很远。

工作组的玻璃门外挂起绿色门帘，门把手上贴有"推"与"拉"两个字。

年轻的工作人员正在拿着"推"与"拉"两个红字重新张贴,把原来的字完全盖住。我这才想起,门把手上的推拉提示,恰巧弄反了,以前出入这里的时候,没有人介意这个细节,推也好,拉也罢,非此即彼,不经意间就纠正了这个错误。想必那个贴字的人,是站在门里看门外的。这仅仅是一个细节。我固执地以为它在不经意间透露了某种深意——看似简单的"推"与"拉",并不是"认真"或"疏忽"之类的词语可以解答的,它关涉角度。

门是一个隐喻。

望庄到处贴满了宣传标语:"整体搬迁,全村受益";"政策刚性不会改变,执行政策不会松动";"居住楼房化,管理社区化,生活市民化"……风吹来,各种标语随风飘舞,发出哗啦啦的声响。望庄已有六百年的历史,是一块风水宝地,几年前被一个外商看中,他想要在这里投资建厂。

望庄一夜之间冒出了遍地树苗。浩浩荡荡的麦田,一眨眼就变成参差不齐的果园,苹果树、樱桃树、桃树,各种果树为了一个共同的目标,从四面八方赶来。它们的枝叶并不繁茂,但数量众多,一株紧挨一株,密密麻麻,像是手拉着手,面向望庄迎风微笑。

有些人是无法微笑的。他们知道这个微笑里隐藏的秘密。

他们拿着尺子在田间地头挨家逐户丈量和清点。有时丈量面积略有出入,村人就扯高了嗓门,他们只好再扯着尺子重新丈量一遍。渐渐地,这种尺寸之争越来越少,村人的心思显然转移到了别处,只在一夜之间,麦地里就冒出成片的果树。这些果树是从邻村搬运过来的,村人花很低的价钱把别人地里被补偿过了的果树偷偷移栽到自家地里,然后开始等待征地补偿。有的没有买到低价树苗,就直接在地里插满树枝滥竽充数。他们不声张,不辩解,只是悄悄地去做。有人说出了实情。那是一个很厚道的农民,他的脸憋涨得通红,他说我的土地和邻居家一样大,当初都是种的麦子,凭什么他的补偿比我的高出那么多?他知道自己与邻居补偿的差别,就在于麦子和果树的补偿标准不同。他并不直接揭露对方作弊,只是一味地强调补偿结果对自己不公平。这个看上去老实巴交的农民,说了一句意味深长的话:"不是饼大饼小的问题,是饼怎么分的问题,不能总让老实人吃亏。"

原本一望无际的麦田,等到走近了要动手丈量的时候,麦子摇身变成了树苗。还有人在麦地里搭起塑料大棚,建了猪圈,他们知道,即使按照违章建筑来算,也比树苗的补偿标准划算。

田间地头,村人七嘴八舌争论开了。最后工作组和村人总算达成一致意见:凡是人力可以拔起来的果树,一概视为临时移栽树苗,分文不补。征地工作变成了拔树活动,他们在果树之间来回走动,觉得哪棵树可疑,就捋起衣袖,用手去拔一拔,果树的主人在一边赔着满脸的小心。很多树苗一看就知道是刚移栽过来的,用手去摇,不动;用力地拔,也拔不动,树根扎得很是牢固。他们开始"刨根问底",挥着镐头挖下去,才发觉树苗的根部都被铁丝捆绑固定在石头上。那个老农蹲在地头,吸着旱烟,嘿嘿地笑。

就在这样的背景下,一枚山楂出现了。那户人家的苹果园里长着一棵山楂树,枯瘦的树身掩藏在一片苹果树中间,显得很不协调。更不协调的是,这棵山楂树竟然结了一枚果子,像个青涩的太阳躲在枝叶间。这一枚山楂,改变了一棵树的性质和身价。按照有关政策,一棵结了果的树补偿二百元左右,是尚未结果的树的双倍。这棵山楂树,可能是某年某月某家的孩子在果园里吃山楂,随便把种子吐到地上,就自生自长出来的。征地之前，可以断定这棵山楂树是被主人忽略了的，它随时都有可能成为灶前的柴火。此刻，它竟然骄傲地结出了果子，以一棵结果的树的形象出现在他们面前，这意味着，这棵自生自长的树，补偿标准明显要高于那些苹果树。

一棵孤独的山楂树，因为长在苹果园里，因为比苹果树率先结了果子，于是身份变得可疑和难以确认……

清点那户人家的苹果树，是一个周以后的事了。那棵树上唯一的山楂不翼而飞，只剩下山楂树在风中摇晃，形单影只。我曾问过几位同事："那个山楂是不是被你摘吃了？"他们笑一笑，并不作答。

望庄一下子涌进了成群结队的陌生人。成群结队的陌生人在村里穿梭交织。我是其中的一个分子。街头巷尾贴满招工广告。工业园的用工需求量很大，每天应聘和辞职的都在百人以上。人来人往，村人在慌乱之余，很快就适应了，明白了。他们从人群中看到了"财神爷"的微笑，就像从一望无际的麦田里看到梦想的收成一样。他们开始经营起了各种小本买卖，每天都有一笔很可观的收入。现在已经无法核实究竟是哪一个头脑灵活的人率先动手在自家院子里搭建房屋引起了村人纷纷效仿蜂拥而上，于是家家户户都动手扩建，把院子里盖满了房屋，只在墙根留出仅容一人通过的空隙。加盖的房屋，或出租，或开办家庭旅馆，门口挂起写有"住宿、旅馆、钟点房"的招牌。工业园中打工的少男少女纷纷涌来，整个村庄被荷尔蒙的气息淹没。村人鸡犬相闻的日常生活被改变了，因为有了生意场上的竞争，人与人之间变得淡漠和疏远。更多的陌生人涌了进来。

那栋房屋的后院，是个菜园子。在望庄，大多农房都是三间或四间瓦房,然后一个院落,院落的两侧盖有厢房,既有前院又有后院的房舍仅此一家。正屋已经荒弃多年,我站在后院,脚下种了若干蔬菜,它们并不规则,也不够水灵,看得出已经很久没人照料,有一种荒芜感,让这个狭小的院落显出几分沧桑。园子的围墙并不高,墙上插了荆棘,想必是用来阻止孩童翻墙而入的。站在这个园子里,我想起鲁迅笔下的百草园。那年参观鲁迅故居,我在百草园里凝神静气,用心体味了好久,直到同行的人走出老远,才恋恋不舍地离去。百草园契合了我的童年记忆,记得小伙伴们每天在乡村菜园里玩耍,嬉戏,捉迷藏,追蝴蝶,一个并不宽阔的园子,带来了无限欢乐。转眼30多年过去了,如今我在城市边缘,置身于这样一个园子的时候,心情是复杂的。我分包的那个拆迁户,院子里抢建的建筑物都没有审批手续,她拒绝与工作组商谈拆迁补偿,她说村里有一处园子种满了蔬菜,却按照建筑物给予了安置补偿。我独自来到她所说的那个园子,在园里停留很久,想了很多。这个被称为"院外院"的空间,究竟发生了什么,这是我所不知道的。

那天我们在废墟中走了很久,一句话也没有说。没有任何语言会比眼前的所见更加真实。望庄是一本大书。在这个村庄的身上,我看到千百个村庄,她们被连根拔起,移植到了新的地方。她们此后将要面临怎样的生存环境,最终会长成什么样子?

我踮着脚尖,把那本厚厚的《王氏家谱》拿到手中。翻动书页,封面上的尘埃飞扬起来,在阳光里清晰可辨。

近在咫尺的异乡

在路的拐弯处，一个村庄闪现出来。村碑倒在路边，再往里走，迎面巨石上刻有"身居山沟，放眼世界"八个红字，旁边摆放着一个偌大的地球仪。许是因为风吹日晒，木质的地球仪有些腐朽，凑近了细看，球体上除了蓝色海洋隐约可辨，其他地方都已残缺不全。

村中央有一条沟，是曾经的河道。生活垃圾在河道里绵延起伏，异味浮动，与袅袅炊烟融到一起，一种说不出的气息笼罩了这个村庄。当年村庄沿河而建，以河道为界，分成东西两半。问河边晒太阳的人这条河叫什么名字，皆答不知。被河水冲刷过的石头，沿河砌成一道墙，房子就建在墙的后面。河道里长起一棵树，树干已枯，倚仗着半截枯枝，村人顺势搭起草垛，覆上一层塑料布，再压上几截枯枝，刮风下雨也就无所谓了。雨后的河道积了些水，它们已没有力气继续流动，被河道里的垃圾分割成若干的坑坑洼洼，三五只鸭子在戏水。河两岸是疯长的树。两个农妇站在河边石阶上洗拖把。鸭子在浅水里发出不满的咕咕声，与农妇隔岸的家常话交织在一起，这个村庄的角落里于是有了一种奇异的声音，它们不与外界对话，只对身边的物事发言，明确，而且具体。

沿着河道走，我觉得内心也被形形色色的垃圾填满，不知该怎样才能把自己掏空。我从城里来，带着一身疲惫和困惑。二十年前，我从故乡逃离，向着梦想中的城市一步步走去，渴望在万家灯火中有一个属于自己的小小窗口。后来总算实现了，每当站在窗前，视线被高楼遮挡，看不到更远的地方，脑海中一次次浮现的，是乡村的晨昏，那些炊烟，那些鸡鸣，还有那些枯荣的野草……再一次想到逃离，想到漫漫长路中的找寻。并不知道失落了什么，我只知道我要逃离，要继续找寻下去。

街巷并不规则，铺了崭新的水泥路面。一个老人在门前砍柴。他满脸漠然，不停地举起砍刀，把另一只手中的枯枝剁成一截截长短均匀的柴火，齐整地码在身后。我站在一侧看了很久。老人并不在意，抬手，落手，动作迟缓，像是一架停不下来的老迈机器。他身后的柴火，渐渐堆起一座小山的样子。聊了几句，才知道老人已经85岁了。眼前的这些枯枝，是他一个人从山上扛下来的。他说他老了，山路不好，没法推车子，只能用肩膀扛了。冬天正在逼近。老人机械一样的砍柴动作，有着对于即将到来的这个冬天的态度，他把这些没有生命的枯枝扛回家，整个冬天就有指望了。再冷，日子总要过下去的。没有抱怨，他不断举起那把砍刀，把杂乱的枯枝打理齐整，像积攒下了一灼灼等待燃烧的火苗。老人见我拍照，以为遇到了记者，开始絮絮叨叨地讲述。他是一个老兵。他用沙哑的声音向我讲起那些亲历的战事，满脸真诚。我问他，当年打仗时怕过吗？他说怎么可能不怕，直到现在还怕，村里有个人和他一起上战场，那个人死了，他没死，想起来就怕。他的话，没有形容词，不慷慨也不消极，只是说出了内心的恐惧。远远地走来一个老人，她佝偻的腰几乎与地面保持平行的姿态，肩上扛着一大捆枯枝，一步步向前挪动。我被惊呆了。等我回过神来，她已蹒跚走远。我追向前,用相机抓拍了几个镜头。她停住脚步,表情僵硬,我尴尬地笑一笑,不知该对眼前的这个老人说点什么。她扛着那捆枯枝,就像蜗牛爬行一样向着自己的家走去。目光再次回到那位砍柴老人的身上,我能想到他是怎样扛着枯枝从山上一步步地挪移回来的。他说:"守着山,有柴烧。"屋檐下悬挂的一串串冰凌,在孩童的仰望中融化,滴滴答答地落了下来。窗玻璃上冰结的窗花纵横交错,有丘壑,有河流,梦幻一般,在阳光中渐渐变得模糊。

整个村子共有百余户人家,这条街上仅住了三户。村头挺起一个高大的信号塔,旁边是一棵不知名字的古树,树顶有个喜鹊窝。这棵不知名字的树,还有树顶的喜鹊窝,曾让村人无数次地仰望,他们在仰望中体味到了安宁和幸福。如今它已被信号塔取代。信号塔矗立村头,俯视整个村庄。村庄被揽在山的怀里。山并不高大,也不连绵,仅仅是若干石块堆垒在一起的样子。某个冬日下午,我走进又走出这个小小的村庄,忍不住一次又一次回望,那个高大的信号塔像是一个异物,不容置辩地介入了村庄的心脏。

我在村里四处走动,不经意间看到了卖羊的一幕。他们已经讲好价格,除了讨价还价之外,我几乎目睹了一只羊被绑走的全过程。

两个人围住一只羊,拍拍羊的头,摸摸羊的身体,羊还没有反应过来是怎么回事,就被撂倒在地。那个长着络腮胡子的人,看起来粗枝大叶,手脚却利落,他单膝跪压在羊头上,三下五除二就把羊腿捆结实了。羊的主人帮他把羊抬起,塞进面包车的后备箱。慌乱的瞬间里,我看到羊的双眸,惊恐,无助,像是在苦苦哀求。络腮胡子拍拍手上的泥土,满意地上车,扬长而去。羊的主人向着车去的方向跟了几步,停住,嘴唇翕动几下,没有说什么。

我问他,这只羊喂养了多长时间?

"104斤,1斤16块钱。"他答,警觉地用手捂一捂口袋,歪头瞅我一眼,再瞅一眼,一瘸一拐地走开了。

我站在原地,眼前浮起童年时在小镇上看到的杀羊场面。一只羊羔被不停地抛向空中,然后跌落下来,凄惨的声音响彻整个集市。羊羔一次又一次被抛起、跌落,直到摔得奄奄一息,屠夫才开始动刀杀羊。据说这种杀法可以让羊血充分融入肉里,让肉更鲜嫩,且可以增加肉的分量。那个杀羊的人,还有围观的人,在羊羔的惨叫声中,有叹息,也有狂笑。

想到另一个场景。那天本来是去寻找石碾的,抵达传说中的村庄,在河边邂逅了牧羊人。午后的村头河边,因为牧羊人和他的羊群的介入,构成一幅很好的图画:跛脚的老汉腋下夹着马扎,一手扬鞭,远远地吆喝,追赶一只离群的小羊,小羊跑跑停停,偶尔回头朝老汉咩咩地叫,像在故意逗他……

跛脚老汉同意了我们拍照。他用鞭子在河边划定一个大致的范围,自言自语地警告羊们不许离开半步。结果羊群好像故意不给他面子,同时向四周一哄而散,老汉气得直跺脚,把鞭子在空中甩得脆响。那些淘气的羊,可能是看到主人真的生气了,不约而同地磨蹭回来,在他刚才划定的范围里徘徊,神态温顺,让人欢喜。

我们迅速抓拍了几个镜头。老汉有些意犹未尽,赶着羊群渐行渐远。一群鸭子在漂满绿色浮萍的池塘里戏水,排着队,秩序井然。我想数一数共有多少只鸭子,数了好几遍也没有数清,它们像在躲避镜头,排着队缓缓向西岸游去。我跑到西岸，抛下一粒石子，那些鸭子又排着队向原地折了回去，一些说不出的情趣跃然水面。我知道此刻拍下的照片将会呈现一种怎样的静美，而这样静美的村头图景其实并不能代表我们尚未进入的这个村庄。那天我见到了童年记忆中的石碾。碾盘空空荡荡，碾子被丢弃在附近的荒草里，它们隔着一段不远也不近的距离，无言相望。这一切，我无法确认是真实的记忆，还是触景生情的想象。那个悠闲的牧羊场景，与那只羊被绑走时的惊恐无助的双眸交织在一起，我的内心变得纠结，情绪灰暗。那个沉重的石碾，并不比生活本身更为沉重，它压在我的心头，让所有回忆和想象都变得虚无。那张纯美的牧羊照，因为一只羊的被绑架，埋下了关于血腥的伏笔。记忆往往是靠不住的，它藏在内心深处，仍然难逃被外力篡改的命运。当我想要沉浸到美好的记忆中时，现实以残酷的方式唤醒了我。

  门是虚掩的，推门即入。这是一栋老宅，满院鸡粪，需要踮着脚尖走路。鸡在悠闲漫步，这个院落是它们的自由王国。门前，是青石板台阶。门后堆满杂乱的柴火。泥墙布满裂纹。厢房低矮，需时时记着小心，低头才能出入。临街窗口是用编织袋遮掩的，上面标有"稀土多元螯合复混肥"的红色字样，"修金"牌，"科学配方，服务三农"八个字赫然醒目，现代科技并没有略过这个古老院落。窗棂。脸盆。猪槽。阳光下的鸡。横在墙头的一截枯枝。为鸡窝遮风挡雨的残破石棉瓦……这是一个被岁月遗忘的角落。逆光下，有一种静美，恍惚可见人类童年的影子。

  童年的记忆，已盛不下成长的日子。此刻，不知是我找到了童年，还是童年找到了我？

一只鸟从院落的上空飞过。

悬挂在门后的篓子有些单调，拍照前我特意往里面放了几把草，镜头之外，是杂乱的草垛。农人赖以生活的干草，像一些散乱岁月堆积在那里，无人问津。我们是寻访者，也是打扰者。我们打破了这里的安静，原本落定的尘埃开始在阳光里起舞。青石板台阶的缝隙里长了几簇青草，破损的地方，是用混凝土填补的，像是台阶的一个又一个补丁。一个男人从对面摇着轮椅过来，他看上去并不老，脸上也没有被病痛折磨的痕迹。他坐在轮椅上，安静地看我们拍照。

我与他攀谈起来，自然是从轮椅开始说起。

他的瘫痪，是因为采石时被砸断了脊椎骨，他说正好是在改革开放那年。我的眼前一阵恍惚，看不出这是一个在轮椅上坐了整整三十年的人。三十年来，他眼中的世界究竟发生了什么改变？

他淡淡地笑，并不作答。

离开时，我才发觉村庄周围几乎被采石头的挖空了，到处都是窟窿，生活垃圾被顺势填了进去，蚊蝇乱飞。那个坐在轮椅上的人，曾经的采石者，与如今的矿工是不同的。三十年前，他采石是为了盖新房，没有任何商业目的，像那个年代的所有乡下人一样，自己动手采石只是为了节省每一分可以省下的钱。他有的是力气。他的力气撬动了巨石，巨石落在他的身上。

他是这栋老宅的主人，过去是，现在也是。那个盖新房的梦，成为一个永远的噩梦。三十年漫漫长夜，他是怎样独自面对那个梦的？坐在轮椅上的这个人，他是如何面对这个加速度的时代的？我从他的淡定表情里看到一份清醒，看到他与这个世界的和解。

他坦然接受属于自己的命运。

我挥手与他告别。他淡淡地笑,双手转动轮椅,向着身后的家"走"去。

回城的路上,野菊花开得灿烂。沿路有几家大型水泥厂,金黄色的小花落满尘垢。

我将永远记住那个绕村而行的夏日午后。

阳光炙热,像是暴雨来临的前奏。所有房屋都一如既往地站立着,村庄上空弥漫着一种解释不清的气息。我看到农宅前的石榴树,石榴树下的老母鸡,街头巷尾的垃圾和污水,还有某工业园集体婚礼的红色横幅,用作了垃圾堆旁边的一株樱桃树苗的围挡。村庄与工业园之间有块空地被农民开垦利用起来,种植了零星的庄稼。被开垦的那方土地比路面高出许多,稀疏的庄稼就像一些无助的人默立在高处,对即将发生的事情茫然无措。大约半个月前,我曾走到那里,与一个正在浇水施肥的老农闲聊了很久。他反复地问:"早签还是晚签?"我说早晚都得签,这是必然的事。"可是十年前征地时早签字的人都吃了亏。"他说,然后低头给庄稼浇水,并不期待我的解释。他埋头侍弄庄稼,脸上不再焦虑,有了一种让人难以置信的镇定和从容,好像根本不在意村里将要发生的事……当我再次走向村后那块被开垦的土地,唯有几株高且瘦的庄稼在高处默立着。阳光炙热,一场暴雨即将降临。

在一个等待拆迁的村庄,"种子"还有用吗?

农民把最饱满的粮食拣选出来,留作来年的种子。不管收成如何,把种子预留下来,在一粒粒种子上寄予梦想,这是过日子的底线。如今不同了。一粒种子，本来可以结出更多的粮食，喂养更多的人，结果却被删除了成长的可能，用以满足少数人的胃。食用种子的人是可耻的。

梦想也是应该有根的。失却扎根的土地，该如何面对一粒种子？

蒲公英从窗口飞进来，落到桌面上。它把我的书桌当成了值得落定的土地。

我想念我的故乡，那里没有什么工业项目，也没有水泥路面，有的只是季节的更替，年复一年的劳作。每次回乡，村人都喜欢听我讲述外面的拆迁故事，对拆迁补偿流露出毫不掩饰的向往。他们早已受够了面朝黄土背朝天的日子，寄望于拆迁对命运的改变。他们对新生活充满向往，却不清楚新生活究竟是一种怎样的生活。土地是贫瘠的，也是最包容的，它不舍得抛弃任何一个热爱劳动的人。不管他有怎样的性格怎样的缺陷，只要他还热爱劳动，土地就会收留他，眷顾他，让生活得以继续。

在村里遇见那些到城里打工的人，简单交谈几句，就可看出他们已被城市格式化了的思维和情感。他们已经与自己的乡村格格不入。他们和他们的亲人满意于这样的一份格格不入。在城里，在他们赖以生存的流水生产线上，冰冷的程序，不可逾越的距离，把人的血肉之躯变成所谓现代化设备的一个零件，使其按照既定轨道和规则运行。交流的被阻遏，表达的被限定，以及来自机器设备的操控和奴役，是他们自甘陷入的命运吗？至于亲手生产出了什么样的"产品"，似乎从来就不是他们所关心和在意的。

对存在不断地进行去蔽和发现，不仅需要善于洞察的眼睛，更需要一颗勇敢的心。

这个工业新城在不断扩张自己的领地。一个农妇在拆迁工作组签约，她握笔的手不停地在抖，在抖。村里大多数人都已签字。她其实没有提任何额外的补偿要求,她只是舍不得她的老房子……终于,签了字,她把手中的笔掰成两截,瘫在地上号啕大哭。

一个人正端着相机,认真拍摄那些倒塌的房屋。他曾全身心地投入这场拆迁工作。当村里最后一栋房子被推倒,他如释重负,开始从村子的不同角度拍照,为这份业绩留念。我时常想,当他老了,独自面对这些照片,会是一种什么样的心态?

村人大多在地里种植了苹果和葡萄,很少有人愿意再侍弄庄稼。父亲年龄大了,想栽葡萄,力不从心,又不想让田地荒着,就种了麦子。父亲的麦田成为村里唯一的一块麦田。麦子一天天长起来,日渐稀少的麻雀不知从哪里冒了出来,它们在麦田上空翻飞,不时地落下来啄食麦穗。在我很小的时候,麻雀随处可见,村人也不介意麻雀吃点庄稼。现在不同了,四周几乎没有种麦子的,父亲的麦田自然就成了麻雀的乐园。父亲在麦田里拉了彩绸,彩绸在风中拂动,发出声响。麻雀很快就习以为常了,不再有丝毫惧意。父亲想不出更好的招数,只好整日在麦田里走动,不停地做出驱赶的手势。在我心里,"守望麦田"一直是个带有浪漫色彩的词语,当看到守望在麦田里的父亲,我的眼泪流了下来。站在空旷的乡野,看父亲佝偻着腰在麦田里走动,我想到了很多。我远远地看着我的父亲,就像父亲在看着他的麦田,这守望里有着最素朴的生命本色。

年轻时一直有"在别处"的情结,如今更多想到的是"此在"的生命,觉得一张书桌就可以安放整个世界,我将一直守望在这里,坚信这份守望的意义,坚信生命的根须终将延伸到那个叫作故乡的地方。异乡很近。故乡很远。走出书房,穿过钢筋水泥的建筑丛林,走向并不遥远的城市边缘,我才发觉所有的异乡其实都有着故乡的容颜。我日夜惦念的故乡原来就在眼皮底下，她是万千村庄中的一个村庄，这个村庄之外的所有村庄都被我称作异乡。异乡之所以是异乡，正是因为我一直以旁观者的眼光看待她，没有把她的苦难、贫穷和惶惑真正放在心上。

我愿意将每个村庄都错认成故乡，并且一错再错。我想对每一个村庄诉说，那种所谓体面的生活，从来就不曾安放一颗不甘平庸的心，精神倘若失去了"根"，必然会被汹涌的现实物欲裹挟而去。这个远离故乡独自漂泊的人，从来就不甘随风而去。

感谢那些岁月。是那些岁月中的艰辛、磨难，甚至尴尬和不堪，成就了你，内化成为生命中的一部分，像细密的年轮构成了一棵树的枝干。隔着一段时光，你依然不知道该怎样表达它们，你怕自己的书写不够真实有力，辜负了那段永不再来的时光。像打量一棵树那样打量那些日子，一定是很久以后的事了。

坐在书房里没有想明白的道理，在行走途中渐渐变得清晰和简单。海边的礁石全被炸掉了，他们在腾空的地方修建人造景观，破坏时的快感和再造后的成就感在同一个人的身上发生。审美眼光绝不仅仅是一个艺术问题，也是一个很严峻的现实问题。太多的人沦为技术主义者，感受不到这个世界的更多的痛，或者根本就无意于感知这个世界的痛，他们眼里只有鲜花和掌声。

注视一棵树，从一棵树的年轮中发现成长的秘密。它们来自缓慢的力量。最值得信赖和托付的成长，理应是缓慢的。

在这个迅疾变化的年代，你保留了什么不变的东西？除去形容词和大词，你在如何表达？若干年后，你的不可替代的品质是什么？所谓风光和热闹的背后，还有什么是值得回味的？

这是一些不该停止的追问。

在胶东腹地行走的日子，那些村庄的疼痛让我渐渐从麻木中苏醒。我想成为一个心灵温润、懂得感动的人。走了这么远的路，我才明白当初应该怎样出发。如今我所能做到的，仅仅是走好接下来的每一步，一步一回首，回望来时的方向。我知道脚下的这片土地早已伤痕累累；我也知道，我和大地上的所有奔波者和梦想者一样，最终的出路都是回归地面，像一株庄稼那样扎根，遵从季节的规律去成长，以成长的方式向大地和天空致意。

对天空的真正理解，是因为懂得了大地。

如水的月光

那时我住在一个叫作西村的居民小区。"西村"原本是一个村子,在二十世纪九十年代被城市化了,农宅被改建成为楼房。后来机关里分房子,因为论资排辈,我分到的是别人腾出来的一套旧房。因为是旧房,且在西村,我有些失落。乡下的父母却格外高兴,觉得儿子刚参加工作就分到属于自己的房子,总算在城里扎下了根。在我眼里,西村不过是一个被挪移到了城里的大农村,居民大多是以前的农民,仍然延续着过去的生活习惯,我对他们有一种本能的疏远和排斥感。那时我好不容易才离开农村,正在奋力追逐一份城里人的生活,既要承受外在的矛盾,又要抵御内心的冲突,整日在自信与自卑之间徘徊。常常是在深夜,我把赵传那支《喊向黑色的天空》放到最大音量,整栋楼房似乎在颤动,陌生的夜风蹿进屋里,有些凉。这个难眠的人在写作,在走一段很长很长的夜路,不管遭遇怎样的阻遏,不管内心掀起怎样的风暴,他一直在努力地融入人群,试着与生活和解。

"不要奢望熟识的人都关心和理解写作,也不要苛求每一个写作的人都怀着爱、真诚和责任。"睡梦中,我被这样的一句话击醒。梦中出现的这句话,就像旷野中的一棵树,没有任何衬托也没有任何枝蔓,甚至连扎根的泥土都没有,它就这样莫名其妙地突然出现,瘦得锐利,让人窒息和迷乱。我醒来,站到窗前,看到了对面地下室的灯光。这是凌晨三点,那灯光像一灼小小火焰,在城市的角落里暗自燃烧。后来有一天,母亲跟我说,对面楼房的地下室总是早晨四五点才熄灯。我开始留意那里,晚上读书写作累了,常伏在窗前吸烟,与对面地下室的灯光久久对视。那灼小小的火焰里,大约藏着一个秘密。我对那个秘密充满好奇。一个又一个午夜,我在五楼窗前俯视那里,地下的灯光与天上的月光遥相呼应,因为过度专注,我渐渐有了仰望的幻觉,觉得大地变成夜晚的天空,从地下室窗口流泻出来的,是如水的月光。它们漫过我的心头,让我同时体味到一种真切的温暖与寒意。

一个黄昏,我陪女儿在楼下玩耍,遇到一位年轻母亲与她的孩子。两个稚童在一起很快就相熟了。我问那位母亲她也住在这个小区吗,她用手指着楼前的方向说,暂时住在那个地下室,我们是邻居。她的表情淡定、素朴。她的孩子,一个很阳光的小男孩,正在她的身边开心地玩耍。继续闲聊,我知道了她来自遥远的农村,租住在对面的地下室,丈夫白天在这个城市蹬三轮车,晚上孩子入睡以后,夫妻两人一起织羊毛衫,赚点加工费。看着她和她的孩子,我的心中满是敬意。他们在城市的角落里生活和劳作,以拥抱月光的方式,迎接黎明的到来。他们把城里的月光,在地下室转化和提炼成一灼小小的阳光,种植在孩子的心里。

我记住了那些如水的月光,记住了那位历经沧桑的母亲和她的阳光一样的孩子。

影 子

我是在散步时留意到那个村庄的。一个守候在路边的村庄,普通得像一幅褪了色的挂图。那天让我突然停下脚步,并且弯下身来的,是一小片新鲜泥土。因为一座老房子刚被拆掉,房基下的泥土裸露出来,像是一个新鲜的伤口,在暮色中闪着微润的光。接下来的日子,这样的光一次次地闪现,在我散步的时候,也在我的睡梦中。一栋又一栋的房子被拆掉,村庄渐渐显出了空旷。以前我的散步是没有规律也没有固定路线的,自从留意到那个名叫望庄的村子,哪天倘若没去看一看,我心里就有一种说不出的失落。

那天,村里的人都聚在学校操场上开会,广播喇叭发出的声音在风中颤抖。第二天,一群陌生人出现在村里,进家入户宣讲搬迁政策。第三天,村里似乎安静下来。平时蹲在墙根下晒太阳的那些人,也见不到了。他们躲在家里,门和窗都敞开着,有的在院落里抽烟,有的四仰八叉地躺在炕上看电视。这个村庄,像是被注入了什么似的,无边的沉默里,有某种东西一触即发。走在街上,远远地看见前方有个身影在移动,于是我觉得心中的孤单有了长度,比两个人之间的距离稍长一些,比脚前的道路更短一些。前方那人在某个路口转弯，突然就不见了踪影，长度一下子消失了，距离感却强烈起来，心也变得空空荡荡。第四天，沉默。第五天，沉默。第六天，还是沉默。第七天，村里的广播喇叭开始响起来，不知疲倦地喊着这样几句话："农村的出路在于城市化，农业的出路在于工业化，农民的出路在于市民化。"广播喇叭像一朵朝着天空绽放的花朵，发出的声音却是向下坠落的，直接击中了整个村子，击中了村里的每一家每一户，击中了正在村里四处游逛的我。我只是一个局外人。路边偶尔可见的树木，高高的枯枝擎着零星的喜鹊窝。站在树下，举步和驻足之间，仰望和低首之间，突然就有了一种更为空旷的感觉，从这空旷里生出一些难言的滋味，说不清是寂寞还是落寞。小桥、流水、鸟语、蛙鸣，还有成群的萤火虫，这些童年随处可见的物事，如今越来越显得珍贵。它们都躲到哪里去了？阳光是柔软的，被风吹得摇曳起来，让人眼花缭乱，渐渐就生出了幻觉。村里到处都是制服的影子，西装革履的影子，房屋倒塌的影子，老农走向远方的影子，声音的影子，风的影子……村子成了一个影子的世界。影子交错斑驳，时而真实，时而恍惚，我能感觉到影子的存在，却无法真实地把握和说出它们。

最先被填平了的，是村头的那方池塘。推土机用了整整一周的时间，昼夜不停，终于将池塘填成平地。那些远远近近的蛙鸣，不知藏躲到了哪里。还有牛，那些失去了农田的牛，它们就那样用一双含泪的眼睛看着你，一直看得你想要落泪。还有村庄后面的那片土坟，被搬迁进了公墓。

我见过望庄早期的照片，远山与屋舍还有出坡是同样的色调，给人一种青涩的感觉。

这个村庄已经存在若干年代了。半个多世纪以前，这里曾遭遇过一场水灾，雨水瀑布似的从天而降，农田被淹得没了踪影，望庄像一叶扁舟在水里漂泊。村人没有一户离开的，在他们心里，人的命运是与这个名叫望庄的村子维系在一起的。眼看着水进了院墙，快要淹没土炕的时候，水位突然不再增长，海也安静下来。大水撤退了，村人在海边看到一只受伤的巨龟。他们请来老兽医，很认真地为它诊疗，直到它重新回到大海。

望庄是被村人亲手拆掉的。政府出台了鼓励政策，凡在三十日之内自己动手拆掉房屋的，除了应得的拆迁补偿费之外，每户还可得到两千元的额外奖励，而且，拆下来的木头、门窗和砖石等物料，归户主所有。于是很多人觉得，早拆晚拆都得拆，与其等着让别人硬拆，还不如自己早点动手，毕竟自己熟悉自家房子的脾性，不会把砖瓦木料拆坏。也许，他们还在盘算着某年某月会有某个机会，还可以利用这些废弃的房料重新盖一栋房子。

原来的望庄，很快变成了一个建筑工地。一排简易工棚，里边是由木板搭起的连铺，每间屋子大约容得下二三十个民工。工棚的两侧，分别是一个小卖部和一个小吃部，门前立着笨拙的木板牌子，上面歪歪斜斜地写着"新东方百货店""亚细亚烧烤屋"的字样。

望庄是两年前通上柏油路的。先前从望庄到城里是一段土路，晴天尘土飞扬，雨天就变得坑坑洼洼，到处是积水。农民到城里卖樱桃，摩托车即使挂在最低档位，两筐樱桃也会颠碎一半还多。如今路面修得平整，像是村庄的一张终于舒展了的脸，摩托车踩足油门，也不必担心樱桃会有什么破损。路是修好了，第二年望庄的樱桃树就全被砍伐了，因为要征地。

老槐树最终还是留了下来。据村里最老的人说，在他小的时候这棵树就已经很老很老了。老槐树默立在村中央，风吹来，树叶哗啦啦地响，像在讲述什么。有月光的夜晚,老槐树的影子显得坚定、静穆,让人生出几分敬畏。望庄拆迁时,这棵老槐树本来是要被移走的,但村里谁也不愿动手。最后有个人站出来想试一试,他是方圆十几里出了名的天不怕地不怕,因为打架斗殴被判过刑。就在他驾驶推土机冲向老槐树的时候,老槐树的叶子突然哗啦啦地响作一片。好大的风。风究竟来自何处?怎么突然就有了风?从那以后,再也没人敢打老槐树的主意。望庄所有的房屋都拆掉了,老槐树孤零零地留下来,周围很快拔起一栋又一栋的厂房和高楼。到了夜晚,倘若有些月光,树影就越发显得孤单。

老槐树亲见了一个村庄的消失,却无法完整地说出这消失。

然 后

　　街是不规则的,时窄时宽。鸡在街边的垃圾堆里刨食,老黄牛的影子有些落寞,牛粪气息既新鲜,又像是沉积了若干年月……

　　这是记忆中的望庄。这个村子早在多年前就不存在了,它以碎片化的方式留在我的记忆里。那天我陪着一个外地朋友去看了那片轰隆隆响的工厂,告诉他这里曾是《影子》中写到的望庄,然后我们又去到一个新建的安置小区,参观望庄的另一种存在形态。朋友满脸茫然,我们只是走着,看着,沉默着。望庄拆迁后,我常来这个安置小区,把车停在某个角落,一个人在小区里转悠,看老百姓晒太阳、拉家常,有一种久违的亲切感。有时候,我会看到车队浩浩荡荡地进了小区,接着下来一个人,随后下来一帮子人,他们一边走路一边交谈,同时配以手势和点头等动作。这是一份被展览的生活。我只是一个闯入者。

　　拆迁之前的望庄,村风并不好,这在镇上是尽人皆知的。二十世纪九十年代,据说望庄曾有一任村长,整天把村里的公章拴在腰带上,喝醉了酒,时常从腰上拽下公章,仰头,挺胸,睁一只眼闭一只眼,朝着天上的太阳一本正经地比画一个盖章的动作。不知道这是真事还是玩笑,这个村长后来锒铛入狱,却是千真万确的。也是在那个年代,望庄经常起火,如果谁去救火,接下来必定轮到他家的草垛着火。后来镇上的派出所介入,查出了纵火者,是村里一个老实木讷的人。问他为什么要放火,他说没有为什么,就是心里不痛快。那个纵火者不仅放火,还偷鸡摸狗,时常就把张家的狗或李家的鸡,偷偷变成饭桌上的口粮。望庄拆迁了,村人住上楼房,阳台统一安装了防盗网,像鸟笼一样。他们开始了新的生活。逢年过节我回乡下老家,村人会向我打听望庄的事,满脸的羡慕与向往。在我的老家,一年四季除了耕种时节,村人大多都在城里打工。每次回乡,我总会听到一些与他们相关的消息,比如谁在建筑工地干了一年,最后一分工钱没有拿到;比如谁在城里的工厂上班,一只胳膊让机器给搅得粉碎,我见过那人,一只空空的衣袖随风飘荡。

在安置小区,我与几个老人站在楼底下闲聊。物业公司正在维修漏水的阳台,一个小伙子像蜘蛛一样挂在半空中,不停地向漏水的楼墙里灌注水泥浆。老人仰着脸问,刚盖好的楼房不该漏雨啊?不远处的广场上正在杀驴,有吆喝声传了过来。望庄刚搬迁到这个安置小区时,有个老农把毛驴牵上了楼,后来这头驴被物业公司收去,冲抵了主人的水电费和物业费。那天我亲眼见到杀驴的场面:一头驴被破了膛,另一头驴站在旁边潸然落泪,围观者正在兴致勃勃地谈论着与驴肉相关的话题。

望庄拆迁后,村里的会计下岗了。下了岗的村会计曾多次向我描述过,那个冬日他在机关大院里"工作"的情景。自从搬进安置小区,望庄的老百姓不再种地,脑瓜活络的人很快就做起了生意。下岗的村会计说服几家亲戚,合伙购置一辆旧铲车,开始干起了工程。他在建筑工地忙碌一年,工钱一直被包工头拖欠着，想去机关大楼要个说法，在门口被保安盘问几句，他就走开了。后来下了一场大雪，有人通知他到机关大院里铲雪。他开着铲车，雄赳赳气昂昂地跑在公路上，路上积满厚厚的白雪，一溜小轿车自觉地跟在他的铲车屁股后面，他们把他的铲车当成了开路车。他从后视镜里看到身后排着长长的车队，联想到村支书的儿子结婚时很是气派的车队，还有村人满是羡慕的眼光。在这个没有太阳的早晨，他开着铲车行进在落满积雪的公路上，他故意减速，速度再慢也没有人愿意超车，他觉得自己是率领车队的总指挥，很享受这种慢的感觉。到了机关大院，他开始工作，开着铲车轰隆隆地铲雪。陆续上班的人，见了他，远远地就开始躲避。他突发奇想，真想用铲车在大院里掘地三尺，看一看地下究竟埋藏了一些什么。他知道自己的任务是铲雪，即使他不来铲雪，也会安排别人来铲雪；即使不安排别人铲雪，等太阳出来以后这里的雪也会渐渐融化。融化，将是雪的唯一结局。他这样想着，恍然发觉自己的劳动其实是可有可无的。他看到雪又开始下了，大地白茫茫一片真干净。

下雪是美的，化雪则意味着泥泞，意味着给人带来尴尬和不便。机关大院里的雪，总会在融化之前被环卫工人运走。就在那个雪后的早晨，我从窗口看到铲雪和运雪的整个过程，也看到一个邮递员骑着自行车送信的情景。绿色的身影在雪地里缓慢移动，这个在我童年记忆中反复出现的形象，让我突然有了一些难过。三十年过去了，这幕场景依旧不曾改变，我看着邮递员从自行车后面的绿色邮袋里拿出报纸和信件然后弯腰顶着风雪向机关大楼走来。三十年了，这个世界已变得面目全非，只有邮递员依然是童年记忆中的样子。轰隆隆的铲车和单薄的自行车，同时定格在一场大雪中。那个绿色身影携着远方的消息，从风雪深处一步步走来。我们生活在自己的房间里，其实一直在等候来自远方的消息。雪从遥远的地方启程，带来了远方的消息，但雪还没有来得及开口说出它们，已被我们像对待垃圾一样铲除了。这样想的时候，我觉得有些东西被一只看不见的手从心里抽走了，内心变得空空荡荡；当我鼓足勇气直面这份空空荡荡时，内心突然又变得格外狭窄和拥挤。我不知道这是怎么了，不知道为什么会出现这样的状况。或许，是因为以前的日子过于安逸，像一潭静水。现在这潭水因为雪的介入和融化，开始有了皱纹。

已是多年的积习了，每天走进这栋机关大楼，我总会有意无意地用脚步测量距离。比如从门口到楼梯多少步，从楼梯口到办公室多少步，从办公室到厕所多少步，我每天都会丈量若干遍，每天都会在心里念叨若干遍。我至今没有记住确切的距离，只记住了行走的方式，从大门口到楼梯的那段路，我会踩着右侧的黑色地砖走；从楼梯口到办公室的那段路，我会踩着左侧的灰色地砖走；从办公室到厕所，我会一只脚踩着黑色地砖，一只脚踩着灰色地砖，偶尔也会脚踩黑色和灰色的分界线，呈线状笔直地走过去。每天只要进了这栋大楼，我必定会按照这种方式走路。我不知道是谁让我这样的，也不知道是从什么时候开始这样的，我只知道这样一种刻板的行走方式，一定是在表达一些什么，自我提醒一些什么，或者企望抵达一些什么。日复一日、年复一年地这样走着，转眼十多年就过去了。在这个机械式的行走过程中，也发生了一些变化，比如每天走到楼梯的拐弯处，我总会摸一下木质的楼梯栏杆，就像打卡一样，固定的位置，同样的动作，一直重复了若干年。后来，每天都被摸一把的那块地方，油漆脱落了，宛若一个沧桑的表情，很是惹眼。后来，那块巴掌大的地方被重新刷了油漆，看上去像是一个新鲜的伤口。

那个周末我喝了很多的酒，一个人待在办公室。醉眼蒙眬中，突然发现地面有个蠕动的污点，我低头查看，是一只蛐蛐。它是怎么跑到十楼来的？清冷空荡的办公室里，突然增添了这样一只来自乡下来自童年记忆的蛐蛐，这真让我茫然失措。我不会伤害它，当然也不可能把它留在这个房间。我卷起一叠废旧报纸对着蛐蛐扇动，想把它一点点地驱逐到门外。这只小小的蛐蛐好像并不甘心，它被我驱逐一段距离之后，就会艰难地挺住，拼力向屋里挪动一小段距离，企图尽可能地靠近我。我很矛盾。我猛烈地挥舞手中的废旧报纸，一口气把它驱赶到了门外的走廊上。这是机关大楼的走廊，这只出现在我办公室的蛐蛐，已经抵达一个公共场所，这意味着，它已经与我无关了。我满怀歉疚地看着它，它在长长的走廊里显得更加无助，我迅速关上门，如释重负。耳边响起了童年夏夜里蛐蛐的叫声，很动听也很让人伤怀。此刻，坐在这间办公室里，我怀念童年的蛐蛐，却无力面对一只现实中的蛐蛐。我无法解释自己。

一个同事退休了。他离开办公室之前，打电话约我过去话别。我们聊了一些与工作无关的事，然后他说从明天开始就不来上班了，办公室的钥匙拜托我转交有关部门。他站起身的瞬间，我觉察到了他的迟缓——与庄重无关的迟缓，与沉稳无关的迟缓。他的这个迟缓的动作，散发着一种苍老气息。他仰头把剩余的半杯水喝尽，弯腰从抽屉里掏出一个白色塑料袋，把喝完了水的杯子装进去，接下来一起装进去的，还有梳头用的梳子、半盒名片、一些平时吃的药片。他把卫生间的灯关掉，把空调关掉，把饮水机关掉，把门锁上。他锁门的手有些颤抖，钥匙好几次都没有插进门锁里。我说我来锁吧，他说还是自己来吧，态度很坚定，像是必须亲手尘封一段岁月，又像是要证明一点什么。门终于锁好了，他把钥匙交给我，转身离去。我送他走到楼梯口，电梯的门很快就开了，他走进去，门很快又关闭了。我站在原地，目送电梯下楼，10楼，9楼，8楼，7楼，6楼，5楼，4楼，3楼，2楼，1楼，电梯畅通无阻，很快就到了最底层。我的心也随着一层层地坠落，一直落到了地面上。我抬起头，迈步向着自己的办公室走去。从那一天起，我再也没有扶过楼梯拐弯处的栏杆，那个巴掌大的新鲜伤口很快就痊愈了。

那年夏天我是在果园里度过的。那些快乐无忧的日子，成了我的童年记忆中最难忘的一段时光。后来，那份记忆很快就被切换成了另外的一幕：村支书开始频繁地光顾我家，说服我的父母交出那片果园，因为他想在那里开办一个石子加工厂。在二十世纪八十年代初期的乡下，这是一个很大胆的设想。村支书之所以相中我家的果园，大约是因为它位于村头的公路边，地势平坦，交通便利。老实巴交的父亲表现出了从未有过的倔强，执意不肯让出果园。我清楚地记得，那段时间全家人都陷入了惊恐和不安之中。最后是母亲让步了，她说："人家是村干部，我们终究抗不过去的，就认命吧。"一片沃土就这样拱手让了出去，所有的果树一夜之间全被砍伐了。村支书开出的条件是父亲交出果园后，农闲季节可以去他的石子厂上班。在同样的一片土地上，我的老实巴交的父亲从果园的主人变成了石子厂的劳工，那时年幼的我并不懂得这个身份转换意味着什么。每天上学和放学路经那里，我都会看到父亲站在高高的石堆上，弓着腰，反复地抡动手中的铁锤，把踩在脚下的石块砸碎，然后再经由粉碎工序，把它们加工成建筑施工用的石子。父亲的劳动报酬，是按照加工石子的重量来计算的。

曾经瓜果飘香的一方土地，开始整天弥漫着浓重的石子粉尘。父亲越来越寡言少语，腰渐渐地弯了。每逢喝点酒，他就变得异常愤怒，破口大骂村支书。后来我才理解，那时父亲每天用铁锤击碎的，不仅仅是坚硬的石块，更是他脆弱的梦想，还有对好日子的向往。生活变得艰难和暗淡。直到我和弟弟都参加了工作，定居在远离家乡的城市，父亲才平静下来，能够坦然地回忆和谈论他的果园了。每次回老家，走到村头我都会停下来多看几眼那片曾经的果园。事实上那个石子厂经营几年光景就倒闭了，他们在原地盖起几栋房子，圈了很大的一片院子。如今，房屋有些颓败，院落杂草丛生，一派荒芜的景象。我无法将眼前看到的这个场景，与童年记忆中的美好果园联系起来。隔着漫长岁月，这个变迁过程中究竟发生了一些什么？这是我的父亲永远都不会明白和甘心的，也是我永远不该忘却的。倘若当年守住那片土地，保护好那片果园，也许生活会是另一种模样。土地，可以繁衍一切生长一切的土地，在成全一些人的梦想的同时，也让另一些人的梦想永远破碎。若干年后的今天，我看到同一个版本的故事，在不同的地方同时发生。

当然也有别的故事。机关大院里摆满了小车，秩序井然，在阳光下闪着耀眼的光。我的一个同事下班后开车出了机关大院，把车停在一家超市门前，结果让人砸碎车窗玻璃，将放在副驾驶座位上的皮包偷走了，里面装有身份证和驾驶证，还有两万多块钱的购物卡。他打电话报警，不停地追问警察："在闹市怎么会发生这么粗暴的事呢？"那天我碰巧路过现场，也成了一个围观者。几个似曾相识的人，正在超市门前捡拾被丢弃到垃圾箱里的烂白菜，我恍然记起，他们住在安置小区，是曾经杀驴的人。

镇上的集市也要搬迁了。这是一个百年大集,距离望庄约有五里路,城市化的浪潮,眨眼间就蔓延到这里。最先拆除的,是集市旁边的一栋古人私宅。这位古人在人类文化史上的地位,是目前学界正在热烈讨论的一个话题。他的老宅被拆掉了,在原地盖起一栋高层住宅。我喜欢独自一人去到那里,绕过那栋高楼,汇入赶集的人流之中,走走停停,偶尔弯腰翻看那些带有露珠的蔬菜。小贩的叫卖声,朴拙,真实,驳杂的烟火气息,传递着正常人的体温。百年大集就像一个舞台,村风民俗是舞台的背景,那些最卑微的人同时登台,不是要表演,是要把手中的劳动成果兑换成生活。一只看不见的手将他们拆散,然后又规范到了一个叫作农贸市场的巨大建筑里。农贸市场建在发电厂旁边,与新建的安置小区比邻而居。发电厂两只高达百米的烟囱,笔直,茁壮,间歇性地吐着浓烟。农贸市场造型美观,功能分区也很明确,人还是那些人,货物也许还是那些货物,但在既定的规范秩序中,人与人之间有了一种被割裂的距离感。

听到他离婚的消息,我觉得很意外。我们是大学同学。他结婚还不到一年,那时他的女朋友正读研究生,他在县城经营着一家小型加工企业。他们通了八年的信,每周一封,几百封信件被整整齐齐地装在一个红色盒子里,让每一位参加婚礼的人感动和感慨。谁也不曾想到,等到他的妻子研究生毕业的时候,他们的感情也随之结束。她爱上了班里的一个男生。那些书信成为一个尴尬的存在,所有的感情,所有的文字,所有的承诺与惦念,原来如此脆弱。大学时他曾说过,将来要把两人的通信印成一本书,作为爱情的见证送给每一位亲朋好友。书没有印成,那些书信被物归原主,他销毁了它们,没有留下只言片语。他拒绝面对那些亲手写下的记载了爱情岁月的文字。他知道在他的生命中,最大的败笔不是婚姻的失败,而是他销毁了那些通向婚姻的书信，销毁了那段他和她共同走过的岁月。距离与距离感是不同的。热切通信的八年间，距离并不是一个问题，距离让彼此的惦念更加浓烈和深长。执子之手，距离消失了，距离感随之出现。

因为工作关系，我时常陪同客人去一家汽车厂参观。走在车间的空中走廊，脚底下是井然有序的生产流水线，零星可见的技术工人在各自的岗位上忙碌着，他们彼此之间隔着一段很远的距离，他们与作为参观者的我也隔着很远的距离，我看不清他们的脸。这个宽阔生产车间里的唯一表情，就是金属的表情。冰冷的距离，意味着对话与交流的不可能。也许他们会发出自己的声音，但那声音刚一出口，就被巨大的机器轰鸣声吞噬了。每次参观结束后，我总是很久难以平静，汽车给了我们速度，速度又让我们忽略和舍弃了很多的东西。比如距离感，因为距离的迅疾消弭，原本短暂的美感成为一个更为短暂的事物。而且，缩短某些人的距离感，往往是通过扩大另一些人的距离感来实现的。这是生产流水线上的事实，是大家习以为常的事实。我看到了这个事实。

上班的途中有一家茶室，茶室的门前经常晒着一辆宝马车。偶尔，宝马车的主人也会在门前晒一只乌龟。据他自己讲，那只乌龟已有三十多年了。有一天路过那里，我又遇到了他和乌龟，忍不住问道："时间久了，这龟该认识你了吧？"他没有正面回答，只说它是很有灵性的。有些时候，茶室门前也会晒着一个女子，她的并不年轻的脸上写满秘密，像一页书，在时光中渐渐褪了颜色。

在写作本文的过程中，我在稿纸上不断地写下"然后"两个字。然后会怎样？然后该怎么办？……我无法给自己一个明确的答案，也没人能给我一个明确的答案。在问题的源头，我们错过了这样的对于"然后"的追问。

  一条鱼从鱼缸里跳了出来。鱼缸摆在书桌的一角,从鱼缸里跳出来的那条鱼,落在桌面的稿纸上。一条鱼,要想脱离必需的生存环境,需要一种怎样的勇气?它不满足于鱼缸里的小小自由,它向往大江大河,向往大海,向往所有波涛汹涌的地方,那是作为一条鱼的不可割舍的梦想。它是在通往自由的路上死去的。它从鱼缸里跳出来,落在了我的稿纸上,我对这样的一条鱼充满敬意。一页稿纸,成为一条鱼的墓地。难道它想通过这种决绝的方式告诉我一些什么吗?静夜灯光下,我的稿纸上爬满了一条鱼的影子。在我的心里,有一条永远活着的鱼,它心中充满了对大海和风浪的向往。

城与乡

那时他还不曾见过外面的世界。路在脚下一截一截地闪现,当他回首,生活十九年的故乡早已淡远了。

那条千滋百味的路在城市终止。更准确地说,他所抵达的是那个滨海城市的边缘地带,没有预想中的惊奇,那里与他的老家委实没有什么两样:田地一览无余,泛着泥土的气息,大片麦子在风中沉吟,池塘偶有蛙鸣,树影下三五头牛正在安详地反刍。不同的是,挖掘机、塔吊这些有别于镰刀和锄头的工具已占据田地一角,与不远处的城市高楼遥相呼应。像他一样的民工正从外地陆续赶来,为的是参与这块土地的开发建设。工期紧迫,接下来的日子里他目睹了铲车轰然扑向那片刚抽穗的麦子,一位老农跪向麦地连磕几个响头。他和工友们开始了紧张的劳作,披星戴月,风雨无阻。他们手执铁锹在田野上制造伤口,然后用钢筋和混凝土弥补伤口,伤口从一角开始蔓延,直到遍及整个麦地,直到冒出了大片的厂房。

十多年后,他才真正理解了那位老农跪拜麦地的背影。本想,那些曾经的生活片段,那些关于麦地和工地的记忆,会被时光的利斧削成横截面,最终凝固为一枚杂质斑驳的琥珀。然而现实并非如此,那样的情景在不断被批量复制,铲车所到之处,庄稼们纷纷倒下,迅速成长起来的是冰冷楼群。那个滨海城市的边缘地带,那片曾经的麦地,在短短十年间发生了沧海桑田的变化,高楼林立,车水马龙,身兼"开发区""高新区""保税区"等若干"头衔",被誉为最适宜创业的城市。他曾随着浩浩荡荡的城建考察团去过那里,他们介绍了这座城市的发展史,绘声绘色地回顾了建设之初的艰辛和不易。以参观考察者的身份故地重游,他不知这是一个偶然,还是上苍的有意安排。他和它都已变得让人不敢相认了。在这片曾经与老家并无两样的土地上,他的民工兄弟早已杳无踪影。他们怀揣气力和梦想而来,踏着破碎之梦离去。他们没有拿到工钱。他也是。据说工头携着工程款躲到了一个很远的城市。主人向考察团介绍这座城市,更多谈到的是所谓高起点规划、高标准建设和高效能管理。他听着,讲解的声音穿透钢筋混凝土,与沉吟的麦浪相遇,与那个似曾相识的乡村少年相遇。

"那个夏季炎热多雨。农民弯着腰,挥舞着镰刀,大片的麦子纷纷倒下。在麦地的尽头,唯独你依然站立着,脚下淌着雨水,身上流着汗水,眼里噙着泪水,宛若一株尚未成熟的庄稼……"这是他最初的文字。若干年后,那些情景早已模糊成为母乳般的气息。

四季轮回,一如既往。堤岸上的垂柳抽出绿芽,叮咚河水泅湿了沙地。栖在枝头的阳光偶尔被风晃落,跌到草叶上的露珠里。河的对岸,他和小伙伴们尽情嬉戏,疲累时各自折了一截儿柳枝,躺在沙地上小心翼翼地拧着,直到把柳条芯儿抽出来,柳哨儿便做成了。朴拙的柳哨声中,天空变得更加湛蓝高远。到了夏天,他走在田地里,身前身后都是一片耀眼的金黄。阳光从天空抖落下来,与麦子融到一起,很快就没了痕迹。麦子们相互簇拥着，手牵着手，向着不远处的村庄随风歌唱。镰刀飞处，麦子竞相折腰。它们等待这一天已经很久了。从一粒种子变为更多的种子，它们熟悉季节的每一个细节，它们感受到了大地的每一次战栗。他站在麦田之外，问自己：你何时真的融入过这麦野？秋晨，山野罩着一层微润薄纱。脚下的草不再葱绿茂盛，路径时隐时现，依稀可辨，很窄，只容一个人走过。在路的拐弯处，是一片开阔的芋头地。芋叶高高挺着，紧紧地依偎着，宛若无数少女擎起的手臂，托着一滴滴露珠。轻风拂过，叶子们漾漾地浮动，露珠从一片芋叶滚到另一片，然后又是一片，直到滚动出好久好远，才怦然落地。一位老农正蹲在地头，两手托一杆长长的旱烟，垂钓一般。太阳蓦地就蹿了出来。地面湿漉漉的，像刚下过一场雨。远山变得空旷辽远，山脚下的村庄不再若隐若现，轮廓愈加清晰了。泥土的气息，庄稼的气息，牛粪的气息，汗水的气息，相互掺和着，弥漫着，让人感到真实和踏实。到了冬天，一切都沉静下来。暖暖阳光，皑皑白雪，种子在坚韧地等待。它与春天的约会，风雪是深知的。

这是曾经的亲历，也是永远的记忆。

异乡的夜晚萦绕着一种别样的气息。远方不知疲倦的涛声，穿越那片黑松林，一次次把他从睡梦中拍醒。建筑工地已没有了白日的忙碌和喧嚣，在月光下显得格外静穆清冷。用若干木板搭成的床铺上躺着十多个来自沂蒙山区的工友，鼾声和呓语此起彼伏。他们质朴、乐观，白天毫不吝啬地流汗，夜里无忧无虑地睡觉。劳动，赚钱，过日子，这是他们外出打工的理由。而他是不同的。他来到这里，是为了逃避。他企望在这陌生的地方能够忘却某些东西，抑或寻找到一点什么。这种目的很模糊，在尚未知道外面世界究竟是什么样子时,他就已经知道它对自己有多重要了。他工作的建筑工地在远离闹市的郊区,塔吊林立,百业待兴,每天都在发生着改变。他曾经深为这种改变里有着自己的一份努力而暗自骄傲。那是一段真实的日子。19岁。瘦弱的身躯,搬砖、铲土、筛沙、扛木头……每日穿行在建筑工地,挥汗如雨。劳作的间隙,他与工友们玩最简单的游戏,听他们讲最粗俗的笑话,尝试着吸他们呛人的旱烟。他每天赚八块钱。他用工钱买书,偶尔也买盒过滤嘴香烟,与工友们分享。在夜里,在日记本上,他一次又一次写下"青春"两个字。时隔数年,当他辞去工作走进大学校园,看着同窗舍友的父母对他们百般照顾和万般疼爱时,"失落"的妒羡中恍然涌起一份浓重感激——远居乡村的父母在无奈或无意中给了他一种弥足珍贵的东西,那就是独立的品性。这是他的"背景",是他全部青春履历的最有力的诠释,就像蓝天有大地,鲜花有绿叶……他有它的滋养与支撑一样。勤恳的父亲从来没有因为风霜雨雪而放弃对每一株庄稼的悉心照料,他汲取了这份精神营养。

  后来身不由己了。整天忙忙碌碌,究竟都在做些什么?每一次扪心自问,他的心都会隐隐作痛。伏案写作时,他何尝不曾在意别人的所谓闲适与安逸?这不仅仅是生活方式的迥异,还有骨子里一缕无法言说的东西,它们躁动不安,它们沉静孤傲,它们渗透在每一个平常日子里的每一个不经意的瞬间。不需要解释。解释常常在企图掩饰什么的同时,更加凸显了它们。他曾扛着犁铧,沿那条崎岖山路走过了一年又一年;他曾怀揣一支写诗的笔,在城市霓虹灯下徘徊又徘徊;他曾在内蒙古,在北京,在唐山,在秦皇岛,在武汉,在长沙等地独自奔波,一任塞外的风、江南的雨肆意地磨砺和润泽疲惫的心。"只管走过去,不必逗留着去采了花朵来保留,因为一路上花朵自会继续开放的。"（泰戈尔）他到这世上走一遭，不是为了"花朵"——身边的或远方的，都不是。宇宙浩茫，他珍视自己渺如尘埃的生命，不甘随风而去。一粒尘埃，寻找并落定在属于自己的位置——它漫长或短暂的一生，就是为了期待那样的一个时刻，寻找那样的一个地方。它不知道应该落定于何处，但它清楚地知道自己不应该在什么地方，比如"现在"。前路迢迢，很多彼时彼地的风景都已不再重要，那些曾经遥远的目标也都成为身后同样遥远的驿站。它们渐渐淡去，留下的，是萦在心怀的明朗与迷惑，憧憬与怀念，孤傲与怯懦……

与她邂逅是在一个冬日午后。那天他去参加同事的婚礼，一个二十多岁的大学生，嫁给了一个比她父亲年龄还要大的人。婚宴隆重得有些拖沓，他在中途退场了。一个人，百无聊赖地独步在小城街头。停停走走，在一家可以避风的时装店前，他总算把咬在嘴里的纸烟点着，然后抬头，然后就看到了她。这么简单！多年来不知她去往何处的种种猜测与惦念，都在这不经意的一刻得到解答。他与她是同学。寒暄，客套，扯了一阵子连自己都感觉陌生的话，然后是沉默。

"进去避避风吧，这是我开的一家时装店。"

时装店里挂满形形色色的时装；形形色色的时装挂满时装店。他转身用一种陌生的眼神打量她。她苦笑一下，嘴角闪过一丝无奈，开始牢骚生意难做、赚钱不易，言语中也掺杂了难以自抑的成就感。她的慨叹，好似响在遥远的天边，又似来自地层深处。他意识到自己多年来的牵挂都不过是多余的一厢情愿而已，其实人家活得很好，过得也有滋有味。她早已不是生活在乡村的那个女孩了，如今能潇洒地自立于世，全然没有初涉社会屡屡碰壁受挫时的那份困惑与无助。她曾在深夜给他写过一封封很长很长的信，诉说她对这座滨海小城的憧憬和诸多不尽如人意的遭遇，还真诚地感谢他发表在报刊上的诗文对她心灵的"拯救"。那时他正跻身于远离乡村的县城，整日在觥筹交错中自我陶醉，为自己总算在乡村之外"杀"出了一条血汗之路而感动。他只在乎自己的处境，不曾真正静下心来体味她的心境，甚至当她把一张精美的贺卡剪成碎片，拼贴成"祝福你"的字样寄到他手中时，他也只是将它锁进抽屉，没有像她所期盼的那样给她回信或打电话。他选择了逃避，辜负了她的"祝福"。若干年后，他辗转来到这座滨海小城，工作，读书，写作，过着心静如水的日子。他曾打听她的消息，想把自己写的书寄赠给她，希望能继续给她"拯救"……

一对年轻恋人踱进屋来，她笑容可掬地迎上前去。他只能告辞了。

"买衣服时别忘了过来，给你八折优惠。"她在忙于讨价还价的间隙里抬起头，很是认真地对他说。

往事从心头再次碾过。山路，麦野，桑园，孤灯……它们已不仅仅是"词"，而是溶在血液里的一种情结。是他赋予了它们另一种含义，还是它们锻造了他如今坚韧而又敏感的秉性？这是一个永远都纠缠不清的谜。他只知道它们一直在固执地追随着自己，在方格稿笺里排列组合成不同的文字，陪他度过了一个又一个不眠之夜。他知道自己血管里流着的永远是农民的血，理应痛着他们的痛，忧虑着他们的忧虑。"个人已经获得了一种习惯把自己的一生视为一个整体，于是越来越多地为着自己的未来而牺牲自己的目前。"当在罗素的《西方哲学史》中读到这句话时，他禁不住长叹一声。"为着自己的未来而牺牲自己的目前"，它们一定也曾这样暗示或安慰过他，安慰过那些像他一样的乡下同胞。"未来"在哪里？"目前"为何时？没有人能够告诉他，他也不需要任何人的答案。就在审视那些往事，断断续续写着以上文字的时候，他才恍然明白：自己的"目前"注定将截止到生命结束前的一刹那。电击一样的刹那，战栗而又幸福的刹那，是"目前"也是"未来"的刹那，它涵括了整个的生命及其意义。为着"目前"之外的东西（或许它是"未来"）付出生命的所有，也许除了一身伤痛，他最终什么也无法得到，永远都不会清楚地知道在"目前"之外自己孜孜以求的究竟是些什么。对于个体生命而言，这足以击溃所有梦想，亦能让巨大的现实哑口无言——令人遗憾或值得庆幸的是，这样的事只能属于"未来"，属于"目前"之外的那些未知的日子。他站起身，推开窗，楼下行人熙来攘往。他无法真正理解他们，就像他们永远不能理解他一样，就像人怎能知道草木、山峦、海洋的喜怒哀乐？它们的思想不是以"思想"的形式存在的，它们的语言亦非用"语言"进行交流。可以探究它们的所谓奥秘，却永远无法真正地知道"它们"。你的，我的，人类的自以为是，就这样不被察觉地存在着。"理所当然"省却了许多麻烦，也造就诸多谬误。日复一日年复一年地说着或听着那些真实的谎言，不知该算作幸运还是悲哀？于是在他的生命中除了关于精神的、物质的所谓体悟之外，又增添了丝缕别样的慨叹。相对于"正确"的现实，它永远都是荒诞的，一如当他把一个并不真实的自己呈现在世人面前，却意外得到了赞许与认可那样。在"是"与"非"之外或许还有别样的价值判断标准，一如在"城"与"乡"之间理应有一种真正和谐的存在状态。

他们略过了这些。

这是城与乡的接合部。"农村的出路在于城市化，农业的出路在于工业化，农民的出路在于市民化。"红色的宣传标语悬挂在城乡之间的十字路口。

　　他更关注的是自己的出路。他已从建筑工地的民工摇身变为一个写材料的人，每天都要熬夜加班。他回家的路径很简单，走过一段长长的柏油路，途经一排练歌房和美容院之类的休闲娱乐场所，然后斜穿城与乡之间那个十字路口，再用一刻钟时间就可到家——某座筒子楼最顶层的某个房间。在他家的对面，是一项半拉子工程。若干年前，一个房地产商卷走所有卖"楼花"的钱，将这座尚未封顶的十四层建筑抛弃了；若干年后，另一个房地产商从另一个城市携款过来重启这个半拉子工程，原本黑乎乎的庞大建筑被镶嵌上了巨大的绿色玻璃，巨大的绿色玻璃让这个城市最大的"疮疤"摇身变成一个亮点。一方小小树荫下，一个民工头枕沾满泥浆的布鞋正在酣睡，偶尔嘴唇翕动，咕哝几句含混不清的梦话。阳光被瘦瘠的树荫割成几瓣，静静粘贴在他的脸上。那是一个老人，古铜色的脸上满是刀刻一样的痕迹，干瘪的嘴角漾着一丝笑意。他真想蹲下身，轻抚那张沧桑的脸，静静守候老人的梦……

　　此后他一直在想，为什么烙在心中的民工记忆，都与睡眠相关？在异乡的天空下，民工们最常见的生存状态，除了劳作，就是沉睡。

　　世界醒着。他们在沉睡。

　　醒着的世界在他们沉睡时，发生了太多的事。外面歌声喧嚣，他们正在睡着；路上行人匆匆，他们正在睡着；起风的日子，他们正在睡着……他们睡着，也许有梦。梦是不适宜被说出的。

　　现实在梦的尽头，以另一种方式存在着。

　　作为一个出生于二十世纪七十年代的人，他一直遗憾自己不曾遭遇什么特殊的历史事件。某天某刻,他突然就想到了"民工",突然就掂出这两个字的分量。那个五月的麦子、池塘和老黄牛仍旧掩匿在建筑工地背后,蛙鸣仍在继续,天空仍在俯视大地……这是生命中的事件,最为重要的事件。他提醒自己永远不要淡忘这个事件,无论是过去、现在,还是将来。

那时他还不曾见过外面的世界。路在脚下一截一截地闪现,当他回首,生活十九年的故乡早已淡远了。那条千滋百味的路在城市终止。后来他才明白,自从踏上那条路,他就永远告别青春,开始了另一种生活。

寻找戈多

雪在窗外飞舞。风像犀利的刀刃，雪花被切割成了细小的碎末，斜斜地洒落着，落到地面上，落到地面停放的车辆上，也落到躲在房间里的这个人的心上。已经整整两天了，我待在房间里不曾出门，那些肆虐的雪在心头融化成一股暖流，叮咚作响。想起县城工厂的那段时光，我伏在仓库的一条板凳上写作，耳边是生产车间的机器轰鸣声。拥有一张书桌，每天可以如约坐到书桌前开始案头工作，成为我的一个梦想。那段短暂的县城生活，在他们异样眼神中写作的那份尴尬与倔强，一直烙在我的心里，二十多年来不曾释怀。那样一个并不协调的场景，试图在轰鸣中营造一方小小的安宁，是否也预示了我此后的写作状态？写作对我来说更像是一场私密约会，这不仅仅是指时间的紧迫和不可控，时间从来都不是关键的矛盾所在。阳光下，说一些口是心非的话。在夜里，我写下另一种文字，反省是它们共同的表情。把那些文字锁在抽屉里，我是唯一的读者。整个世界对我都可以误读，但我自己不能。我从未放弃注视和追问另一个我。我积攒所有的勇气，拼接一个又一个的日子，都是为了认清自我和把握自我。那天去大学校园，站在三元湖畔，回想十多年前在这里度过的那些时光，心中不再沉静。与我同行的人，更多谈论的是机关里的人与事，职位升迁，还有世态炎凉。当年并不是这样的，身在校园，心系社会，我们是一群理想主义者，不屑于当下的"实际"。时过境迁，我们都被现实磨砺成了这个样子。

整个走廊里乱糟糟的，几个民工正忙碌着。他们在往墙上粉刷涂料，空闲时就坐在走廊上，安安静静地，一双眼睛看着走廊上来回走动的每个人。二十多年前，在半岛东部的建筑工地上，我也曾以这样的眼神打量眼前的陌生人。在这栋大楼里，我向他们点头微笑，他们漠然，并不理会，似乎是我有些不正常的样子。走廊漫长又空洞，我在这里日复一日地行走，不过是一种徘徊。我的这些陌生工友们粉刷完了墙壁，就会离开这里，我们也许永远不再相逢。

我记不清究竟是从什么时候开始与戈多熟识起来的。戈多是个蹬三轮车的，平时兼做收购废品的生意。我时常卖废旧报刊给他，他很认真，每次都执意把秤杆送到我的眼皮底下让我确认。因为写作，我一直在搜集关于民工的素材，所以卖废旧报刊给戈多的时候，会跟他闲聊几句，问一下他的生活和生意状况。他很感动，觉得我比别人心地善良。后来，家里积攒了废旧报刊，发个短信约他过来拿走即可，不用称，也不用付钱。起初他坚持要付钱，我坚持不要，最后他说，那我以后帮你做点体力活吧，不能白要你的东西。他平时在大街上蹬三轮车，三轮车的后面贴着两行歪歪斜斜的广告语："收购废旧家电搬运货物。"看他那么固执，我就同意了。他像是受到格外尊重一样，嘿嘿地笑了。

偶尔在街上遇见戈多，他会停下三轮车，用搭在肩上的毛巾抹掉脸上的汗水，把车门拉开，很认真地请我上车，我说我在散步锻炼，他就说我瞧不起他。我上了他的三轮车，如果给他车费，他就更觉得我是瞧不起他。他知道我在政府机关做事，但从来没有找我帮过任何忙。

戈多的三轮车是租用的别人的牌证，每月三百块租金。他很后悔当初没有自己办个牌证。五年前政府鼓励下岗职工自谋职业，办一个三轮车牌证只收七十块钱的工本费，结果牌证越办越多，满大街都是人力三轮车在乱窜，影响城市形象不说，还常出交通事故。后来审批口子被堵死了，三轮车牌证身价陡增，一个能卖到五万块钱。戈多跟我说，你们机关里有人当初一下子办了十多个三轮车牌证，填张表，盖个章，就成了。你们机关里的聪明人多着哩，前几年我在郊区买了四间破破烂烂的老房子做仓库，很便宜，七百块钱，收了废品就堆到那里面。这个仓库用了不到一年，有个卖废品的年轻人，也是你们机关的人，问我愿不愿意卖掉老房子，他出价五千块钱。这么高的价钱，我觉得简直是天上掉馅饼，当场就成交了。结果第二年，那个村子就拆迁了，一平方米平房换一平方米安置楼房，那四间破烂房子可是七十多平方米啊，能值几个五千块？戈多回忆着，脸上满是后悔。我不知该说什么才好。他自我安慰说："命中八尺，难求一丈。看来我命里就不该住楼房，天生就不是城里的人。"我说戈多你乐观一点，其实我也是乡下人，现在虽然住在城里，可我一直觉得自己是乡下人，这是没有办法改变的事实。我说的是心里话，我也知道在戈多听来这终究有些矫情和造作，是没有说服力的。

那天我去参加一个朋友的婚礼，在机关大楼对面的广场录像，清一色的豪华轿车，沿着路边排了好远。在我们的镜头中，突然出现了一支人力三轮车队，有二十多辆，统一的黄色车体，车夫都穿蓝色工作服，在阳光下显得格外整洁、醒目。最前面是并排两辆开路的三轮车，后面的一辆挂满了鲜花,新娘新郎坐在里面,后面紧跟着长长的三轮车队。路人纷纷驻足观看,很多汽车也放慢了速度,司机摇下车窗,赞叹不已。

这支由人力三轮车组成的结婚车队,成为城市街道上的一道风景线。我看到在前面带队的,正是戈多。新郎与新娘下了三轮车,开始录像。拍摄者也是穿蓝色工作服的人力车夫。我乘机跟戈多聊了几句,夸这个创意不错。他摸摸脑袋嘿嘿一笑,说:"结婚是一辈子的大事,总得排场一点,大家都是义务帮忙。"

单位分了一套二手房,我准备重新装修一下。戈多约来他的同行,帮我砸了地面和墙皮。七八个人吭哧吭哧忙活半天,把整栋楼房砸得颤抖不已,楼下的老太太战战兢兢地从家里赤脚跑出来,以为发生了地震。那天戈多和他的工友把我房子里的建筑垃圾全部扛到楼下,放到三轮车上拉走。我给他们付工钱,戈多坚决不要,我说不能让你们白忙活一上午,大家都不容易。戈多犹豫了片刻,指了指拆卸下来的旧防盗门说,这个门如果没啥用处,我们就拿去卖了废铁,换碗面条吃。我说防盗门送给你们,面条我请。

后来,戈多不辞而别。人力三轮车在这个城市的泛滥,成为一个很大的交通隐患,政府部门开始下决心废除清理人力三轮车。那天我看到戈多带领着一群人聚在机关大楼门前,有人在劝阻他们。戈多看到了我,赶紧把目光移开。在他离开了这个城市后,我回想起他的那个眼神,知道他之所以装作不认识我,是怕他们连累了我。

家里的废旧报纸越积越多,它们堆积在阳台上,蒙了一层灰尘。那些报纸,被我在饭后茶余一次性消费后,就随手丢到了阳台,所谓新闻在不经意间就变成旧闻,包括政府整顿取缔人力三轮车的新闻,也渐渐地成了旧闻。每当夜深人静，在书房里读书写作累了的时候，我站在阳台上仰望夜空，偶一低头，看见那堆废旧报纸，忍不住就会想起戈多。有一天傍晚，我看到路边一个卖水果的年轻人，觉得面熟，站在那里用力地回想，终于想起他是戈多的同行，那个用人力三轮车队迎娶新娘的年轻人。我向他打听戈多的消息，他犹豫了片刻，叹口气说你问戈多啊，说来话长。他把手中的秤杆放下，正准备好好地跟我说话，猛地又一把抄起秤杆，提着水果篮子撒腿就跑。我喊他，他回头说以后再说吧。我回头，城管执法车慢慢地驶了过来。

我再也没有遇到那个年轻人，失去了与他"再说"的机会。

太多的话说不出口。值得倾谈的人，在哪里？我想到了戈多。我与戈多各自说着不同的话，我相信我们之间其实有着深度的认同和理解，茫茫人海之中，他是愿意听我说话，且能懂得和理解我的人。日子总是要过下去的，再苦再累也值得过下去，这是戈多告诉我的。

戈多成为我内心的一面镜子，照出了那些貌似风光者的可悲与可怜、尴尬与不安，也照出了我自己的残缺和自私。是该正视它们了，从我开始，从此刻开始，从每一个具体的人开始……

眼睛是人体的一道伤口。透过这道伤口，我看到了戈多们的身影，今生今世就再也难以忘记。在这个英雄辈出的年代，我格外怀念我的民工兄弟戈多。

葡 园

那时每个周末我都去葡园,一个人在那里读书或发呆。那是一间并不宽敞的小屋,我在里面踱步、静坐,时常觉得书桌上涌动着一个人的千军万马,春夏秋冬四个季节同时出现在小屋里。

葡园的不远处,有一家汽车厂,后院每天都摆满了刚下生产线的新车。它们走完了生产流水线,汇聚到这里,等待被销往天南海北,以静默的方式宣示速度的存在,像是一个关于速度的寓言。当一辆车停在住宅楼下,似乎是对生活的某种诠释;当一片车辆停在城市的背面,则是对命运的一个隐喻。让人心安的,是不远处的一个个窗口,被称为"家"的地方。车在疾驰。风景在迅疾地撤退。是速度,让一条路变得恍惚,让最真实的生活变得虚幻,让一个人在追逐中迷失了自己。是速度,让家成为"在路上"的驿站,让故乡永远成为故乡。我们总在追求更多的可能,忽略了背后那个坚实的存在。

家是排斥速度的所在。正如一杯葡萄美酒,是不该被一饮而尽的,其中的诸多滋味,要在缓慢中才能体味。

傍晚在楼下散步,我时常看到一个练太极拳的人。他并不苍老,可以说正值壮年。他心无旁骛，一招一式极为缓慢、流畅，像是集中了全部心力，又像丝毫没有用力。他沉浸在自己的世界里，无视从身边路过的人。我注视着他，时常就陷入莫名的感慨和猜测：在职场，在他安身立命的地方，他会是什么样子？我对他充满了好奇，却从未想过要去问一问他，此刻的任何语言都是一种打扰。每个人都是一个独立世界，我不想成为冒昧的闯入者。

在葡园，我同时看到了静默和速度。或者说，速度和静默同时在葡园出现，我看到了它们。有些时候，我们被信息充满，被速度裹挟，失去了抗拒的勇气；另一些时候，比如那个练太极拳的中年人，沉浸在自我世界，放下了一些东西，也更坚定地守住一些东西。他是从人群中走出来的。

在葡园，我时常被一束光照亮。我所说的光，不是眼睛所看到的，也不是心灵所感知的，它是某个瞬间对自我的犹疑和困惑，这里面传达的是一种最真实的东西。我不想掩饰我的犹疑，正是因为这世界有太多的不确定性，生活才更加值得期待。在葡园，在一个确定的所在，我写下了太多不确定的文字，我想表达的，是我所割舍和掩饰的那一部分，写在纸面的文字不过是一条甬路，它们的存在是为了把你引向那个并不确定的所在，一个更加幽暗也更加开阔的地带。

"葡园"是我的一间书房，它位于这个城市的边缘，背靠大海，毗邻一片葡萄园。我曾想过，邀请书法家朋友写下"葡园"两个字，挂在书房的墙上。只是想了想，至今也没有落实。这样也好，没有任何装饰，只需要洁净的墙面、简朴的书桌，还有一颗崇尚简单的心，就足够了。"葡园"对我来说不仅仅是一个词，也不仅仅是一个地方，它是一种状态。一种远离的状态。一种自在的状态。一种拒绝言说的状态。它契合了我内心的所思与所需。

　　闪电与灯火在海水中的倒影，需要怎样的力量才可呈现？站在葡萄园看楼群，抑或站在阳台看葡萄园，不同的视角，相仿的心情，我所看到的，是生活的不同侧面，以及关于生活的不同理解。我知道，有一株葡萄并不属于这片葡萄园，它的倔强的枝身，在浪漫目光无法抵达的地方，刻下岁月的沧桑。在一株葡萄与一片葡萄庄园之间，我看到一个人从人群中走了出来。

　　这是海边的葡萄原乡。这里的太多故事都是以日常姿态发生的，它们直接介入了我的日常生活，成为生命的一部分。当这样的生活被表达，表达本身就成为一件与美相关的事。

在广场

大楼的对面是一片广场。广场很大，种植了各种草木。来自不同方向的人，在草木之间散步、闲聊，或者在空地上跳舞，打太极拳。时常可见从大楼走出的人，他们走向广场，很快就被人群淹没了。

他去那个广场散步时，总会在某个僻静的地方坐下来，与大楼对视着。夜色中，那栋大楼像一个刚刚闭幕的舞台，更加显出几分神秘。每天上班，他都准时出现在那栋大楼的某个房间，有时像个演员，有时又像个导演，活在一种惯性里。想起说过的话和做过的事，他的心事比整栋大楼还要沉重。

楼下的院落宽阔洁净，人来人往。他走在院子里，时常看到草坪上有七八个农妇，头上包着围巾，蹲在草坪中松土，修剪草叶。她们低头劳作，很少抬头看一眼从身边走过的那些人。到了中午，她们坐在草坪上，就着大葱吃馒头。她们是望庄的农民，土地被征用了，来到大楼物业打工。每次从她们身边走过，他总会放慢脚步，在那里停留一会儿。短暂瞬间。方寸之地。一种"场"，既是时间的，也是空间的。他站在离她们最近的地方，抬起头，看到蓝色的天，沉默的大楼，还有楼前那片开阔的广场。那天在大楼里值班，他接了一个电话，电话那端传来含混不清的女声，劈头盖脸地发了一通牢骚，不等他有什么反应，就把电话挂断了。身边的同事说，别理她。电话很快又打了过来，同样的女声，同样的语调，同样的方式，劈头盖脸地发一通牢骚，然后啪地挂断电话。如此反复了四次，同事才开口解释说，那女人是望庄的一个疯子，给这个值班室打电话是她的家常便饭。同事说这话的时候，平淡，节制，似乎并不关心这个电话背后的故事。

那个夏季恍若一梦。他的弟弟正在住院，轻微脑震荡，是在回家的路上被打的，四个人，手持铁棍，一阵狂乱地打，然后四处逃窜。他不理解，一个人走在路上，为什么就会莫名地遭遇这种事？他开始失眠。此前，他一直向别人炫耀自己的睡眠质量，如何在每天午夜喝一杯浓咖啡之后再安然入梦。他在这样说的时候，也对很多人的失眠表示了不理解。现在他终于明白，支撑他的睡眠质量的，其实是一种对于世事的不介入与不在乎，这么多年来他没有真正在意现实中的什么事，固执地沉浸在文学世界里。这个世界原来如此脆弱。面对亲人受到的伤害，他才体会到要想处理现实中的具体事务，既需要时间，更需要能力。所谓能力，是由很多世俗事物纠结在一起的，他曾经多么鄙视和拒绝它们啊。在这种境况下，他关注到了网络上的一个刑事案件，原本并不复杂的案情，因为有关方面的掩饰和不公，变得扑朔迷离。那个案件发生在遥远的南方，他觉得那些陌生人的遭遇，其实是与自己、与每个人都有关的。他时刻关注那个案件的最新消息，认真查看每一条网友留言。他可以完整地说出整个案情，分析其中的每一个细节。因为持续的关注，耽误了现实中的很多事，也正是这样的"耽误",让他回到一个正常人的状态。恢复对这个世界的爱意，理应从最微小、最具体的事情做起。还要继续关注下去吗？一种力量，是如何演变为无力感的？他已经预料到了它的结局，在时间中反复被宣告被重复的结局。看不清那个人是谁，蒙面人来去无痕。

那个夏天很热也很冷。他看到那些热情的人，他们的勇气、担当、义无反顾。"理想主义"是他们胸前一枚共同的标签。

"站在窗前俯视这个广场/是多年前的一个习惯/如今我更喜欢走出房间/来到这个广场散步/我会用心观察每一株树/不践踏每一棵草/对每一个散步的人都报以微笑……"（摘自诗作《广场》）。那时他每天晚上都在大楼里伏案写作，累了的时候，或者写不下去的时候，他会站起身，点燃一支烟，俯视楼下人头攒动的广场。作为一个旁观者，他看不清他们的表情，只听到那些来自广场的声音，有些嘈杂，有些模糊，有时感觉很近，有时感觉很远。从窗口望去，夜色中他只看得到隐约的灯火。

他走出大楼，走向对面的广场。他记住了很多的人，很多的事，很多让人感动的情景。之一：广场的西北角，有一支盲人乐队。一个盲人在唱歌，脸上流淌着的不知是汗水还是泪水。他的歌声粗壮、沙哑，偶尔会走调，是广场喧哗中的不和谐音符。这歌声打动了那些散步的人，小小的捐款箱里堆满了零钱。捐钱的人从人群中闪出，低着头，蹲下身来，郑重地把零钱放进盲人身前的纸箱里，然后低着头回到人群。之二：一支将要参加某个庆典的秧歌队在广场上彩排，锣鼓喧天，载歌载舞。在表演者和观赏者之间，一个乞丐正躺在地上安然入睡，身边的喧哗和热闹对他是无效的，除了温饱，他别无欲求，是最累也最轻松、最尴尬也最洒脱、最痛苦也最快乐的人。之三：午后阳光炙热，大楼旁边的法桐树下，一位老汉头戴草帽，手持长长的竹竿，正在仰头聚精会神地粘知了。这幅画定格在广场的正前方，像一面镜子。

大楼每天都在上演一些东西。大楼对面的广场每天也在上演一些东西。它们成了彼此的观众。作为一个心事重重的写作者，他同时看到了它们。

虚掩的门

这栋大楼的地下室弥漫着一股霉味。地面光洁，纤尘不染，许是因为这里常年照不进阳光，空气有些潮腐。电梯里挤满了人，有人在轻声慨叹杜鹃开得不如去年旺。每天从这里上楼下楼，我居然从没留意到楼梯口还有一盆杜鹃花。电梯门缓慢地合拢，我从渐渐缩小的门缝里看到了那盆杜鹃，红色的花朵欲语还休，气息与这楼并不协调。电梯的门彻底关上了，开始上升。在这方封闭的小小空间里，大家的话题仍然是关于杜鹃的。一个人说，他家里曾经养过几盆杜鹃，后来不知什么原因都枯死了。另一个人说，杜鹃更喜欢在潮湿的地方生长。电梯和话题几乎是同时停下来的，我们走出来，向着各自的办公室走去。

大楼的后身开了一道狭窄的口子，是个后门，门上挂着红绿相间的帘子，容易让人联想到十字路口的红绿灯。有的人不走正门，把车停在楼的侧面，向后拐几步，就从这道门进了大楼。每天上班前和下班后的半个小时，后门像是这栋大楼的一道伤口，注进一些什么，流出一些什么，此外的时间，它就被关闭了，既不注进什么也不流出什么。后来，有个民工随着早晨上班的人群从后门混进大楼，不乘电梯，沿着楼梯一直爬到了楼顶。

后门从此被锁起来，红绿相间的门帘也被揭走了。把后门堵死，最不适应的是他们，轻车熟路走惯了，突然遭遇铁将军把门，有人说门本来就是让人走的，怎么可以堵上呢？还有人说门的存在总是有道理的，堵不是办法，畅通无阻也不是办法，最好的结局就是既给人便利又不出问题。后来，大楼的那道后门重新启用了。重新启用的后门又挂起红绿相间的帘子，增设了两个看门的人。

大楼前面的空阔地带常常成为表演的舞台。浩荡的秧歌队，打着"工业新城、和谐新区"的红色标语，面向大楼载歌载舞。与秧歌队的红色标语相对应的，是楼前赫然醒目的"团结紧张严肃活泼"八个大字。他们对着大楼演唱，没有观众，只有楼上数不清的窗口，像是一双双木刻的眼睛。"我们唱着东方红当家作主站起来，我们讲着春天的故事改革开放富起来……"歌声嘹亮，末尾的一声"谢谢，谢——谢——"，拖腔拉调，九曲十八弯。然后一个东北口音开始报幕：下面我给大家朗诵一首诗《沁园春·雪》。配乐骤响，嗓音扯起，好似一场大雪从天而降，让人唇冷齿寒。紧接着峰回路转，一个年轻人开始如泣如诉地唱："你看，你看，月亮的脸偷偷的在改变……"他们面朝大楼放声歌唱，路人不以为奇。有时，大楼门前会聚集另一些人，他们不肯离去。从窗口望去，是模糊的人群，看不清一张张具体的脸。每个窗口都隐着一双眼睛。有人站在门里向门外的人群喊话。我站在楼上，听不到他们的声音，只有风在窗口呜咽。

每天下班走出大楼，我总忍不住在某个角落驻足，回头与大楼对视一阵子。天色已晚，这栋大楼像一个神情肃穆的老人。记得是阳春三月的某一天，一个红衣少女在大楼门前旁若无人地吃雪糕，她偶尔还旋转一圈，像是站在舞台上展示美好的身材。也许在她心目中，这栋大楼与饭店、超市并没区别。我喜欢这样的简单。可在某些人看来，这位时尚的红衣女子在一个错误时间和错误地点，做了一件并不正确的事。

沿着海边走，我们不说一句话，不抬头也不回首，只是一直在走。穿过沙滩，进入一片防护林，一棵又一棵树被抛在了身后。不知走了多久，也不知已经走出多远，前方有许多人在争抢东西。一个中年妇女抱着花花绿绿的纸盒迎面走来，几个没抱紧的盒子掉了下来，我弯腰帮她捡起，是一盒药。她顾不上说声谢谢，用下巴示意了一下身后的方向，说赶快去捡吧，都快被抢光了。我们走过去，才看清是一帮子人正在哄抢药品。形形色色的药品撒了一地，有的包装完整，有的已经破烂不堪。我捡起几盒，全是过了保质期的废弃药品。继续往前走，路过一棵又一棵松树。松树有弯的也有直的，有粗的也有细的，不管高矮曲直奇形怪状，它们都是松树，生长在同一片林子里。身后，捡药的人们陆续散去。有蛙鸣传来，像是善意的提醒。想起西班牙作家米利亚斯的小说《对镜成三人》中的一个片段：主人公胡里奥的父母曾到乡下住了几天，过一种亲近大自然的生活。他们的房间在最底层，正对着一个周围长满小草的池塘。早上起床，他们穿好衣服，到户外聆听蛙声，但不清楚青蛙藏在何处。有一天，一只青蛙旁若无人地叫个不停，他们很是诧异。当他们离开时，它却不叫了。这太不可思议了。于是他们就拨开灯芯草，发现了埋在那里的一个电子装置。那装置有感应器，人一靠近，它就会激活一个模仿蛙叫的零件。他的母亲回忆这个细节的时候笑着说，从那一刻起，他们就什么都不信了，农舍、田野、老奶奶的蛋奶点心、柴火烤的面包……所有这些，包括乡村本身，在他们看来都像是一道布景。

走出防护林，是一个十字路口。附近一家餐馆门前围了一大群人，他们在围观现场杀驴，偶有叫好的声音传出来。当街杀驴，是这家餐馆的营销策略，我已经遇到好多次了。我们走过去，一头驴已被杀死，地上留下一摊血，整头驴被分解成为一堆驴肉和骨头，正散发着最后的余温。这个血腥场面，仅仅是为了向路人证明驴肉是货真价实的。我们进了门，选择临窗的位置坐下，窗外堆放着驴肉和骨头。把目光挪开，我看到路的对面新开了一家服装专卖店，巨幅广告牌上几个少男少女用牌子挡住身体的某个部位，嘴边赫然写道："不能再低了！"这个幽默创意，是以满地的驴肉和驴骨为背景的。

直到午夜时分我们才走出那家餐馆。外面下起了雨。送朋友上了出租车，我开始一个人在雨中走。雨是无声的。我在雨中和自己说话。脚前有个废弃的羽毛球，我一边走一边踢，渐渐踢出了一种轻盈的感觉。不记得走了多长时间，也不知道自己究竟对自己说了些什么，我被雨淋湿了，陷入迷乱混沌的世界。

盛大的开工仪式。这片原本生长庄稼和野草的土地，现在铺上了红地毯，走在上面，我摇摇晃晃。

我常常感动于乡下的黄昏，一头牛在安详地反刍，蚊蝇乱飞，牛并不理会，只是咀嚼属于自己的生活。我们的很多所谓适应，最终成了一种追逐。蓦然回首，才发觉我们苦苦追寻的东西，其实正在迅疾掠过的身后。我们将去往哪里？那些看不清楚的远方，并不是我们真正需要的。我曾亲见一座城市是如何在短短十年间耸起的。这个所谓的当代神话，正在被不断复制和泛滥。所有违背自然规律的成长，一定有着不为人知的缺憾和陷阱。那年一场大雨后，大海变得浑浊，它在最短时间里接纳了降落到这个城市的所有雨水，在沉默中拯救了这个城市。夏天陪女儿在海边玩耍，她认真地问："爸爸，等我长大了，这个海还在吗？"看似幼稚的问题一下子击中了我。这个海早已不是十年前我初见的那个碧蓝的海了，再过十年二十年，它会变成什么样子？沙滩上留下"城市化"的倒影。一对民工兄弟，在唱一支叫作《春天里》的歌。我一遍又一遍地听，忍不住热泪盈眶。二十年前我也曾在异乡的建筑工地挥汗如雨，如今生存不再是一个问题了，心却变得冷硬。一扇虚掩的门，隔开了这个人与外面的世界。他站在门后向外看，那些卑微的人一如既往，那些被色彩粉饰过的谎言正在招摇过市。外界的阴晴冷暖都与我有关。终有一天，我会推开这扇虚掩的门，走向外面的世界。

所有看似紧闭的门，其实都是虚掩着的。

已经抑制了太多的想法，它们来自内心，注定也将消失于内心。置身于支离破碎的生活，我企望拼贴一个完整的想法。前路苍茫，理性自觉的本身，即是生命中最重要的意义。

日记本扉页上抄录了一段摘自报刊的文字："当鱼在水中窒息时，就会冲向水面，此刻它的唇吻已经戳破了水皮，进入不属于它的空间，而身体还浸泡在如旧的水里。就在水与空气的临界面上，就在那非法的瞬间，鱼进入了创作。创作是被迫的、伟大的、时常的窃取，一个人必须进入某种程度的非人状态，才能将自己打出去，在创造的空间中飞行。那种飞行没有什么具体目的，只有一个遥遥的指向。同时如果它被击落，也不该被什么具体目的击落，宁肯被一缕光击落。真的，也只有光才配击落它。"

是的，宁肯被一缕光击落。也只有光，才配击落这样的夜晚。

光在哪里？

雾里的人

一截厚实松木摆在会所的大厅。这棵被砍伐的树,不知经历了多么遥远的距离才抵达这里,然后穿过一道又一道的门,被摆到大厅供人观赏。这是一棵树的另一种存在形态。它的根,依然留在某个深山里,腐化为泥,成为山的一部分。

我是在一个村支书开办的休闲会所看到那截巨大松木的,它的年轮细密,纹理斑驳可辨。在这座没有年轮的城市,这是一棵有年轮的树。它被砍伐后运到了这里,让密闭的休闲会所平添一抹旷野气息。会所的主人是一个喜欢唱《女人花》的村支书,二十世纪九十年代他离开生活了大半辈子的村庄,在城市郊区开办了一家裁缝铺。日子不咸也不淡,对新生活的梦想,对每一个具体日子的疲惫和无奈,不知什么时候开始转化为一腔抱负,他说他要把裁缝铺变成一家跨国经营的服装企业,理由是他海外的亲戚即将归国投资。有人闻声寻来,一番"望闻问切"之后,他的"发展规划"就被纳入当地的招商计划。所谓海外亲戚始终没有出现,他的发展机遇却超出了想象,先是在某单位的指导帮助下注册成立了服饰公司,接着有关部门给他批了一块地,开出扶持政策若干,要求他在"项目集中开工日"动工建设厂房,迎接上级的统一观摩。奠基仪式结束后,服饰公司项目就停工搁置起来。他没有启动资金。那块地闲置了两年,地价翻番上蹿,他从银行贷款盖起一栋简易厂房,在厂房后面建了一大片宿舍楼对外销售。一个曾经的村支书,后来的裁缝铺主人,摇身变成了企业家和房地产商。在招商引资的热潮中,他被一股看不见的力推动着,莫名地远离了地面和人群。他开始扩大投资,这让他在拥有一块土地之后,又拥有了更多的土地。有人说,他赶上了那趟车;也有人说,他弄懂了这个时代。

朋友的婚礼庆典一直筹备到午夜时分。在午夜的街头,我们好不容易找到一家尚未打烊的快餐店,一边狼吞虎咽,一边商讨天亮后将要举办的婚礼,盛大的场面,周密的安排,每一个细节的完美衔接,等等。我们不曾留意,不远处有个年轻女子正在自言自语,她的脸庞秀丽,以至于让人忽略了她的表情的不正常。朋友低声说:"你看那女的,是不是有些不正常?"我们循声望去,看到她一个人坐在快餐店的角落里,绘声绘色地说着什么。年轻女子发觉被人窥视,表情更丰富也更怪异了。不知道除了来自情感的伤害,还有什么会让一个年轻女子变成这样。在为别人筹办婚礼的时候,邂逅这样一个精神失常的人,这真让人难过。我想跟她说几句话,但她的脸上漾着轻蔑的笑意,正在一本正经地对着空气说话。此刻的空气让人感到虚无,安静中有一种令人窒息的力量。这个或许为爱所伤的人,这个精神失常的人,这个与空气对话的人,正在面对着巨大的虚无说话。我们这一群为某个具体目标而操劳的人,她是不屑于对话的,在她眼中,我们和这个世界都是不正常的存在物。

像是一个提醒。

村支书的第一桶金,年轻女子眼中的现实世界,以及我们正在做的事,究竟有着怎样的潜在关联?

生活的丰富，在于一个人追求和拥有幸福的同时，也体味了痛苦与焦虑，并且，痛苦与焦虑的出现和被解决，在坚定一颗心的同时也将更加凸显幸福的珍贵。我愿意这样看待生活，对当下的荒谬报以局部理解。预设的理解和接受，对物事的直觉判断，同时撕扯着我，让我无所适从不能安宁。这世界已为我们预设了太多东西。保持一份正常感觉，恢复对它们的清醒认知，是一件并不容易的事。我们对现实问题的很多言行看似一致，实质上却分别充当了矛与盾的角色，在另一个不被察觉的层面完成一次合谋。一些人之所以成为另一些人的制约与羁绊，根源在于他们的利益建立在牺牲别人利益的基础上，譬如破坏生态环境所产生的利益在最短时间内集中到了少数人的手中，生态被破坏后的代价却要由所有人来共同承担。

冬天尚未结束，夏天就降临了。在春天缺席的年份，会有秋天吗？

那个广场中央的石板上刻有一幅太极图，两条黑白的"阴阳鱼"被一群年轻人踩在脚底下，每天夜晚伴着疯狂的音乐，他们肆意而舞。

去看海吧。我们沿着沙滩走。秋天的夜晚有些寒意，你脱掉鞋，赤脚踏浪而行。夜色中的海，有一种静穆之美。你从南方专程来到这个城市，只为了看一看我曾写过的那片葡萄园。你自始至终没拍一张照片留念，我知道你是理解这片葡萄园的。在我心中，葡萄园更像是一种坚守。现实中的海边葡萄园不过是一个纸上的名词，贴在工业城市的额头，被解读成了所谓浪漫。海浪抚平沙滩上的脚印，来时路消失在巨大的虚无里。

这个城市与海之间是一条长长的防护林，往年每到夏季，槐花就绽放成另一片海，层浪叠涌，整个海滨都被槐花的香气浸透。我曾向外地的朋友炫耀身边的海和海边的大片槐树林，相约槐花飘香的时候一起在这里漫步，如今看来这更像一个无法兑现的承诺——海边的槐树正在成片地消失，代之而起的是林立的高楼。独在海边散步，像一棵远行的槐树，有时凝望海天交际处，有时与路边的电线杆相视无言。野广告占领了电线杆，顶端是夸张的房产信息，下面是密密麻麻的性病医药小报，内容驳杂。某天偶一低头，居然看到地面上贴有纸条式样的野广告，赫然写了低价销售枪支车辆之类的内容，并且留有联系电话。我对电话另一端的那个人充满好奇，不知道他何以如此淡定坦然。

沿着海边走出很远，有个安置小区。一些人倚在楼底下晒太阳，他们搬进楼房，依然保留了晒墙根的习惯。这些习惯了把自己袒露在阳光下的人，这些不知道将要何去何从的人，他们以迎接阳光的方式领受属于自己的命运。他们被裹挟着，在还没明白要发生什么的时候，一切都已发生了。他们与土地血脉相连的脐带被割裂，最日常的生活被托举到了空中。那天我在一栋楼上看到不远处的填海场面，车辆滚滚，尘土飞扬，海被染成了泥土的颜色。这个填海造田工程曾在公文里频繁出现，我熟知它的来龙去脉，因为招商引资，因为土地指标紧缺，他们选择了向大海索要空间。这是我第一次亲见填海工程，在纸张与现场之间，隔着多么沧桑的距离。黄色的海，像是一片荒芜的土地，将要结出怎样的果子，被谁采摘？精卫填海是一种审美意义上的勇气；当代人的填海，有些是出于急功近利的开发冲动，却被解读成所谓魄力和毅力。在填海现场，我被震撼了，觉得整个内心都被冰凉的石块填满。接下来的事实是，这种震撼很快就淡漠了，因为这与自己有关，又不仅仅与自己有关，这个问题不再成为一个问题——我的淡漠和淡忘在更多的人那里发生，成为一个普遍的心灵事实。太多的

167

物事以理所当然的姿态侵入日常生活，它们来自哪里，去往何方？很多人忽略了这个问题，日渐变得心安理得习以为常。南辕北辙的故事正在不断上演，掌声不断。洞察这份常识，并不需要多么高深的知识，需要的仅仅是保持作为一个人的正常体温。思想本该是自由的，我们却常常把它装进一个容器之中，让它变得有形，变得安全与可靠，变得不易蒸发。

当一条路被走到尽头，这果真意味着生命的意义会得到拓展延伸吗？

沿途的风景永不再现。并不是所有选择都有纠错的机会。一个尚未舒展的"我"，独立峭壁，望断天涯路。

风尘仆仆。一程又一程。采风团浩浩荡荡，历经十余个县市，沿途尽是大开发大建设的景象。进入我内心的，更多的是一些微小事物。车过万亩枣园，我对着车窗外频频拍照。对于这片枣园，我只是一个匆匆过客。我离开这个地方后，也许会写下优美的文字，向别人描述在枣园采摘的体会，那些语言看上去素朴、真诚，也许会打动很多人，很多的人中也许包括我，一个曾经写诗的人……我在行驶的车上胡思乱想，沿街几乎都是冬枣批发和仓储的场所，在冬日的风中显得空空荡荡。冬枣是一年四季最晚成熟的水果，它在冬天成熟，带着冬天冰冷和清脆的品格。我们比冬枣更晚，我们来到这个盛产冬枣的地方，冬枣已全部采摘结束。我们只看到一片浩荡的枣园，枝丫静默，像是刚刚分娩后的安详。在黄河入海口，风很大。很大的风中，是需要步履坚定，固守一些什么的。海浪涌动。大家在海港留影，风太大，有些冷。不知道若干年后，从这张大家都面带笑容的照片中是否会看出当时的凛冽寒风和彻骨冷意？我们用微笑遮蔽了它。这里被称为"开发区"，与我所工作和生活的地方有着同样的名字，我感受到这片土地之下似曾相识的脉动。对激情，我是一直存疑的，特别是看待经济发展和城市建设，不崇尚所谓激情，更向往的是一份理性和稳健，期望它既能把握今天，同时也对明天、对更为遥远的未来负责。我怀念那些慢的事物，珍视那些犹疑和郑重，他们拒绝外在的目光，自觉把手中做的事情放到时间坐标上接受更为遥远的考验。关于生态环境的描述，我喜欢"民主"和"友好"这两个词，从中看到一种有别于其他形容词的品质。山被铲平，树被砍伐，农田被征用，生态被破坏……我们对大自然的所谓征服和改造，实质上是在亲手将自己一步步逼向尴尬无助的境地。在大自然面前，人类其实是不堪一击的。珍视环境，即是珍视未来，即是对历史、对后人最好的交代。

"车过黄河／透过窗玻璃／我看到黄色的水／它们并不浩荡／迈着疲倦的步履／一步步向后走去／／车过黄河／我屏住呼吸／耳边响起／一条鱼在河里的呼喊……"

这是残缺的诗，旅途中潦草地记在纸片上。我无意于将它完善，它这样出现，理应这样存在或消失。一首诗存在于若干不分行的文字里，就像对生态环境的诉求，存在于轰轰烈烈的开发建设中；就像一个人的沉吟，湮没在时代的大合唱中；就像一个人的跋涉，并不在意疾驰而去的列车。

这样不合时宜的"残缺"，寄托了这个人对完美的省察与向往。

太多的人在参观太多的城市规划展览馆，这类建筑几乎是一夜之间就从城市森林里冒了出来。历史是人写的。历史又不仅仅是人写的。岁月的河流将会带走一切，岸边留下的，必是那些曾经痛过的伤痕。太多冠冕堂皇的姿态，其实经不住历史一个眼神的打量。时间湮没一切。时间浮出一切。时间改变和保留一切。那些企图承载和操控时间的形形色色的"展览馆",不过是时间中的微尘,随风飘逝将是它们命定的结局。

当然也有感动。就像荒芜的旷野中,残留一丝关于春天的气息。我曾在一个村庄见过一个"碌碡王",据说重达二百多公斤。那个村庄也已穿上了城市外衣,有着与这个时代的很多村庄相仿的命运。"碌碡王"被摆在村庄展厅的门口,像是一个朴拙憨厚的表情。因为这个碌碡的硕大与罕见,即使是在进入机械化之前的年代,村民也从未将它用于劳动。他们心怀敬畏,将其尊为神明供奉。"碌碡王"的来历,最具传奇色彩的说法是某年夏天黄河决口,村庄陷入一片汪洋,洪水退落后留下了这个大碌碡,村人从此在它身上寄予了最朴素的信仰和最虔诚的敬畏。

在那个小城的文化展厅,我留意到一位文化老人珍藏的石子。老人思乡情切,晚年曾托亲友把家乡渭河里的石子带到北京,摆在卧室床头。这些来自故乡的石子,这些平常得不能再平常的石子,带着渭河的水声,夜夜响彻老人心头。老人驾鹤西去后,这些石子重归故里,陈列在这里。我在这几粒石子面前站立了很久,努力地想要听懂它们的语言。小城遍地都是恐龙化石,遥想远古时代这里遍地沼泽茂林丛生,各类恐龙生活奔跑在这里,后来一股神秘力量导致火山爆发洪水泛滥,恐龙家族横遭灭顶之灾,轰然倒地的庞然大物顷刻间被埋在地下。几千万年后的今天,我们从恐龙骨骼化石的形态上依然可以想象它们在天灾降临生死一刻的挣扎,曾经的血肉之躯被自然灾难和漫长时光赋予了石头一样的坚硬表情。

又是石头。总是石头。太多的石头被堆砌在一起,塑造成为冷漠的建筑物。而那些孤独的石头,那些拒绝合作的石头,始终在人群之外保持了一个正常人的"体温"。

石头与石头之间也是有语言的。听懂石头的秘密,需要一颗柔软温情的心。

当宏大的规划源自短浅的目光,当那些被遮蔽被掩饰的代价渐渐浮出水面,当纠错之举看不到应有的诚意,当太多的阵痛绵延成生命中不能承受的负重……一场大雾开始降临。

我们也许会是雾里的人。

在雾里,我们更清楚地看到一些事物,看到早已等待我们的命运。太阳是缺席的。我们曾用阳光编织梦想。置身断裂的阳光里,我们踏着破碎的梦,去找寻所谓完整的人生。是谁,还在向着太阳的方向引吭高歌?

在烟台看海

我第一次到烟台,是参加"蓝色潮"诗歌笔会。那时我还在故乡海阳,疯狂地写诗,对外面的世界充满憧憬。"蓝色潮"笔会很是浪漫,我们相聚在海边,谈文学,也谈理想,觉得整个烟台都是蓝色的。大海的潮汐,有些咸涩,与那个年龄的激情与梦想是同样的味道。那时的南大街,是一条略显青涩的街道,并不拥挤。烟台的街巷,烟台的楼房,烟台的海,在我眼里都是新奇的。后来,我的第一首诗在《烟台日报》的"半岛"副刊发表了,我去报社拜访责任编辑于书恒老师,他送我下楼,送我过了马路,一直送到公交车站点。那种温暖,近三十年来一直留在心头。

我与烟台的最初"相遇",是因为文学。后来我融入这个城市,也是因为文学。文学在我与烟台的关系中,已经不仅仅是一种作为专业的书写和表达,而是一种深度的理解方式。我对人生意义的追求,对生活的憧憬和向往,都以文学这种方式在烟台落地、扎根与成长。这个城市接纳了我。1997年大学毕业后,我留在烟台,入职某知名企业,在建设路附近的铁路宿舍租了一间平房,每天坐班车上班、下班,过起了在乡下时曾经那么向往的城里生活。记得那时租住的房屋,夏日漏雨,冬天会有雪片从屋顶蹿进屋来。在孤寒的冬夜,我的心里燃着一团火,对生活,对工作,对文学,都有无限的热情。那段日子,烟台这个城市所给予我的,是一些很具体也很琐屑的记忆。而我,沉迷于那些具体与微小的事物,觉得它们与我所熟悉的乡下是不同的,对生活始终保持了一份耐心和好奇。

我当年租住的那个地方早已拆除了。后来我从报刊读到一个细节,若干年前烟台所城的老城墙被拆时,有个当地人捡了一块砖,拿回家珍藏。所城是"奇山守御千户所"的俗称,始建于明洪武年间,在距离大海不远的地方,可以说是烟台城市发展的一个原点。珍藏一块砖,这是所城后人留存历史的一种方式,也是我心目中最为朴素的对于生活和生命的态度。我曾想寻访那位老人,听他讲述过去的事。我只是这样想过,并未真的付诸行动。我觉得记住这个关于珍藏一块砖的细节,就足够了。后来因为工作关系,我参与了若干的村庄搬迁,用十年时间写下三部长篇作品,真实地记录了这个城市的变迁。不同人的不同思想与诉求在这里碰撞,最终蹚出一条城市化的路。在这个过程中,我曾真诚地参与和书写过那些普通人的爱与哀愁,困惑与坚定,书写过他们的选择,他们的生存境遇和梦想。作为一个写作者,能够亲历这些,是幸运的。

初旺是烟台最大的渔村,也是"渔灯节"的代表村落。在城市化进程中,这个渔村保留了下来。我曾在初旺渔村采访过五十多位老船长,他们的讲述,是关于大海的艰辛记忆,也是关于这个城市的"乡愁"。有个老船长讲到了当年的开发区海边,若是遇到大风天气,稍不小心渔船就会被风浪打翻,渔民即使爬上了岸,也会被冻死,只因这里荒无人迹。老船长讲到这些往事,讲到如今滨海路修得那么漂亮,沿着海边建起一座新城,他流下了眼泪。

因为写作《烟台传》，我研读了大量关于烟台的史料。这个古时被称为"芝罘"的地方，有太多的故事。秦皇汉武都曾来过这里，徐福从这里东渡，东方海上丝绸之路从这里启航，全真道教在这里创立，丘处机、戚继光、王懿荣、张弼士等著名人物与这里有过历史性的"相遇"。再加上这里的仙道文化传统，这些历史在我的眼里具有了缥缈的质地，被赋予更多阐释的可能。站在海边，我时常会有一种看到徐福背影的幻觉，他在海上闯出一条路，两千多年之后依然让我们充满了想象与激情。

海对我来说，已成为一种日常。家住海边，夜晚睡梦中都可以听到海的声音。每天散步，都是沿着海边走的。有时候，可以一个人面朝大海放声呼喊，并不期待回音。更多的时候，我是沉默的，沿着海边走，很多想不明白的事，在行走中渐渐变得明朗和清晰。

天马栈桥就在距家不远的地方，从小区出来，可以直抵栈桥。我曾写过一篇《另一种桥》，就是关于栈桥的一些心绪。走在栈桥上，想到那些更为漫长的路，以及行路者的境遇，我写下了关于快与慢、关于喧嚣与安宁的思考，开始把附加在大海身上的一些所谓意义和想象，以自己的方式逐一剔除，让海在我的心中还原为海，不再被词语修饰，也无须承载太多。当一种汹涌和澎湃，变为平淡，会有更多的东西被体味，被重新发现。在大海与天空之间，我看到了光。

曾经，我与摄影家朋友在烟台的乡村游走，寻访日渐消逝的农具。这是我理解城市的一个切口。那些农具被废弃了，他们的主人来到城里打工，努力融入城市，就像我当年刚到烟台时的样子。我曾写过一个租住在城里的打工者，她是如何让自己的孩子充满阳光地成长，那对我的内心产生极大震撼。我曾亲见这个城市的一场特殊婚礼，一辆人力三轮车载着新郎新娘，紧随其后的是浩浩荡荡的三轮车队，那是我所见过的最为感人的婚礼现场。

某个午后，我陪着妻子和女儿从小区不远处的河边走过。那是入海口的一条小河。因为守着浩瀚大海，我的潜意识里是不曾在意这样一条小河的。我们从河边走过，一步一景，越走内心越安宁、越放松。我开始反思自己，在海边生活二十多年，似乎从未关注过汇入大海的河水。我更多看到的是大海之"大"，忽略了汇聚成海的那些涓涓细流。我从入海的河流中，看到一些不同于大海的感觉，从另一个角度理解了大海，理解了坐落在海边的这座城市。

这个城市，让我看到大海，也看到融入大海的河流。那天在海边，女儿不停地用双手捧起浪花，骄傲地喊道："这是大海的赐予！"

这个蹒跚学步的孩童，她看到了浪花的美，懂得这是大海的赐予。她以自己的方式，教会了我如何看待人与海的关系，如何珍惜每一朵浪花，就像珍惜每一个平凡的日子。

辑三 旧站台

星光下，我想做一个有爱的人。一个懂得感动的人。一个永不停止追问的人。

没有答案，如同没有现成的路一样。我们终将前行。

——《此在；彼在；何在？》

齐国故地

是在若干年后,我又回到这里。

岁月的光影。历史的残片。还有阳光。还有雨露。还有风花雪月。还有生死离别。还有作为人的这样或那样的想法……

行走在齐国故地,一步恍若百年。那些山与水,滤去了我的心事,让这个在人潮中匆匆赶路的人,心甘情愿放慢脚步。一座山,一汪水,甚至一棵草,一片叶子,它们心里都藏着千年往事,陌生又熟悉。那个黄昏,我站在夕阳的余晖中,遥望旷野深处的一片古冢。我看到了它们,看到它们载着曾经的生与死、爱与梦,正在一步步离去。我听到它们撤离时低沉的回音。夜色越来越近越来越浓,终于将这一切湮没。

车在固执地颠簸着。透过车窗,我看到轰鸣的挖掘机、飞扬的尘土,到处都是热闹的施工场面。可以想象,这条宽阔的公路很快就会被修好,到时我们可在更短时间内抵达想要去的那个地方。

颠簸在齐国故地的这条山路上,我一直在想着与道路相关的事。在并不遥远的上个世纪,一个诗人曾经先后写下了《中国的道路呼唤着汽车》

和《中国的汽车呼唤着高速公路》两首诗。洋溢在诗行间的激情，曾让初学写诗的我长久地激动。多年后，我开始对所有激动的、抒情的东西产生一种本能的抵触。他们凭着所谓豪情，遇山劈山，见河架桥，把道路修到了任何想去的地方。距离在缩短，速度在提高，我们离某种真实却越来越远。

"一切的路都朝向城市去。"这是维尔哈伦关于道路的预言。他也是一个诗人。他是在卢昂不幸被火车碾死的。他死在了路上。一百多年后的今天，现实应验了他的预言。在通往城市的路上，大家争相拥挤着。这个事实的另一种说法是，城市在迅速地向乡村"辐射"和"扩张"，乡村正在迅速地被改变。

我们去到一个叫作"和尚房"的古村落。在山的深处，房屋和树木默立着，凌乱中透出一种潜在的秩序。那些房子没用混凝土，由石头堆砌而成。我们走进院落，拴在木桩上的黑狗慵懒地翕动眼皮，装作未被惊动的样子。墙角堆满了黑杂木，一位满头白发的老人，漠然打量着我们。在老人身后，扎着小红辫的儿童，正在顽皮地又蹦又跳。尝一口清冽的山泉水，我们不约而同将瓶中的矿泉水倒掉，用空瓶子盛了那泉水。向几个当地人打听，这里缘何命名为"和尚房"，他们一律摇头，满脸茫然。一个如此冷僻的村落，有着如此怪异的名字，居然无人知晓它的来由。我们这一伙远道赶来的人，年长些的，脸上有着掩饰不住的慨叹，大约是受了这古村落的触动，心头泛起某些似曾相识的记忆。孩子们则是一副懵懂神态，对于城市之外的这些事物，除了新奇和好玩之外，他们就再没有什么别的感觉了。至于大人们的那些感慨，看来他们是不能也不愿去理解了。

车子行出老远，我还不时地回头看那村落，它躲在山的皱纹里，一副古老安详的样子。这让我想了很多。我从小在山村长大，后来到了城里，这么多年都无法真正融入城里的生活，但我也清楚，自己是永远也回不到山村了。生活在城乡间隙里的这个人，作为"和尚房"的匆匆游客的这个人，在这里获得某种启迪。这个叫作"和尚房"的古村落，它的对于等待的耐性，已经远远大于它的行走速度。这个时代已将它抛在身后。我们是折回来的一群。我们不是为了寻找什么，我们是在怀念自己。

想到在别处的那些地方。譬如周庄，一个以古典著称的地方，到处弥漫着现代商业气息；一个原本宁静的小镇，每天却要承接成群结队、纷至沓来的中外游客。甚至，作为水乡的周庄，它的水也不再明澈……这是我亲见的周庄。这份存在的悖谬，大抵应是现代文明最有意味的地方。丝丝缕缕残存的古典气息，像在无奈地挣扎着。我端坐摇船上，听两岸叫卖的呐喊，心中的困惑越来越浓，居然开始羡慕起了那个最初"发现"这里的人，他肯定不是像我、像我们这样的游人。

在一些原本山清水秀的地方，开始布满纵横交错的索道，花花绿绿的游乐设施也从城里被搬了过来。从一座山到另一座山，不再需要什么翻越与跋涉。距离在缩短，因距离而存在的美感也随之消散。那天我乘坐索道离开那个并不算高的山头，途中听到声嘶力竭的流行音乐，听到索道金属相互摩擦时的窃窃私语，低头看浅浅河水，有红色的鱼在游动。我像一只笨重的鸟，被捆绑了翅膀从河面掠过，心一点点地拧紧，直到拧出了一种说不出的滋味。

想到愚公移山。山被铲平，树被砍伐，农田被征用……并不是所有的过错都可以弥补。以所谓征服自然的方式彰显人的抱负和力量，结果必定是亲手将自己一步步逼向无助的境地。当价值建立在一种浑然不觉或自以为是的错误基础之上,对这个价值自身的存在,我们又该作出怎样的价值判断?

想到精卫填海。精卫的执着,不仅仅是可敬,更是可怕。精卫翻飞的羽翼,承载着人的贪婪目光。

想到一匹月光下的马。它迅疾地来,又迅疾地去。我看到了它,却无力挽留它。它载着我的目光飞快消逝。它把我的惦念和忏悔拉得好长好长。

想到康·巴乌斯托夫斯基笔下的"最好看的霜"。他在《洞烛世界的艺术》中引用一位画家的话说:"每年冬天,我都要到列宁格勒那边的芬兰湾去,您知道吗,那里有全俄国最好看的霜。"最好看的霜。这个微凉的意象,分明让人感到了一丝温馨。一位生活在齐国故地的友人,曾跟我讲述过她是如何穿过一片闹市,去到那个广场看望一株樱花的。她说那个广场长满了各种各样的花草,在某个角落里有一株樱花。她一直惦记着那樱花是否开了,每天不去看一看就难以入睡。这种惦念持续了好多日子,直到有一天樱花枯萎了。

一朵花从绽放到枯萎,该是一段怎样的路程?

惦念一朵花的绽放,我们可曾有过这样的回忆?

我珍视这样的惦念,却不知该如何告诉你,这样的日子这样的山水,还有这样的我的犹疑和冲突。

不曾想过,齐国故地居然藏了这样一片水。

第一次去到那里,当友人介绍它古时曾被称作"少海"的时候,作为一个久居海边的人,我是有些不以为然的。这般心态,很快就被闯到眼前的景象湮没。我看到了水，看到大片大片的芦苇荡。水漾漾地，像一条淡绿飘带，被密密的芦苇托举着，安静，但不呆滞。水波泛起，芦苇们迎风起舞。居住在海边的日子，一直感觉自己像一滴水；而在这里，我更向往的是成为一株水中的芦苇。这些《诗经》中被称作蒹葭的植物，让人想起在水一方的伊人。伊人不在，一只不知名字的水鸟，停栖在我们刚刚驶过的地方。它安安静静地，不忍心打扰我们这群同样安静的游人。一次次想到那个名叫梭罗的人，想到他笔下的瓦尔登湖，想到干脆把自己留下来，什么也不要带来，什么也不想带走，就这样一个人留下来，留在这水这苇丛之中。

她有一个响脆的名字：马踏湖。倘若身心沉静，你会听到有万马嘶鸣的声音在湖底涌动。湖面波澜不惊，倒映着两岸的垂柳和芦苇。湖区被纵横交错的沟河分割开来，十几个村落很是随意地嵌在湖边，藏在苇荡与绿树丛中。横七竖八的小船，悠闲地停在门前或桥下。水与芦苇若即若离地牵着手，在风中遥相呼应。湖民们在小桥上来来往往……

小桥。流水。人家。房在湖边立，船在门前泊，一道道节制的水，还有无拘的芦苇，构成了画一样的情景，让人心里忍不住藏了一个激动。

船家手中的竹篙在岸上轻轻一点，小船就蹿出了好远。我们端坐在小马扎上，听船家絮絮叨叨，看水，看两侧芦苇裸露水中的根，这时可以随便地想些什么，也可以什么都不去想。所到之处，低头是漾漾的水，抬头是密密的芦苇。船缓缓前行，这样或那样的心事都被抛在船后，沉到了这湖底。清风像梳子一般，将船后的水面梳成柳枝形状。

湖区的水路或长或短，或窄或宽，不管如何纵横交错，水路之间都是相通的。常常是芦苇挡在面前，水也行到了尽头，正是无路可去的时候，只需竹篙在水面轻轻一点,眼前就出现座座房舍,闯入别一番境地。

理解马踏湖,从水开始,到水结束。至于无边的芦苇,好似从心底旁逸出的思绪,它们会跟你讲述一个又一个关于水的故事。苇花飘散,那是水的纷纭心事。还有亭亭的荷,一段藕节就是一段长长的往事,她们沉默着,有些秘密不肯说出口。

在湖边,我见到一些久违的农具。一个老人正在纺纱,满脸皱纹里有着一种安详和自足。我掀起她身边的锅盖,看到了里面的干粮,那是老人的午饭。石碾旁边,年轻的母亲与年幼的孩子正在推磨。他们是游人,他们在以游人的身份体验劳作。也许,年轻母亲记忆里的石碾,将是她的孩子永远无法理解的。他正在快乐地推着石碾。他不会知道,石碾声声,声声都响在身边这个人的心头。那是关于童年的乡村记忆。

而这里的一切,与古齐人有着怎样的隐秘关联?

济青高速公路淄博段,有一块路牌写着"1990年全国十大考古发现之一"。历史和现实在这里以这种方式相遇,地上是川流不息的车辆,地下埋藏着春秋时期13辆战车和38匹战马,间距十几米,时隔两千余年。

我相信齐国故地是有一种"场"的。她的务实和开放,尚变和兼容,穿过层层的遮蔽,留存下来。我们忽略她已经很久了。当远行的背影被越拉越长,一种带有童年属性的质地开始显现。我们终于发现,多年来苦苦追寻的,正是我们已经放弃了的童年。你的,我的,人类的童年。

我们从来就不曾真的离开过她。

她是源。她一直留在这里,等待我们终有一天的寻访。现实在遥远且熟悉的地方,念想着她曾经的模样,比如开放性,比如改革性,比如包容性，这些飘荡在历史潮头的东西，其实早在两千多年前就已经被她拥有。这些曾经的理念，正以现代的方式恢复并散发出新的光泽。行走在齐国故地，我一次次想到这样的四个字：途中的根。

是的，途中的根。时光在行走，世事在行走，人们在行走，而根一直留在了那里。她一定是在固守什么。她相信那些远行的人终将回来，意义将在寻找的过程中重新焕发。那些泥土的光泽，在阳光下沉静又安详。

齐国作为战国七雄之一，在先秦的历史舞台上可谓举足轻重，但最后统一中国的为什么是秦国而不是齐国？假若历史可以重演，假若当初是齐国统一中国，那么历史的进程又会怎样？

这个城市的街头，到处都是郁郁葱葱的法桐树，粗壮，沉稳，很是经历过一些风雨的样子。成群的灰喜鹊栖息枝头，俯视着来来往往的行人与车辆，全然一副城市主人的神态。阳光透过树叶筛落在街道上，斑驳中居然有了绚烂之感。这些树如同一个个充满智慧的长者，它们不动声色地存在着，它们心里装着这个城市的过去、现在和将来，它们的根系牵连成为这个城市的底蕴。一座历史悠久的城，倘若缺少了粗壮的树，简直是不可思议的。建造楼房可以缩短工期，而树的年轮无法"提速"，那些风风雨雨是要亲历的，无法略过也无法逾越。在齐国故地，那些古树正在吐出新绿。

喧哗中，我想象一个须发冉冉的长者，他端坐山水之间，一言不发地打量这个世界。他淡淡地转身，只留下了一个背影。这世界安静下来。

海边栈桥

我忽略身边的海已经很久了。一支作为景点的锚默立海边,斑斑锈迹留下太多风浪的痕迹。游人熙来攘往,很少有人在意或理解它的存在。谁愿停下身来,听一支锈迹斑斑的锚的诉说?

海是不可解释的。可以感受,可以想象,唯独不可解释。

滨海路沿着海岸线蜿蜒前行。落日在海天交接处静静地浮着,海在脚下涌着温和的浪。咸涩的晚风,将我满身的疲惫一层层剥落。薄薄雾气中,隐约传来海的沉吟,宛若一抹最本真的召唤。曾经丛生的礁石消失了,栈桥依旧。一对恋人撑着小花伞,相依相偎地在栈桥上踱步。相对于彼岸,栈桥的意义在哪里?我喜欢栈桥,喜欢它的欲言又止的样子。我一次次地走向它,走向这段并不遥远的"桥",这段让人身心宁静的"路"。没有人会希望通过栈桥到达彼岸,它只是把你送到一个距离美更近和感受更真切的地方,将彼岸定格在视野与想象之中。这是它与别的桥的区别所在。独立栈桥,迎着海风,我不知道是海水充盈着沉默,还是沉默充盈着海水。夕阳已经沉没,海的余温让人心动,让人想象晨曦是怎样地再次托起这个城市。懂海的人,此刻应该是沉默着的。

我曾在大海深处的一个小岛上度过数日。那天我们驱车赶到海边已是日暮时分，薄雾蒙蒙，只觉海天一色，渐渐地便从海浪声中辨出机帆船的声音。大家于是雀跃起来，岛上的人应约驾船来接我们了。一阵忙乱之后，船在海中稳稳地漂了约半个小时，然后停泊在一个小码头。下了船，便爬坡，坡不陡，却挺长。我们背着行囊，走走停停，气喘吁吁，好久才遥遥地看见躲在树丛中的村落。村子不大，不足百户人家，屋舍若隐若现，藏在山的半腰，看上去不甚规整，却与这岛的风格极为相仿，显得格外和谐。岛人热忱地接待了我们。住处是两间古旧屋舍，屋后有树，树下有石桌石凳。大家围着石桌坐下，把酒临涛，其乐融融。岛人常年饮用积蓄的雨水，借风力发电，日出而渔，日落而归。生活在北京的友人，对高楼大厦车水马龙习以为常了，陡然来到这里，远离尘世的喧嚣，好似进了世外桃源。我注意到一株默立于芳草青藤之间的树。那是一株黑枣树，树皮是龟裂的，树枝上挂满红色吉祥物。岛人说，自从有人在岛上居住，就有了这树，如今至少四百年了。那夜，我们一伙人坐在小岛码头的台阶上，聊着一些与文学相关的话题，不知不觉间，海潮悄然涨到了我们脚底下……

　　我在栈桥上徘徊，回想一些与海相关的事。夜色缓缓罩了下来，越来越紧。城市淡远了。烟台山与海相依相偎。没有了想象，只剩下海，这巨大的水，漾漾地簇拥着栈桥，包围着我。我说不清自己，就像看不清这海一样。生活有着若干的可能性，心里装不下这海，就不要说已经懂得了生活。

　　栈桥附近，有一个叫作月亮湾的地方。那是一片深月形海湾，一道宽约一米、长二十余米的海堤，静静地探进海里。这是我心中另一种形态的栈桥。在它的尽头，是一座月亮老人雕塑。这片海湾与冰心老人的童年紧密相连。二十世纪初，月亮湾南面的山坡上是一座清朝海军的训练场，它隶属于烟台海军学堂，校长是一位参加过甲午海战的军官，他的女儿时常独自一人来到月亮湾，听着生生不息的涛声，看着由远而近的一排排浪花，静静等待父亲的归来。这个小女孩就是后来的女作家冰心，她在《忆烟台》中这样写道："我童年时代的烟台，七十年前荒凉寂寞的烟台，已经从现代人们的眼中消逝了。今日的烟台是渤海东岸的一个四通八达的大港口，它朝气蓬勃、容光焕发地正忙着迎送五洲四海的客人。它不会记得七十年前有个孤独的孩子，在它的一角海滩上，徘徊踯躅，度过了潮涨潮落的八个年头。"

潮起潮落。近在咫尺的海，是一个遥远的存在。

海不是隐喻。海究竟记住了什么，栈桥深深地懂得。

怀着怕和爱

少年在海边拣到那个漂流瓶，是在公元2104年的某个秋日午后。天灰蒙蒙的，黑色海浪泛着浓重油味，一轮白太阳悬在半空，发出冷冷的微光。风在呜咽。少年用苍白的手从漂流瓶中拽出一纸齐整信笺，接下来的展读让他越发惊奇。他走进一个陌生世界，蓝的天，绿的树，碧的海……

少年不知漂流瓶来自何人何处。他据此知道在并不遥远的过去，这里曾是另外一番景象。

在"天涯海角"，没有预想中的那份清静。所谓天之涯、海之角，其实是比闹市更为喧嚣的。游人熙攘，随处能见到开发建设的迹象，可以嗅到现代文明的气息。大约是在离去的路上，见到一个另类意象——天涯一棵树。很少有人在意这棵树，他们更多地沉浸在抵达"大涯海角"的亢奋里。相比那些标识明显的人造景观，这棵树长得委实不够惹眼，它只是安安静静地立在一块巨石上。我并不知道它的名字，只知道它是一棵树，一棵长在"天涯海角"的树。我凝望着它，想象它的根系是怎样顽韧地穿透巨石，想象它是如何躲过了纷飞的利斧……

一棵树作为景观留存下来。这是活着的理由,也许它还算得上幸运。

想到了别的更多的树,还有斧头。

从第一棵树挥向最后一棵树,斧头将会见证人类文明的始与终。

船在海面划着长长的白色伤痕。旅客的欢呼海浪般飞溅,他们摆着不同的姿势与海合影留念。她在甲板上无言伫立,遥望那个渐渐淡远了的城市。透过船体,她同时感受到海的冷漠与温情。微微泛动的层层浪波,将阳光切割成千份万份,四周是一片耀眼的白。

巨大的蓝色的水。巨大的白色的光。巨大的翔舞的海鸥。她无言地理解、动情地体味着,让水浸入心里,让光泻入心里,让那鸥鸟飞入心里。

海天交接处,一叶叶帆船若隐若现。她想到了它们征服海的欲望。

海平静依然。她不相信海的平静。同行的人,有谁听到大海深处的喧哗与骚动?那是一支人类听不懂的音乐,每个音符都跃动着复仇的火焰。

海边有山。下榻的地方是两间古旧屋舍,一株黑枣树默立在屋后,树皮是龟裂的,枝头缀满红色吉祥物。受到什么驱使一般,她从树下的石凳站起身来,开始向山上走去。雨丝柔细,山路空无一人,两侧树木葱郁,灰绿之中隐约闪着庙宇的影子。空气中烧香的味道越来越浓,掺杂着雨和青草的气息。循着钟声,她走进一座青石栏杆围住的院落。是一座庙宇,几乎悬在半空的庙宇。诵经声从一个大殿传出,僧人们正在做晚课,为首的是一个很年轻的人,他眼睑微垂,沉浸在诵经声中。她是第一次见到那么清秀、那么专注、那么脱俗的一个男人。雨丝静静地飘着,小小的青灰色的石栏杆,微润的青灰色的地面,院子里竖了一排黑铁的架子,架子上燃着两排红蜡烛。蜡烛在蓝灰色天空的映衬下,显得格外醒目,偶然一滴雨珠落到烛焰上,那灼橘红色的小光就颤颤地一抖。在这远远的地方,在这深深的山里,她被这从容的诵经声和雨中的红烛还有虔诚的年轻僧人震撼了。那个年轻僧人身穿杏黄僧袍,斜披褐色袈裟,胸前挂着长长的一串菩提珠。他在门里,她在门外,门里门外恍若两个世界。她一直仰望着他,心中满是感动。

接下来的日子跟往昔一样,行色匆匆,前路正长。一脉难以言喻的感觉从此埋在她的心里。

"它躺在沙滩上,脖子已经硬了,眼角还有泪水。"那位义务护鹅老人对记者说。

那个平静的冬季已有四只天鹅先后渴死。当地长达四年的人工清淤,对那片方圆千亩的滩涂意味着什么?在亚洲最大的天鹅越冬栖息地,天鹅数量急剧下降。清淤之举,已将这片滩涂的生态环境严重破坏。

天鹅成群栖落的地方,必定是一个令人神往的、与美相关的地方。这是大自然的馈赠,也是当地人的福分。淤沙堆积,龟裂的湿地油污斑驳,在冬日阳光下闪着一丝恐怖气息。这是曾经的湿地,天鹅的乐园。现实的所谓清淤,剥夺了天鹅赖以生存的"湿地"。

十多年前,我曾去过天鹅湖,亲见了那令人心动的情景。一群来自异域的美丽大鸟,在湿地上优雅闲步,整个湖面都回荡着亢奋的鸣叫。这是天堂,天鹅的天堂。时隔多年,家园不再,在这原本赖以越冬的地方,天鹅们遭遇了比冬天更为寒冷的事。面对饥渴而死的同伴,这些美丽的大鸟在干裂的滩涂上哀鸣……

"天鹅是老天赐给人类的朋友。"那位三十年来坚持义务护鹅的老人,难过地说。

怀念引吭高歌的天鹅,那种纯美的忧伤足以令人流泪。

又见冬季。雪在纷飞,天鹅的素洁羽毛在飘落。这个没有了天鹅的冬季,孤寒而又漫长。

雪 人

一个雪人，爱上了屋子里的火炉。

"你永远不能到那儿去，"看院子的狗说，"如果你走近火炉的话，那么你就完了！完了！"

雪人最终没有去到火炉那里。整个夜晚，他一直在窗外注视着那团火。后来，太阳出来了。再后来，雪人融化了。我愿意这样以为，雪人最终没有走近火炉，不是因为怯懦，也不是因为爱得不够坚定。作为雪人，靠近一灼自己深爱着的火，然后为之融化，或许是一种最幸福的成全。但他不能。他担心自己的融化会将炉火熄灭。因为爱，他选择了距离。一段不远也不近的距离。

这是一个男人的隐忍。这个男人一直在默默遥望那团他深爱的火，直到"死"去。

我在这则童话中体味到了一股暖意。这暖意，不是来自火炉中燃烧的炉火，也不是因为理智的雪人，而是源自炉火和雪人共同的**存在背景**——寒冷。是的，是寒冷。我从寒冷中感受到一种不同于寒冷的东西。或许，它叫作感动。因为寒冷的存在，雪人和炉火的存在才成为可能。寒冷作为一种存在，既是雪人所需求和向往的，也是炉火所要驱除的。在向往与驱除之间，雪人和炉火相遇。注定的短暂相遇，一刻胜似百年。假如这个故事被某个女孩来讲述，会是怎样的一种情形？

想到安徒生笔下的《海的女儿》。海公主为了赢得人间王子的爱和获得一个不灭的灵魂，做出了极大牺牲。她以自己的声音为报酬，让巫婆把她的鱼尾变成了人腿。她从此成为一个哑巴，无法表达对王子的爱情，甚至当王子因为误认而与另一位女子结婚时，她都无法说出真相，无法亲口告诉王子她才是他真正的救命恩人。王子与那个女子结婚之夜，也是她获得灵魂的希望彻底破灭的时刻。她的最后出路是恢复原形，返回海底，作为人鱼愉快地活过三百年的岁月。但这条路的前提条件是，她必须在太阳出来之前将一把刀子插进王子的胸膛，让他的热血流到她脚上，这样她的双腿才能恢复成鱼尾。"不是他死，就是你死！"姐姐们的催促声越来越急，太阳正在毫不犹豫地升起，海公主已别无选择。看着新娘身旁正在幸福入睡的王子，她弯下腰轻吻了他的睫毛，然后是短暂的犹豫，她把手中的刀向浪花里掷去。刀子沉没的地方，浪花发出一道红光，像有许多血滴溅出了水面。她再一次将目光投向熟睡的王子，纵身跳到海里。她感觉到自己的身躯正在化为泡沫。她为灵魂、为爱做出了那些所谓灵魂高贵者和拥有爱的人难以企及的选择。因为爱，所以放弃爱。她在做出巨大牺牲之后，放弃了解释，也放弃了对这份感情的挽救，只因为不忍伤害王子。她把祝福留下，把自己带走。这是爱的另一种表达。

在爱情受阻的地方，激起碎玉一样的浪花。透过这些浪花，我看到人性的柔软，爱的凄美，以及现实的不可能。

这是一份简单的爱。不管是雪人，还是海公主，他们都拒绝表白和承诺,把爱埋在心底,在某个早晨悄然离去。阳光下,没有人会记起那个长长的夜晚。他们独自熬过了。

我看见雪。看见这些无家可归的孩子,正在飘落尘世。

看见一片倔强的雪花,从那个仰望者的睫毛上悄然滑落,在炉火的映照下更加轻盈洁白。

山地时光

饭后自然是要去爬一爬山的。山并不高,名叫花果山,山径隐在草木间,从枝枝叶叶里辨路时,可看到车前子、艾蒿和野草莓。一路上飘着淡淡的牛粪味和强烈的植物气息,偶有蚊虫胡乱地撞到胳膊上。天空是铅色的,云彩浓淡皆宜,像一幅被忽略的水墨画,大家都昂起头,用手机对着云彩不停地拍摄。我也拍了几张,确是不错。我对身边的物事无动于衷,却被天上的浮云打动。那天我们四个人沿着一条若隐若现的羊肠小道,很快就抵达山顶,忍不住感慨,已经多少年没有走过这么原始的山路了。回望来时的方向,群山逶迤,一片苍茫。我的目光落在一棵松上,它在对面的山顶,不弯曲也不傲立,与其他树木隔着一段不远也不近的距离,兀自向着天空生长,是一棵树的样子,又不仅仅是一棵树的样子,让人想到天空,想到天空下的孤单和安慰。

雾灵山创作之家建在花果山上。我从胶东海滨赶到北京,然后搭乘末班车辗转来到这里。一夜无梦。早晨在鸡鸣声中醒来,拉开窗帘,白亮的阳光涌进房间,窗外一派祥和。

走出花果山,要穿过一片玉米地。玉米稀疏,并不葱茏,一个老农正在稀疏的玉米丛里除草。他双膝跪地,两手握住一把小锄,耐心地清除玉米根部的杂草,偶尔停下来咳嗽、喘息,然后继续埋头劳作。我想跟他聊一聊,说说庄稼,说说季节和收成。我连喊数声老大爷,他都没有听见,仍在一心一意地侍弄庄稼。这个场景让我突然陷入感动。老人跪在地里,面对一株又一株的庄稼,耐心且专注,全然不在乎来来往往的路人。他在倾听庄稼的语言,对外界的声音充耳不闻。我想拍下这个场景,又怕打扰了老人,于是默不作声地走开。正午阳光炽烈。我拐上一条公路,一直向前走,并不知晓是什么方向,偶有车辆从身边呼啸而过。沿路的山坡爬满了植物,经过阳光炙烤,散发出异乡的气息。前路漫长,看不到尽头。我在路边蹲下身来,看一只蚂蚁的走向,突然觉得我的行走与一只蚂蚁并无两样,我们都在寻找自己的方向和自己的路。我的目光被一只蚂蚁牵引着,在方寸之地艰难移动,倘若在我所生活的城市,这该是一个多么不可思议的举动。

这是异地。

此后的日子,几乎就与晴朗无缘了。

总是雨。窗外的雨哗啦啦地下。很久不曾这样听雨了。雨是先落到树叶上,然后从树叶跌落下去的,密集的雨声平添了一丝婉转。侧耳细听,隐约能辨出一滴雨经由树叶再落到地面的两段声音,它们紧密地交织在一起,原本微弱的差异几乎全被覆盖了。我站在窗前,窗外一片漆黑,看不到任何东西,唯有雨声时紧时慢。把心交给这个辽阔的夜,我听到了雨的回声。

一杯又一杯浓咖啡。笔记本电脑里的长篇正在快速拔节成长,不时地备份,我怕丢失。大家都躲在房间里写作,临近吃饭的时间才推门走出来,聚在庭院里聊天,说一些与文学有关或无关的话题。

夜深了,推开门,庭院里冷寂得让人心生恐惧。我抱紧双臂,一个人仰望夜空。

车在雾灵山蜿蜒爬行。从车窗看去外面几乎全是白雾,偶有白雾断裂的地方,可以窥见深深的山谷,宛若一个不小心被泄露了的秘密,让你得以确认身在何处,有些激动,更有掩饰不住的惊恐。我坐在车上,两眼一直盯着窗外,雾气渐渐弥漫到了心里。雾深重。车在雾里穿行,让人产生一种错觉,以为雾是有硬度和承重能力的。变化只在眨眼之间,没有任何思想准备,雾的硬度一下子就消失了,车子恍然进入一片耀眼的阳光地带,车内一片感叹。脚下是云海。一路上经历的那些迷雾,转眼就成为亲历者眼中的风景。车里人的心情都变得阳光起来。

在雾灵山主峰,我看到一种紫色小花,朋友说它的名字叫香花芥,是雾灵山独有的,只在海拔两千米的高度生长和开放。我停下脚步,蹲在路边端详了很久,它与别的花草并无两样,我的格外关注是因为它对成长环境的选择,只在特定的地方和特定的高度才肯绽放。继续向前走,从路边巨石的缝隙里开出一朵小白花,问了当地人,她也说不出花的名字,只知道这种花每年六月开放,我们正好赶上了花期。这朵石缝里的无名小花,它在高处的短暂绽放并未引起游人留意,游人熙攘,浮光掠影。我所认同的文学艺术,就像眼前的这朵小花,在灵魂的罅隙里不可阻遏地生长,倔强地绽放。

去看仙人塔。我对这类景观本来是不以为然的,离开时偶一回头,突然就体味到了它的巨大孤单——一块高达四十八米的巨石,拔地而起,无所依傍。它傲然挺立,不依附任何外在的力量,静看亿万年的沧桑岁月从眼前走过。对它来说,大地是什么,云霄又是什么,这些都不重要;它傲立着,唯有大自然的伟力才有资格成就它。

我也想到了艺术。孤独的秉性,不可复制的存在,以及更为久远的时间的拣选。

一个心里有雾的人,在这里遭遇更大的雾。我的心里开始一点点地透进了阳光,停滞一年多的长篇写作豁然开朗。去年三月,我在这部书稿临近尾声的时候将它搁置,从此就再也难以进入,徒留无助和焦虑。我是暗含了一个期待来到雾灵山的。山居之夜,果然感到一种神秘力量,我恍然意识到自己真的重新进入了这个长篇的情境。不舍得入睡,难抑的兴奋和冲动,不分昼夜地伏案书写,天蒙蒙亮时,才在鸡鸣声中迷糊过去。写作顺畅的时候,我忍不住回味突然进入阳光地带的那一刻,觉得雾灵山是有灵气的,后来又想,这里其实只是平常之地,它与别处的不同在于,它是安静的,与"现实"隔开了一段距离。来到这里,我别无选择地沉潜下来,写作成为唯一的心灵依托。

走近一些事物,注定就要远离另一些事物。在这个热闹的世界上,一个人应该学会选择,懂得放弃。

在雾灵山,能听懂昆虫的窃窃私语,甚至可以察觉时光缓慢游走的声音。

一个不事写作的人独自在山上转悠，发现了一条去往餐厅的近路。她从住处直接跃到对面的山坡上，再爬过一道土坡，拐个弯，就到了餐厅。那天中午我们一伙人小心翼翼地爬坡，她站在领先我们几米的前方，聚精会神地与一只蚂蚁玩耍。那只蚂蚁在她手中的一截枯枝上爬行，她盯了许久，蚂蚁在枯枝上徘徊又徘徊，走投无路，最后终于失去耐性，直接从枯枝上跳了下去。她说到这里，有些开心，又有些惋惜和失望。

时间是慢的。路是天然的，无所谓长度也不在意宽度，更不迁就什么速度。

慢下来，才会真正看清楚一些事物。

我曾亲见一座新城如何在短短的十年间"崛起"，这被誉为一个当代神话。乡村的黄昏，一头牛在安详地反刍，蚊蝇飞舞，它并不理会，只是安详地反刍。这世间很多东西其实是需要回味的，因为速度，因为效率，我们匆匆错过了太多物事。蓦然回首，才发觉我们风尘仆仆追求的，并不在前方，而在我们身后已经迅疾掠过了的路上。我所向往的旅途，是一个人背着简单行囊，缓慢地走，漫不经心地看，随意在一个地方停步或启程……这样的想法不能自抑。在现实中，我已经抑制了太多想法，它们来自内心也消失于内心。

从明天开始，做一个缓慢的人，活得琐屑、简单和安宁。

在这个山里的这个房间，我想写一封长信，贴上邮票，让它经过漫漫邮路，在期盼中抵达一个人的手中。最美丽的信托付给最真实的邮路，那么生动的情义倘若交给网络，我会感到虚空。

那天饭后本来是要出去散步的，刚离开庭院不久，雨急骤地落下来，奔回房间时早已全身淋透了。雨一直下。突然停电，所有房门不约而同地打开，大家并未紧张，站在各自的门口，隔着雨帘，远远地说着话。黑暗中，我的眼前闪过一丝微光。

枯坐桌前，电脑屏幕里定格了一张憔悴的脸。我被一种无力抵御的灰暗情绪击中。不想熬夜了。我把热气腾腾的咖啡拿到院里倒掉。我或许太过急切，连日来一直沉浸在长篇写作中，精力体力跟不上，路子越走越窄，是否该暂时离开书桌，给自己更长的时间，以更从容的心态重新面对这场劳作？

我做到全力以赴了吗？

用力过度，也许恰恰是问题的所在。

在山下，我曾看到一只被雨打湿了翅膀的蝴蝶，她没有挣扎也没有焦虑，只是静静等待太阳的出现。她将在阳光下晾干翅膀，继续到花丛中飞舞，度过一只蝴蝶所应度过的日子。

凝视这里的草木，总有一种似曾相识的感觉。我曾在哪里见过它们，抑或什么时候曾经来过这里？有天黄昏独自走在山上，我才恍然记起，这里漫山遍野弥漫着的，是与我童年相仿的气息。是气息让我们彼此相认。鲜活的植物气息，让这个从钢筋混凝土丛林里逃出来的人，记起了久违的自己。

我看见了它们。"看见"本身即是一种"看法"。在别人仰头看天或低头寻路的时候，你看见那些卑微的人，看见一个人与人群之间的挣脱和牵连。做什么，不做什么，选择即是态度；若干的态度，可以拼接出一个关于人格和境界的真实面目。在远离日常生活的这座山上，我欣悦于自己的脱离人群，以为总算可以安心写下心目中的文字。这才几天的光景，另一种不安开始在心底骚动，我想到了山外的人与事。写作倘若不能有效地关注人，所谓意义必然不会持久，正如梵高所言："没有什么是不朽的，包括艺术本身。唯一不朽的，是艺术所传递出来的对人和世界的理解。"

谈文学，谈到某次采风活动，她跟随长途列车采访三天三夜所受到的心灵震撼。譬如，一个年老的列车员，两年没有休过一天班；一个刚参加工作的年轻人，家人病故也坚守在岗位上……这些"闪光品质"打动了她。她甚至检讨自己以往对世道人心的偏见，是因为观察这个社会的瞳孔积满尘埃。我们站在庭院里辩论了很久。为什么最高贵的品质要由最低微的人来支撑和承担，那些更有能力的人哪里去了？一个让人连续两年不休假的制度，会是一个以人为本的制度吗？对问题的反思和对自我的拷问，不能仅仅停留在对瞳孔落满灰尘的发现上。这是一个尘埃飞扬的世界。一个睁眼看世界的人，他的瞳孔落有尘埃是正常的。真正的问题在于，看见是一种选择，也是一种能力；或许，它不是一种现实的选择，也未必是一种现实的能力，但在这个让人眼花缭乱的现实环境里，你的看见，本质上是一种灵魂的选择，也是一种心灵的能力，爱的能力。你"看见"了他们，这是真正重要的。

陆续开始返程。送朋友们下山，出租车已经等候在那里。平时，我们在这个地方散步、谈文学，转眼十天的时间就过去了。强作笑颜，挥手告别，目送出租车渐行渐远。我沿着原路慢慢往回走。只剩下我一个人留在这里，陪伴我的，将是这深深的庭院。我是一个懂得享受孤独的人，此刻却是如此害怕孤独。我一次次试着鼓励自己,什么也不想,不伤感,不展望,不忆旧,只做一件事,那就是埋头写作,放肆地书写,透支所有的体力与潜力。写作是一种安慰。我知道,唯有写下去,才能解救和解脱自己,才会让自己获得安宁,坦然度过这个日子,以及此后的每一个日子。

空气仍是潮湿的。坐在102房间写作,房门敞开,鸟声入耳,有淡淡的植物气息飘进屋来。

在庭院里踱步。这个庭院包裹的,我脚步迈过的,都是巨大的孤单。我在庭院里走来走去,不时地打量院里的树,有五棵是梨树,还有一棵是山楂树,路经朋友们的房间,忍不住像往日那样挨个敲他们的门,想要招呼着一起去吃饭。朋友们都已离开这里,我是知道的,敲一敲他们的门,内心的孤单减轻了一点点。我在庭院里走来又走去,一步一个孤单,一步一个天涯……回到房间喝水,低头,然后抬头,就被一阵急骤的雷声惊呆了,窗外山楂树的枝叶剧烈摇晃,雨倾盆而下,从开着的窗户泻进屋里。不到十分钟,太阳就冒了出来,不远处还滚动着隐约雷声,窗外的山楂树又恢复了平静,像是什么也没有发生过。打开窗户,推开门,房间地面越发潮湿。电脑里储存的那首《低碳贝贝》再次响起,那是女儿参加学校演出时录制的节目,听着熟悉的童声,我的心里满是欢喜。

世外的日子。短暂的逃离。我终将回归尘世,走向人群。

这个长满山楂树的山野,留下了我的足迹与思考,远眺和回望。对这座山,对山上的每一株树,每一棵草,我都深怀谢意。

我得返程了。收拾行囊,简单的衣物,笔记本电脑,U盘里储存的劳动成果。旅途漫长,我已学会了减法,知道该怎样面对自己的路。

一夜大雨。无眠。若有若无的梦里，想象一棵在山野的树，如何不在乎外界的眼光和评价，尊重季节规律，吸纳天地精华，按照自己的方式茁壮成长。我没有醒来，也没有睡去，似睡似醒之间，侧耳倾听窗外的声音，它们时而紧凑，时而疏松。雨声，成为这个世界的唯一声音。一个在雨中怀着希望并且感受绝望的人，正在电脑键盘上敲下一个又一个字，在文字的组合中看到陌生又熟悉的自己。

雨一直下，是固执的，也是漫不经心的。我听到了树叶在雨里的呼吸，就像一个人在人群中的低语。

旧站台

火车汽笛声是令人心安的。在火车站,萨特与波伏瓦一次次重逢或告别。这两个叛逆的人,蔑视所有散发陈旧气息的事物。旧站台是一个例外。

在萨特的众多女人中,波伏瓦是不可替代的。他们既没有共同的房子,也没有共同的子女。他们只是分享旅店、书籍和计划,火车站成为生活中的一个焦点。自由不仅需要勇气,更需要付出现实的代价。波伏瓦一生中的大多时间是住在旅馆里的,这个被称为海狸的女人曾说过:"我发觉,即使跟他一直聊到世界末日,我也会嫌时间太短。"将近半个世纪以后,萨特接受采访时曾被问及,跟女人在一起时是否会有意识地表现出男子气概。萨特沉思了良久,答道:"跟海狸在一起时不一定。"

这是一个可以让男人不必掩饰脆弱的女人。两个个性极强的人,如何拥有彼此的感情?他们没有分享对方全部的内心世界,但是他们最大限度地埋解了彼此的内心世界。当然也曾犹豫。波伏瓦说:"我问过自己很多次,我所有的幸福是不是一个弥天大谎。"晚年的波伏瓦在回忆与萨特的交往时,深情地作了这样的总结:"不管怎么说,我们有过美好的人生。"

这里面，有着对世事和情感的一份释然。

波伏瓦透过萨特奇丑的外表，感受到了他强大的精神。一颗心与另一颗心相遇，并且擦燃火花，照亮彼此的路。他们共同走过。

在萨特和波伏瓦之间，一份没有被正式化的情感绵延了整整一生。像两只风筝，无论飞得多高多远，无论飞往何处，两人的心都紧紧地系在一起。写作是他们共同的梦想。他们彼此懂得和珍惜。波伏瓦心灵的自由，与她年轻时的密友扎扎的死不无关系。扎扎是为爱而死的。家人不让她与深爱的男人结婚，她忧郁而死。这给了波伏瓦极大的震撼。她亲见了禁锢所造成的毁灭性结果，正如她后来在《一个规矩女孩的回忆》中所写到的："我们曾在一起同这窥伺着我们的悲贱命运搏斗过，我一直在想，我是以她的死换取了我的自由。"那一年波伏瓦21岁，她明白了自由是需要自我赋予和捍卫的。

萨特渴望行动，是一个失去挑战就失去了生活勇气的人。他既无法忍耐没有情感的日子，又不能容忍情感成为一种束缚；他的写作离不开情感，但情感必须懂得为写作让路。萨特在给波伏瓦的信中，曾经表达过这样的意思，只有通过过激行为，他才能焕发出激情。女人满足了他的欲望——身体的欲望，以及征服的欲望；而写作，让他意识到了自身的价值。一个并不把情感放在心上的人，对写作却极其严苛与认真。写下去，这是他活着的理由，是这个名叫萨特的人的命运。

对于萨特的滥情，波伏瓦当然在乎。她以自己的方式，接受了这个现实。他们的情事被后人美化为"爱情神话"。事业上的光芒，遮蔽了他们情感中最真实的那一部分。因为萨特的创造力太强大，他所有非常态的世俗瑕疵最终被宽宥，被赋予了所谓的正当理由。一份真实的爱，是不可能没有焦虑、犹疑、矛盾和苦痛的。即使萨特的哲学成就再大，也不能掩盖最基本的伦理问题。我并不认为他们的生活方式是伟大的。他们追求内心的自由，以及爱的最大可能性，不剪断也不理清，只是纠结着。他们纠结着，并不想要一个确切的结果，都在努力避免让情感成为彼此的打扰。他们都在爱和被爱，像一棵树的枝杈，又分出了若干的枝杈。他们的爱恋抵挡得住一切，包括对爱恋的背叛。他们相互约定，以写作的方式告诉对方"所有的事情"，分享最微小的细节。很多关注人类思想和精神去向的宏大命题，在他们之间是以这种最具体最私人化的方式展现的。

萨特是为写作而生的。他说："我拿起笔，我叫萨特。"后来当他几乎失明，再也拿不起笔的时候，波伏瓦成为他的最后的"笔"——波伏瓦为萨特录了音。那个夏天，她把全部的时间都用来陪伴萨特。从罗马旅游归来，她的行李箱里带回一批录音磁带。这些录音，接续了《词语》中停止的萨特十岁以后的生活，那些原本可以写进《词语》第二部分的内容，在波伏瓦的帮助下，以口语录音的形式留存下来。他们以这样的方式，透过词语，向对方告别。

我依然记得在大学图书馆初读《词语》时难以掩饰的激动，还有读《存在与虚无》时那种巨大的静寂。它们给予我的不仅仅是理性认知，更有对于事物的专注与耐力。在萨特看来，"人类应该为他自己的存在负责……我们生来是孤独的，没有任何理由。这就是我所说的人类注定是自由的真正含义"。萨特去世前，在秘书维克托别有用心的蛊惑下，在《新观察家》上发表了长达二十页的谈话，亲自否认了他的自由哲学。批评从四面八方涌来。在生命的最后关头，萨特以背叛自己的方式埋葬自己，他否认了为之奋斗一生的自由哲学。"如果萨特就这么走了，而没能纠正他最后一篇东西所造成的灾难后果,那就太可怕了。"真正为萨特的"文化自杀"而担忧的,是波伏瓦。一个月后,萨特辞世。一年之后,波伏瓦最重要的作品之一《告别仪式》出版。在这本书里,她向她深爱的萨特发出了最后一封情书。他们之间相互通了51年书信,那些书信曾经穿越多么遥远的路程,带给彼此无限的惦念和牵挂。同样是在这本书中,针对萨特去世前发表的否认自由哲学的谈话,波伏瓦以六百页的稿纸作了回应。萨特死了,她还活着,活着的她要拼力捍卫萨特的尊严和真实。这是她对爱情的最后表达。

一个不喜欢抱怨的女人。

一个丑陋的情人。一个决绝的战士。一个凌驾于所谓道德与伦理之上的人。一个以全部生命践行自由理念的人。一个从来就有着写作野心的男人。一个彻头彻尾的理想主义者。一个人类精神荒漠上的浪漫诗人。一个把时间留给自己,把激情留给创作,把冷峻留给别人的人。

这是素朴的爱情,也是惊心动魄的爱情。巨大的理解,在他们之间成为可能。

萨特与波伏瓦一次次从旧站台上车,挥手作别。他们最终安息于巴黎蒙帕纳斯公墓的同一座墓穴,再也没有什么能把他们分开。

他者的意味

安东尼奥尼的电影《云上的日子》讲述了四个情爱故事。之一，一个叫作施凡奴的青年，与一个叫作卡门的漂亮女子在费拿拉小镇邂逅，且住到了同一家旅馆。一道窄窄的走廊，隔开同一个不安之夜。当施凡奴在天亮时"醒来"，卡门已悄然离去。两年后，他们在一家电影院意外重逢，她把他带进了自己的卧室。之二，"导演"在海滨小城紧紧跟随着一个忧郁女孩。他得到了女孩的身体，但他想要的却是女孩心里的故事。她再也无法招架他的冷峻眼神，终于承认自己杀死了亲生父亲，刺了12刀。究竟什么原因促使一个纤弱女子向自己的父亲连刺12刀？故事戛然而止。之三，两对中年夫妇的婚姻都走到了尽头。丈夫出差回家，面对的是一片狼藉，正当他不知所措时，电话铃响了，他妻子说已把属于她的家具搬走。此时有人敲门，是一个丈夫有了外遇的女人，她是根据报纸广告来租这套公寓的。彼此正尴尬着，电话铃又响了，是女人的丈夫打来的，问你怎么把家具都搬走了？之四，雨夜，一个男人被一个孤身行走的女子吸引住了。两人攀谈，然后同行，然后一起进入教堂。雨越下越大，男人满含期待将女子送到家门口后，她却淡淡地说明天自己就要进修道院了。

很是简单的四个故事。陌生的情爱,在别处的情爱,比麻绳还乱的情爱……与之相伴的,是几个频频闪现的意象:窗口,潮湿的街巷,还有云。

为什么叫"云上的日子"?因为它们缥缈得难以把握,真实却不可捉摸。更为重要的,是因为故事里的人离开了我们脚下赖以生存的土地,摆脱了既定的生活秩序,袒露作为人的最真实的一面。施凡奴与卡门由路遇到住进同一家旅馆,既不能用巧合来解释,也不可简单地归结为冥冥中的注定。在一条没有目的的长路上,一个男人和一个女人停了下来,他们成为彼此的目的。共同的沉默支配着彼此。它太脆弱,经不住一点声音的打扰;它稍纵即逝,让人来不及体味。他们终于热吻了。故事却没有像人们所期待的那样继续下去。他们的房间只隔了一道窄窄的走廊,在走进各自的房间前,两人对撞的眼神恍惚迷离,满含共同的期待。整整一夜,并没有任何故事发生。当他醒来时,她已不辞而别……也许是上天有意给他们一次弥补遗憾的机会,两年后的某一天,他们在电影院里奇迹般地重逢。他说:"两年来我一直在想,那天早晨你为什么不辞而别?"她答道:"那天我等了你整整一夜。"接下来,她把他带到自己的家中,两人同在一室,不再有"走廊"的阻隔,却遭遇了新的障碍:他们沉浸着,陶醉着,却始终无力抵达彼此……他再一次夺门而去。

从初识到不辞而别,再从重逢到理性地离别,这两个过程是不同的。作为异乡的费拿拉小镇,宛若一个云上的地方。他们在异乡相遇,远离了形形色色的目光,可以暂时卸除平日的表情,却无法完全敞开心扉,未能真正地释放自我。而重逢,是在作为公共场域的影院,还有作为私人空间的卡门的家。这种打点日常生活的地方,是否也意味着,他们从云上回归到现实的地面,回到了那些无法摆脱的心事与顾虑之中?

从卡门来看，在异乡，她可以丝毫不在意施凡奴的身份；而在家里，她却无法避开曾与一个男人同居了一年的事实。相遇在异乡，她关注的是"语言"；重逢在家里，她向往的是"味道"。语言的稍纵即逝的特点，是否寓意对"当下性"的一种把握？而"味道"的绵延不绝与令人回味，是否蕴涵了她对"恒久性"的某种期许？

故事的结局，施凡奴一直深爱着那个不曾拥有过的女孩。

是什么阻遏了他们？或者说，他们在竭力逃避什么？他们到底是战胜了自我还是输给了自我？

现实中的自我与灵魂深处的自我相互纠缠着，隐约的间隙里透露出丝丝缕缕的共同底色。那是他者。作为"底色"的他者。

"导演"的出场，为剧情平添了诸多意味。

那是一个穿风衣的中年男子，他有着冷峻的眼神。他的身体躲在风衣里，眼睛藏在摄像机后，一直以拍摄的方式打量现实。镜头中的现实徐徐展开，我们总也无法忘却镜头后面的一双眼睛。那样的一双眼睛，可以对我们有着诸多意义，也可以没有任何意义，但我们需要知道，它一直在看着我们。

四个本来没有关联的情爱故事，通过导演的目光折射出来，凄美，且耐人寻味。它们共同指向的，是与那四个故事相对峙也相依托的某种东西。它是什么？是现实对情感的压抑、道德对人性的制约，是尊严、仇恨还有自责，是情感的不可信任不可捉摸不可把握，是对爱的失望，以及对欲望的彻底拒绝。

所谓导演也好，所谓故事中的人物也罢，他们其实是互为主体的。作为观众的我们，目光更多地留滞在那些故事上，它们原本散落在纷纭世事之中，是导演通过摄像镜头截取并彰显了它们。对于故事本身来讲，导演常常是隐形的，是作为无意识而存在的。安东尼奥尼赋予了"导演"双重身份，让他既是旁观者，也是介入者；既是故事的制造者，也是故事的发现者和呈现者。比如在第二个故事中，导演本来是一个介入者，但他有自己的想法，他所做的一切，是为了自己的"电影"，是想得到女孩心中的故事。既置身其中，又超然其外，他做到了。也许，这才算得上一种生存常态。但这样的常态并未被我们普遍拥有。比如，我们每天上班下班，每天经过同样的街道，面对的是同样的办公桌，有多少人会追问为什么一定要是这样的呢？是什么力量驱使自己每天周而复始地这样去做？

波兰导演基斯洛夫斯基的《十诫》也呈现了同样的启示。十个以波兰为背景的现代故事，主人公都生活在某个居民小区里，他们在这个故事里做着主角，在别的故事里又作为路人或别人的谈资，一闪即逝，毫无声息。就在这些很是普通的故事里，一个神秘青年不时地闪现，使一系列故事具有了别样意味。神秘青年被称为"沉默的见证人"。

他不说话。他存在着。他一开口，就意味着对事件的融入，意味着本质上与他人的类同。语言常常在阐释意义的同时，也破坏和迷失了意义；正如确立自我的过程，实质上也是一个不断失去自我的过程一样。当初生婴儿最初意识到自我的存在时，也就意味着他开始进入预设的语言机制，进入一个不断被确认和建构的动态秩序之中。语言不仅仅是说话。在拉康看来，学会语言的过程就是人的主体性丧失的过程。人与人之间的语言交流，是以对某些事物的共同认可为背景的。换言之，语言机制的背后，实质上潜隐着理性道德、价值观念等一系列的游戏规则。它们以无形的方式存在着，既不易察觉，又难以抗拒，其使命就是介入你，改变你，重塑你，将不可理解的事情变成天经地义，将难以接受的事情改造得习以为常。关于人或人类的很多事，就是这样发生的。

从这个角度来看，"我"的所谓自我化，实质上是一种"他化"；"我"的成长历程，也就是一个不断被他者改造的过程，一个不断寻找自我、不断靠近或远离自我的过程。我甚至以为，这种远离常常是大于靠近的。通过他者来确立自我，因确立自我而失去自我，这是多么有意味的一件事。

自我与他者宛若硬币的两面，因为此，所以彼。而在现实中，常常是此消彼长，这一面遮蔽了另一面。

他者的存在果真合理可靠吗？何以证明他者的合理性与可靠度？作为一种洞悉真相和掌控命运的力量，"导演"理应在这般追问中出场。你的，我的，或他人的"导演"。

"窗口"是一个角度，它习惯在某个瞬间某个地方闪现。同样的窗口闪着不同的梦。他者的目光，终究能抵达多少窗口？

"窗口"也是一种局限。影片的结尾，"导演"站在窗口冷冷地打量窗外的世界，他又在思考和寻找下一部"作品"了。那些位于他的楼下的窗口，正发生着他所寻找的故事，只是不在他的视域之内。习惯于扮演"导演"的我们，透过窗口或摄像镜头所看到的，究竟截取了生活的多少？它与真正的生活还有多大差异？那些我们不曾认知的、已经和正在发生的事情，对我们有着怎样的意义？我们对生活的理解常常是一厢情愿的，因为生活永远不会仅仅是我们所理解的那个样子。窗口也好，镜头也罢，它们共同的局限在于，在定格某处风景的同时，也必然地舍弃了其他风景。

我们对生活的观察和理解，何时不是在"窗口"或"镜头"之内？

拉康说过，真理来自误认。齐泽克曾以威廉·泰恩的科幻小说《莫尔尼尔·马萨维的发现》作过很好的阐释。一个著名的艺术史家钻进时间机器，从二十五世纪回到我们生活的今天，拜访和研究不朽的莫尔尼尔·马萨维。马萨维是一个不为我们所赏识的画家，后来被发现并成为我们这个时代最伟大的画家。这位艺术史家遇到了马萨维，在他身上没有发现任何天才的痕迹，反而发现他是一个徒有虚名、自吹自擂、欺上瞒下的小人，他甚至还偷走了艺术史家的时间机器，并逃进了未来。那个可怜的艺术史家只好留在我们这个时代。他唯一能做的，就是把自己假想成那个逃走的马萨维，并以他的名义，画出他在二十五世纪时能够记住的马萨维的全部杰作——他苦苦寻求的真正的天才，正是他自己。

一个"误认"就这样变成了真理。与此相似的，还有俄狄浦斯的故事。倘若俄狄浦斯的父亲不听信儿子将会弑父娶母的预言，也就不会把自己的小儿子遗弃在森林之中；倘若小俄狄浦斯一直与父母幸福地生活在一起，也就不至于在二十年后因为相遇不相识而杀了父亲……

"我"是永远也看不到我自己的。我们借助"镜子"所看到的，仅仅是外在于自己的"像"。将其认同为自己，我们已经习惯了这种"误认"。

这样的误认将把我们带往何处？

内心的冲突

多年来，我一直在试着解读卡夫卡，想要更多地了解他内心的冲突与挣扎。他的一生，似乎并没有遭遇什么大的挫折，不管是学业还是工作，都算得上顺利。他在布拉格的一家工伤保险机构任职，除了晚年因病辗转疗养外，几乎没有离开过这个城市和他的职业。正是在这些平淡无奇的生活表象下面，有一个冲突、敏感、不够安分的内心世界；在他不动声色的双眸后面，掩藏着一份惊恐、无助甚至绝望。他说："我的职位对我来说是不可忍受的，因为它与我唯一的要求和唯一的职业，即文学是相抵触的。由于我除了文学别无所求，别无所能，也别无所愿，所以我的职位永远不能把我抢夺过去，不过也许它能把我完完全全给毁了。"他同时被推到两条战线上，既要与现实交锋，又要同艺术作战，不可回避的矛盾，使他一次次陷入茫然无助之中。他在一家工伤保险机构工作了一辈子。他之所以肯在现实俗务上花费那么多时间和精力，也许正是为了尽可能营造一种适宜生存的现实环境，以便更好地写作。当一个人对一件事情的深爱，必须穿越另一件事情才能抵达的时候，他的内心肯定充满了无奈。卡夫卡是这样劝慰自己的："无论什么人，只要你在活的时候应付不了生活，就应该用一只手挡开笼罩着你的命运的绝望……但同时,你可以用另一只手草草记下你在废墟中看到的一切,因为你看到的跟别人不同,而且更多……"从这个角度,我理解了他笔下的"甲虫",理解了他内心的冲突和绝望。他一方面在扭曲个性的现实生存条件下,不断捍卫着"自我";另一方面又清醒地意识到,对于现实社会的一切,不管他怎样挣扎,终究都是无法与之抗衡的。"乌鸦们宣称,仅仅一只乌鸦就足以摧毁天空。这话无可置疑,但对天空来说它什么也无法证明,因为天空意味着,乌鸦的无能为力。"我在这样的句子中读出了彻骨寒意。敏感脆弱的卡夫卡,孤单无助的卡夫卡,他是一个不肯轻易放过自己的人,他的所有努力,都在一步步将自己推向绝望的边缘。他曾这样写道:"此生的快乐不是生命本身的,而是我们向更高生活境界上升前的恐惧;此生的痛苦不是生命本身的,而是那种恐惧引起的我们的自我折磨。"社会像一堵牢不可破的高墙,将他与希望、快乐隔开。他在内心的事务中生活,在虚构的生活中寻求慰藉,那些现实事务不过是他借以抵达内心的一种载体。之所以会产生现实中的那些所谓尴尬和折磨,正是因为他的内心冲突,还有对艺术品质的固守。

在巴尔扎克的手杖柄上写着:我在粉碎一切障碍。卡夫卡的手杖柄上则写着:一切障碍都在粉碎我。这不是懦弱。他直面"障碍"的勇气,恰是我们很多人所缺乏的。"德国向俄国宣战。——下午游泳。"卡夫卡在1914年4月2日的日记中只写下了这样的两句话。或许在他看来,一场现实的战争并不一定会比一次内心的冲突更为重要。他始终关注的,是自己某一时刻对某种情境的心理体验和认知,是人性中最为真实的部分。

一个柔弱的天才,面对他并不喜欢的生活,写作成为他活着的唯一理由和生命的全部意义。为了写作,他牺牲了爱情、健康,甚至生命。他只活了四十一岁。九卷文集中，只有一卷是在他生前公开发表的。他的日记和书信长达三千多页，篇幅超过了他的作品。他太孤独，他在渴望理解的同时又在拒绝理解，他把自己与世界划清界限，即使不够决绝，但他至少去做了。他始终都在竭力维护这种"界限"，用手中的笔，用心中的忧虑与恐惧。他的拒绝，实质上构成了另一种更为真实的介入。他以写作的方式进行抗争，最终还是进入了绝望的境地。"如果一个人不能提供帮助，那就应该沉默。任何人都不应该以他的失望来恶化病人的处境，所以我的涂鸦应该销毁。"这是他洞察生存真相后对自己发出的忠告，他在临终前要求将书稿付之一炬。感谢卡夫卡的友人勃洛特先生，他没有按照卡夫卡的遗愿销毁书稿，而是将其整理出版。作为朋友，他违背了朋友的嘱托；作为一个人，他尊重了另一个人的劳作以及更多人的精神财富，保存下一份个体对世界的抗争。它抚慰了那些后来的漫长岁月，还有在那些岁月中的不屈的灵魂。一个不关心精神事务的人，是永远都不会抵达他的内心世界的。他在我们的心灵之上，说出了我们的困苦与无助。他没有告诉我们该怎么去做，他只是说出了真相，说出了那些疼痛、忧虑与恐惧，让我们更为清楚地看到了自己的生存处境。在一个科技发展突飞猛进的时代，在人与人之间变得越来越疏远和冷漠的现实之中，卡夫卡告诉我们一些内心的冲突，一些与苦痛和挣扎有关的事。而这些事，正从我们的躯体和生活中一大大地被剥离出去。

在这个日渐麻木的剥离过程中，读一读卡夫卡，是一种安慰，也是一份提醒。

此在；彼在；何在？

已经多少年了，他以展翅之姿，栖息在一方屋檐下。

也曾心比天高。也曾不甘。当风消雨歇，"远方"成为一个纸上的词语，万物归于平静，他注视眼前的一切，就像什么也没有发生。其实从来就不曾平静过，唯有自己知道内心的波澜是怎样夜夜拍打胸膛。那些备受煎熬的日子，将会把他卷往何处？他已经不再关心这些了，越来越深地意识到最初那个自我的珍贵——他发现，太多的"生活"，包括对所谓理想的追求，其实都是对"自我"的放弃或改造。他把自己拱手让给现实，让给那些并非同道者的目光，以及天空下的这一方低矮屋檐。屋檐下，徘徊着一个关于天空和远方的梦想。

屋檐下的梦想，何以征服一双倔强的翅膀？梦在远方，途中的风和雨是无法删略的。

那次枯燥的旅行让他彻悟了人生。他陪同几位刚刚退休的人去北京度假，游了长城、香山、颐和园和故宫。此前，他们尚在工作岗位时，每年都去北京若干次，从未想过要到这几个地方看一看，北京之于他们的意义，仅仅是一个"办事"的所在。当然也曾看过，不过那已是四五十年前的事了。他们忙碌在所谓公务里，北京对他们来说没有风景也没有诗意，有的只是一件又一件具体的事。这些经历了太多风雨的人，告别职场生涯，故地重游，走过一个个熟悉又陌生的景点，颇有看山是山看水是水的味道。此刻的山水，早已不是最初记忆里的山与水。风景不再依旧。眼睛和心也已改变。他们的眼睛所看到的，心灵所感受到的，是一些有别于此刻和旧日的风景。他们在差异和对差异的发现中感慨人生，他则从他们的感慨里体味自己需要面对的路。那天是在昌平的农家平房上吃"农家乐"，看到一个人骑马从午后的乡路嘚嘚而过。那个长者说一棵树应该肆无忌惮地成长，唯有成长才是树的使命，不能妥协，哪怕是扭曲地成长……眼前这个刚办理了退休手续的人，是经历过一些风浪的。这些年来他一直在自我屏蔽，并不知道在掩饰和逃避什么，只是遵循规则，压抑个性，不表达对世事的理解和看法。生命被所谓规则分割得支离破碎。激情被蚕食，所谓看法也日渐泯灭，他想做一个不屑于生活的人。然而他又是矛盾的，倘若真的可以脱离生活，那该何去何从？他越来越失去了做具体事务的兴趣，失去判断这个现实的勇气和能力，他时常问自己，三十几岁的年龄，是不是已经老了？与更年轻的朋友交流，他们大多流露出对中年的向往，理由是那个年龄再也不必为工作和房子忧心。他想告诉他们生命中有比这些更为重要的东西，一个人对新生活的向往，会成为持久的力，缺少了这样一种力的生活，并不值得去过。

青春才是最大的财富。最珍贵的青春，在他还不懂得珍惜的时候，就那样消耗掉了。

让此刻具有未来意义，需要具备对此刻和未来的双重超越。很多创造，最初是以"破坏"的姿态出现的。他见惯了那些四平八稳的思维，不触及矛盾的话语。这个世界已经遍体鳞伤。一个平衡的理论，对于现实会有多大作用？没有了冲突，改变现实的力量何以生成与显现？所谓超越如何与作为方法的折中主义有效区别开来？

力量总会有所倾斜。变化是借助倾斜的力来实现的。

悬空状态更值得期待。

是呵，长线放远筝。他相信那只在高空飞翔的风筝，通过一条细长的线，能够感受到他的体温。他并不知道，这份微弱的能量在漫长的牵扯中几乎完全耗尽了。

山路。牛眸。麦秸垛。旱烟锅。老屋。临窗听雨。石碾声声。夏夜躺在凉席上仰望星空，那些遥远的传说变得伸手可触。童年记忆更像一种气息，时浓时淡。村边的河，河边的树，树上的鸟窝，孩童在树下的长久仰望，都已不复存在。"冰结的河面，搁浅一群失望的鹅。"写下这个诗句的时候你正读初二。那些鹅陪你走过了儿时回家的路，人与鹅排成两队，比赛谁走得齐整，一路上全是欢乐。现在不同了，很少有人放心让孩童独走哪怕一段极短的路。故乡是被改变的故乡。那年清明节回乡，你在村里走着，看到河道里的垃圾，看到学校衰败的样子，看到操场已变成了耕地，四周垃圾成山，心里好难过。这是你的故乡，早已不再是记忆中的模样。你不知道该如何在纸上呈现你的故乡，不知在故乡面前该保持一个怎样的姿态。泥土潮湿而松软，你坐在故乡的月光下静静回想，想起坚硬的心，想起朴拙的乡亲，还有他们对土地的复杂情感。土地在农民眼里，就像身体的一部分，不必刻意强调。当土地成为一个隐喻，农民并没有意识到这个世界发生了什么，在他们眼里，土地仅仅是土地，是生长庄稼的地方。一种生存本能,还有面对现实的无奈,是农民与土地之间的纽带。对土地的爱,一如对土地的埋怨。他们甚至盼望土地被征用,过一种脱离土地的生活。那年你写下了《然后》,深感太多事情都经不住"然后"的追问。纸在包火。火在燃烧。最终灼伤的,将是谁的手?在城市化浪潮中,这是被措施化的一代。

对这本宣传册,你本来是不以为意的,有一天却突然想,幸好还有这样的一本书留下来,后人总会从字里行间辨识当年的情景。关于那些村庄,这可能是唯一的史料,终将有人从中得到某些发现,从被分割的零星文字里拼接出一份久远的真实。一些历史,是通过这种方式留存下来的。

若干年后,对于那些消逝的村庄,或许这是它们存在过的唯一证据。

我坐在台下看着他们,能感受到他们的紧张。所有外在的状态都已很难引起我的在乎。我更在意的是内心安宁,对于那些可能干扰内心的事物,时刻心存警惕。在并不遥远的过去,我也像他们一样走向舞台参与竞争。那是一些焦灼的日子,一个又一个不眠夜,未知的期待,取决于台上的这一刻。而这一刻,又将决定此生的姿态,成为另一程的起点。我并不确定,是否真的喜欢自己所竞争的事物,一种不容置辩的惯性在裹挟你,撕扯你,让你身不由己。时过境迁,如今我坐在台下,以一个观众的身份注视着更为年轻的一代在台上演讲和答辩。我试图理解他们,然而这是艰难的。我更像一个冷漠看客。

倘若对世事不再抱有热情,写作何以继续下去?有谁理解石头体内的熔浆?它们曾经燃烧过,沸腾过,如今冷却了——那是"燃烧"的另一种形式。它们以另一种形式来面对属于和不属于它们的存在。我说不清这是否可算作通透和理解，开始遵循这样的理解去寻找生活。

写作以盐的方式出现。盐的另一种作用，在于提醒伤口的存在。福柯说一个理想的人并非那种努力去发现他自己的人，而是那种力图发明他自己的人。我时常在"发明"自己的时候，更深刻地"发现"了自己——那个更真实，也是我更愿意接受的自己。过去的那个我，与现在的这个我，分享艰难。凌乱的秩序中，我看到一个清晰的自己。"我"是他人目光的集合体。他人的存在，其实与"我"是有关的。

夜读传记文字，循着哲人走过的路，我明白了什么样的人生才值得去过。别只顾低头赶路，路的尽头并没有什么风景。风景都在路上。这条路对于一个人的价值，就在于它的延展过程，而不是终点。回想走过的路，最大的收获就是与一些优秀的人相遇，倘若有什么"功利"诉求的话，那就是我希望距离这样的灵魂近些再近些，更多地汲取成长所需的精神营养。这些年不管身在何处，真正对我产生作用和影响的，并非那些具体的帮助，而是这样的精神层面的目光，它们间接对现实中的物事发力，精准，并且迅疾，廓清一些事物，也更加坚定了一些想法。一个混迹于机关的写作者。一个专注写作的机关工作者。这个身份有些尴尬也有些隐秘的快乐，让我活在具体的事物里又不沉迷其中，总在尝试着挣脱出来。捆绑的绳结，因为挣脱而变得更加牢固。深谙平庸，且拒绝被平庸彻底俘虏，追求功利，同时也不放弃良知和自省。我之所以坚持写下每一天的所见所思，是想以这种几近刻板的方式，时刻审视自己，保持一份清醒。

那天去寻访牟子国遗址，我按照大致的图示方位，却一直没有找到。在朋友的指引下，才知道自己原来早已站在了牟子国遗址的面前。我的眼睛所看到的，是一片什么样的景象？它普通得让人不会多看一眼，周围的开发建设场面，让这里显得越发尴尬。那些久远的时光，这个地方曾经的过往，已经没有人愿意再去过多地回想。远古时代的那次大规模迁徙，被后来更为热闹的事情湮没了。

太多建筑物在历史风尘中轰然倒塌。"场"留了下来。

"头顶的星空与心中的道德律。"我希望在忙乱的生活中，始终注视一件事物，哪怕遥不可及，就像隐约的星辰。冷冷的星光，是那些不眠人的眼睛，他们对这个世界始终有着最深的牵挂。这是一个人区别于另一些人的所在。最大的惶惑是内心的惶惑，最大的黑暗是内心的黑暗。星光在心里，这是一个秘密。

太多的目的在相互纠缠着。唯有一个更高的目的，在前方俯视我们。

结茧的心，已经很少感受来自外界的温度。那些琐屑的事物，我已不再拒绝。星光下，我想做一个有爱的人。一个懂得感动的人。一个永不停止追问的人。

没有答案，如同没有现成的路一样。我们终将前行。

井 塘

井塘是一个村落。村南三座山,村北一座山,山并不高,一条东西走向的路从村子穿过。

在井塘,有井,有塘,还有小河。水的三种存在形态,在这里都以日常的方式呈现。遥想当年,村人落户在这里,开荒立宅,度势而居。他们固泉作井,累石为塘,在河上架起小桥,并且编织了一个吉祥的故事,说这桥因是当年衡王嫁女时所建,故名仪凤桥。如今大大小小的山石裸在河道里,河边的那口老井依然有水,越发显得幽深。我站在井边,听村人讲述关于村子的各种传说,真实与否已不再重要,重要的是眼前这口井。环绕井台的,是深深浅浅的十八道绳痕,最深的足有七八公分,是拔水时绳索摩擦所致,让人想到日常的力量,笨拙的力量,缓慢的力量。天还没亮,村人就陆续提桶过来打水了。他们站在井边闲聊,抬头四面皆山,低头看到的就是这口老井。山里的一草一木都已熟稔于心,自然不必多言,村人常聊的,大多是关于山外的话题。一些故事,一些想象,水一样哗啦啦地响。午后,妇女在河边洗衣,孩子们则光着屁股在河里嬉戏,整个山村越发生动起来。待到暮色降临,炊烟升起,这里的一切都变得安静了。

这是若干年前的生活，简单，心安。无论村子经历了什么，丰收还是歉收，这口老井从未干涸，就像生活无论遭遇什么磨难，终将继续下去。这口老井之于井塘村，既是日常所需，也超越了功能意义上的日常所需。围绕这口井，该有多少故事发生，有多少故事被讲述、被想象、被遗忘？

村子里的树，以古槐、古柏、皂角树居多，梯田上则更多地种植了蜜桃树和山楂树。在村街的拐弯处，我看到一棵古槐，几乎是长在石头上，裸露的树根将石头包裹起来。村里的人称这棵树为"子孙槐"，据说是自生自长的，明朝曾被村人砍伐了盖房子，后来又生出了小树，如今小树也已变成老树。我们路经这棵树的时候，树下坐着一个老人，她看着我们，表情淡然。

房屋都是用石头垒砌的。村子处在山的怀抱里，四处皆是石头，村人天天与石头相处，拥有雕刻技艺也就不足为奇。他们雕刻的石兽、石鼓和石磨，至今在村里随处可见。一般的垒墙盖屋，不必花钱请人，邻里之间搭个手，帮个忙，就可盖起房子。在井塘，我看见一个石碾，看见一个稚童在试着推碾子，看见稚童的父母在旁边弯腰拍照。曾经沉重的碾子，如今在游人眼里变成了轻松的道具。村里建有一处戏台，是沿河砌石，且与平地相连而成的。戏台前面即是井与塘，周边有一小片开阔地，是看戏的空间。每逢年节和庙会，这里锣鼓喧天，好戏连台；在平常的日子里，戏台则是沉默的。我们去井塘的那天，在一处古院落里，听到了几位老人现场表演的井塘小调，词是自编的，动作是自导的，她们的表情里有一份自足，声调平淡、朴拙，一点也不高昂，却深深打动了我和同行的朋友们。

我不以为这是所谓的世外桃源，这里有最真实的生活，有烟火的气息。在这里，时光是慢的，心态也是慢的，适合静静地走，静静地看，静静地回忆。这里也有商业气息,但是它们不喧哗,不浓烈,若有若无,恰到好处。这样的场景,很容易就勾起关于故乡的记忆,这记忆如今看来更像是一场虚幻的想象,很难找到与之对应的现实。它们曾经真实地存在过,存在于我的童年,存在于我的故乡,还有关于童年和故乡的记忆之中。转眼这么多年过去了。

在井塘,邂逅一些似曾相识的村景,我想起了童年,想起那段珍藏于心底的遥远时光。

在高原

羊湖依在山的怀里。水与云遥相呼应,从湖边看去,可以看到云在水中的不同形态和色泽。山与水互为背景,远山的积雪发出阳光一样的亮色。在山水之外,在蓝天和云朵之下,有牦牛,还有人。

那天我们从拉萨出发,沿着雅鲁藏布江往西南方向走,途经浪卡子、羊湖、卡若拉冰川、宗山城堡、江孜、白朗,抵达日喀则。一路上随处可见刚刚收割了的青稞,齐整地堆放在那里,几头牛羊在踱步,我把这一切——沿路的青稞和牛羊,还有藏族同胞的屋舍和田野,都当作了风景。我知道这些"风景"背后的苦累,就像我的父母在故乡庄稼地里的播种与耕耘。我们下了车,在青稞地里拍照留念。远山苍茫。巨大的旷野,匆匆而来的我们。这是高原。天蓝得让人想要流泪……这片土地更多给予我的,是对我所熟悉的另一片土地的回望与审视。行走在这里,我不想拥有一棵树一间屋,不想拥有哪怕一寸土地,人变得简单,少有杂念。我只是一个游人,我所看到的,我所感受到的,并不是这片土地最真实的那部分。我只是按照内心所需,截取了它们,作出自己的理解。在高原,有一种巨大的空旷,我说不清楚它是什么,只是意识到一种没有边界的存在,我的心力远远不能抵达那里。这巨大的空旷,让人感到有些不适。我来过,浮光掠影地沿路看过一些物事,仅此而已。更多的东西,在目力无法穿越的地方。

一路上看到太多朝圣者,向着布达拉宫的方向前行,模糊的背影留给长路巨大的虔诚。这个叫作日喀则的城市,距离珠穆朗玛峰不足400公里,千里迢迢赶到这里,我再也没有勇气走下去,没有了征服和攀登的欲望,哪怕只是到珠峰脚下仰望一下的想法也没有。不用说珠峰,单是珠峰脚下的海拔高度,就足以让人心怀恐惧。我只想尽快离开高原,回到可以正常呼吸的地方。

在拉萨,看到一个又一个施工建设中的楼群,看到被命名为北京路、八一路、解放路的城市街道。第二天早晨,距离城市不远的山上披了一层雪,而街道干干净净,并没有落雪,我站在清晨的拉萨街头,看远雪,有一抹辽阔的情怀在心里弥漫开来。远雪的寒光,竟然给人一种遥远的暖意,就像藏族民歌,总能将我内心深处的某些东西打开,一下子推到无穷远的地方。我一直以为声音是有骨头的,听藏族民歌,犹如伫立冰河之上,从脚下传来冰块融化的声响,那声响在冰块即将化掉的时候戛然而止,剩下一个坚硬的存在。有一部分冰,是拒绝融化的。这是冰的使命,不管内心如何狂热,不管季节怎样更替,它们始终以冰的形态存在。

进入高原的第三天,因为高原反应厉害,呼吸成为一个问题,我住进了医院。简陋的病房里,还有一个年轻警察,我们一边输液,一边聊天。他说当年之所以选择这里,其实与什么境界和理想无关,只是因为这个地方竞争少,就业容易一些。他先是做了五年导游,后来考公务员,被分配到了派出所。他来到高原,只是为了追求日常的生活,起初并没有想过生命的价值和意义,他对生命价值的理解是在后来的工作中渐渐清晰起来的。他工作的地方距离县城400多公里,海拔接近5000米,乡里七个村,近2000人口,派出所共有五个民警和一个司机,住在同一栋活动板房里。报到的第一天,他的心一下子就凉透了,当场就想辞职回去。他最终还是留了下来。平时他与同事住在派出所的板房里,大家一起工作,一起吃饭,一起想家。他的家,在遥远的胶东半岛,那里有他的妻子,他的刚满三岁的女儿。妻子一直想带女儿来看他,他坚决不同意,这里空气稀薄,环境又差,怕对女儿幼小的身体造成什么伤害。他说与当地藏胞交流有语言障碍,但行动可以弥补语言的不足。藏胞过的是游牧生活,冬天在家里过冬,以烧牛粪取暖,夏天赶着牛羊寻找草场。高原冬长夏短,草在十月初尚未变黄就冻死了,冰层掩映下的草根,会被羊吃掉一部分。他说本来在他的记忆里羊是不吃草根的,现在的羊连草根也不肯放过了。他说藏胞有很多禁忌,吃的东西除了自己养的牛羊,基本就是糌粑了。有敬畏,有禁忌,他们对自己的生活和饮食,是有所规定的……在和他一边打点滴一边聊天的时候,我接到南方朋友的电话,谈文学。也只有在谈论文学的时候,高原反应似乎才淡化了一些。人在高原,当呼吸都成为一个问题,我们依然在谈论文学,这是让我在窒息的环境里依然心中有爱、依然对明天怀有期待的一个重要原因。关于明天,关于那些将要面对的路,我心里并不清楚,唯有走下去,别无选择。

感谢在病房里的这一整天的交谈。我们都是有"病"的人,无法适应这里的海拔高度,更谈不上与这片土地融为一体。此地此刻的表达,与别处是不同的。平日听惯了豪言壮语,这个年轻警察最具痛感的个人体悟,真切地打动了我。身在高原,才知道人是应该少有杂念的,不是因为道德,也不是所谓美景使然,只是因为呼吸都成为一个问题,当最起码的呼吸被从环境中作为一个问题分割出来时，一个人纵有万丈豪情，也只能积攒全部的心力来应对呼吸问题。

大昭寺前，小叶杨的叶子零星地落着，穿红色工作服的环卫人员正在打扫，一脸漠然。路两侧的店铺有些喧闹，不同快递公司的人聚在一起，分头打电话给货主，等待他们来签收。这是我在拉萨印象最深的关于"速度"的场面。我站在旁边看他们陆续来取快件，想象他们与外面世界的关联，若有所思。附近有个专卖凉粉的小店铺，每天只做十锅凉粉，卖完即止。小小的店铺门前每天都会排起长队，店主却从来没有考虑开个分店扩大经营规模什么的。这让我想到那些所谓的市场意识和发展眼光，并不是所有东西都可以用来买卖和交换的，比如自由，比如自足，比如自爱和自尊。他们固守家园，不以之为苦。所谓贫穷，所谓富有，所谓精神的空虚与充实，在这里都可以得到解答。在高原，一个人是该学会扪心自问的。你的心里到底装着什么？你是为了什么而来的？那些宏大的规划，那些人生的意义，倘若与这片土地达不到完全的融合，就不要奢谈理解。

在日喀则，我看到援藏干部种下的一大片杨树苗，想象这些树苗的艰难扎根，想象它们在以后漫长时光中的成长，所有的风风雨雨都将以年轮的方式被铭记。而在高原以外，太多的城市已经习惯了移栽大树进城，失去了等待一棵树成长的耐心。他们更看重的是效率和效益，致力于让高楼在一夜间拔地而起。在海拔4000多米的高原，一群人从关注一棵树的扎根开始，施以必要的水，还有长久的期待。车在无边的旷野行驶。一片不毛之地上栽种了密密麻麻的树苗，不远的将来，这里将会成为新的风景——我又一次想到了"风景"，又一次暴露了内心的秘密。用审美眼光打量高原，这让我备感羞愧。

一路走一路看，回到宾馆休息时，才发觉镜片落满了尘埃。我所看到的一切，原来都是透过蒙尘的镜片看到的。

高原对我来说是一个有独特意义的地方，这不仅仅在于它的不可言说的神秘性，更因为在我个人的游历旅程中，到了高原，就可以说是走遍全国各地了。可是，纵然万水千山都已走遍又有什么用呢？到此一游的心态多么可笑。关键是你看到了什么，感受到了什么。人类在大自然身上强加了太多自以为是的东西，一边在破坏身边的生态环境，一边又在不辞劳苦奔赴远方去寻找和观赏所谓的自然景观，这是当下的悖谬。

从高原回来后的很长一段时间里，我一直在断断续续地咳嗽，总觉得身体的某些部位有不适感，觉得自己本来就不太好的记忆力也变得更糟了。我把这一切都归咎于在高原的缺氧生活。一个周的高原行走，留下了太多顾虑。其实在我的日常生活中，精神之氧也是稀薄的，可是我一直以为自己生活得很好，偶有如鱼得水、宾至如归的幻觉，这让我的身体越发地虚空起来。或许，是我对在高原的那场感冒过于谨慎了，这让我意识到，所谓对意义的关注，并不比人的肉身更为重要，这也促使我更深入地思考肉身与精神的关系，以及承载肉身与精神的这个现实世界有着怎样被忽略被遮蔽的一面。当所有的大词并不与肉身相遇，更谈不上进入一个人的内心时，这些词语的真实意义在哪里？生活在这类词语堆垒起来的世界里，我们关于生存的真实感来自何处？我们的疼痛感，我们的麻木感，我们的怆然感，究竟来自何处？在高原，我没有太多的陶醉和赞美，我在反思我和我们所做的一切。高原对我意味着什么，这是我不得不思考的问题，也是我终将无法回答的问题。这并不是一个谜，然而它像谜一样留存在我的心里，留存在我所看到的每一寸土地上。高原没有成为我内心的一部分，它却改变了我看待和理解世界的方式,也许我的内心依然拥挤,依然嘈杂,但我从此懂得了应该守护一方心灵净土,给后来的自己。我不曾想写下在高原的所见,我知道我的眼睛有一种天然的局限;我也不想写下我对高原的所思,我知道我的所思仅仅是河面的泡沫,那些来自河床的力,以及对来路的惦念和对远方的期许,我缺少与之对称的心灵,去完成一次真正的体味与理解。我所看到的,仅仅是我所能看到的;我所想到的,仅仅是我所愿意想到的。然而现实并非如此,在"我"之外,高原是一个更为阔大的存在。我会在以后的日子里,时常怀念和反思在那里遇到的一切,把高原当作一面镜子,来审视我在日常生活中遭遇的那些难题和困惑。我所面对的人与事,从此都有了一个潜在的参照和评价物,它不可示人,也无以言说。

烟雨武夷山

我在一个烟雨迷蒙的日子来到武夷山。雨是雾状的,雨雾中的武夷山像蒙着一层面纱,给人太多想象。一路上我都在想,这样的面纱倘若永远不被揭开该有多好,我们实在不缺乏探究奥秘的所谓勇气,缺乏的是对大自然保留一份神秘感,对未知的事物怀着怕和爱。这也让我想起不久前游览的雁荡山。据说古时那里的山顶上有一个湖,湖中水草丛生,秋雁南飞时,常栖集在那里,人们称之"雁湖",后来亦称之"雁荡"。问了一些当地人,很少有亲见过山顶雁荡的,主要是因为山太高太险。关于雁荡的想象,于是变得更加神秘。在高山之巅,那些南来北往的大雁,究竟从远方带来了一些什么讯息?它们在雁荡山沉积下来,成为山的一部分。

石头上长树,这是武夷山的常态。巨大的石,上有树,下有水,山与水缠绕,水与树遥相呼应,于是这巨石不再单调呆板,平添了若干灵性。石头内部的秘密,树根是深知的。据说在妙高台上,有一株罕见的红豆树,到了成熟季节,山风轻拂,豆荚纷纷掉下,殷红的豆粒滚落满地。这些豆粒,带着树根的嘱托与石头的秘密,生长,成熟,然后怦然落地,重新回到树的根部。

台阶是直接在山体上开凿的。我们的脚步叩击山体,像在与山对话。累了,驻足回望,水绕山,心中自有涟漪荡漾开来。在山顶,偶尔可闻蛙鸣,于是停到草丛遮掩的一湾水边屏息静听,只闻其声,未见其影,问及同行的当地人,果然是山蛙。这山太深,水太长,我四处寻访,最终也没有见到那鸣叫的蛙。

游山的过程中,心中一直有个疑问似乎没有解开。我说不清这疑问是什么,总觉得有个疑问留在心里。上山,然后下山,临别前再次回望武夷山,我蓦然明白了,那个疑问原来是:一块石头,即一座山,如此巨大的石,为何却没有让人感到笨拙和沉闷?水,是水赋予了这石头以生机和灵性。九曲溪环绕武夷山,把三十六峰、九十九岩连成一个整体,让它们不再是一个个孤立的存在。山水缠绕,使这幅图画有了动感,有了情趣,有了更多的风情和韵味。

竹篙轻点褐石,一叶竹筏载着我们,曲曲弯弯地顺流而下。抬头是山,俯首是水,山是厚重的山,水是清可见底的水,俯仰之间,如入画中。画是动态的,有一种神秘的感染力。坐在竹筏上,看山是山,看水是水,心中自有丘壑与波澜。这时,山与水是理解你的,你也懂得这山与水,彼此之间并不需要什么言语,只需就这样坐着,顺流而下。朱熹的《九曲棹歌》犹在耳边,这个在武夷山生活和讲学长达半个世纪的老人,对这里的一山一水、一草一木都充满深情。他的吟唱穿越了时光,穿越了山与水,在我的眼前渐渐地清晰和明朗起来。竹筏在林立的奇峰之间缓慢前行,沿途的神秘景象很快又让我内心的这份明朗变得模糊和沉重。七千多万年前,究竟是一种怎样的伟力,塑造了武夷山今日的丹霞地貌?

山是有语言的。山的语言,在石头与石头之间,树木与树木之间,或者在石与树之间。我们已经习惯了喧哗与聒噪，对于山的语言，我们以之为奇，却未必能够听到心里去。一颗敬畏之心，既是大山语言的秘密通道，也是它所期待抵达的目的地。遍布武夷山的四百多处摩崖石刻，不正是人与自然相互交流和对话的印痕？还有船棺，早在三千八百多年前，武夷山先民是如何把它们放置到数百丈高的悬崖峭壁之上的？而它们又为何能经几千年风吹雨打也不溃散？这是武夷山先民将生命托付给自然的一种方式。人类的所谓力量，是该以对自然的敬畏为底色的。面对摩崖石刻和武夷船棺这样的千古之谜，仰望是我们唯一的姿势。

济南断片

老舍先生曾在济南生活了四年多的时间。20世纪30年代，他两度执教于齐鲁大学，起初住在学校办公楼内的单身宿舍，从房间推窗南望可以远眺千佛山。走出校门，济南老城西门与南门上的炮眼清晰可辨，让人想起发生在济南的五三惨案。老舍很快就写出了以济南惨案为背景的长篇小说《大明湖》。他把这部作品交由郑振铎主编的著名文学刊物《小说月报》发表。遗憾的是，已印刷完毕的刊物还未来得及与读者见面，就连同老舍的原稿一起葬身于"一·二八"战火中了。后来，老舍又把这部被焚毁的长篇中最精彩的部分写成了中篇小说，那就是《月牙儿》。1931年暑假，老舍回北京与胡絜青结婚，婚后他们一起回到济南，租住在南新街的一所小房子里。在那里，他的第一个孩子出生，起名为"济"；也是在那里，他写出了长篇小说《大明湖》《猫城记》等一系列作品。

翻阅典籍资料，我从文人墨客笔下读到的，是一个细腻舒缓的济南，这在今天的城市生活中已经难得一见了。从他们的诗文中，可以看到一个游览者的新奇，以及新奇眼光中的发现。他们当然也写到了日常，那更像是一些尚未沉淀下来的日常。老舍笔下的济南是不同的，他对济南的观察和理解已经滤去所谓新奇色彩，更多地趋向和接近了日常。他的内心是与济南这座城市真正发生了一些什么的，这里有他四年的生活，有他最深的体悟。

再看当下文人的写作，字里行间已很难见到那种不疾不徐的心态了。他们似乎更愿意抒情，那个被游览与被表达的城市，不过成了一己的抒情载体而已。真正的城市个性，却被忽略了。

"大明湖的芦苇怎么样了？"这是诗人冯至写给好友杨晦的信中的一句话。将近一个世纪的时光过去了，从史料中读到这个句子，我被深深地打动了。这是一个诗人对一座城市的惦念。斯人已逝，仅那份情怀留存下来。

这样的表达，有着对自然万物的尊重，此情与此景是相关联的。当下很多人活在匆忙里，不屑于关注路过的景物，更在意目标和速度。从古人写下的文字中，我们轻易就可以感受到物我相融的氛围，行走是缓慢的，邮路是缓慢的，心思也是缓慢的，让风景慢慢地渗入内心，让时光耐心于等待，万般滋味由此而生。古时的邮路，该有多少难以言传的浪漫。如今人们已经越来越不屑于写信了，情感的表达方式越来越快捷也越来越粗糙。

湖因泉而成，这是人明湖的独特之处。遥想当年，曾巩在齐州当了三年太守，当时济南虽然泉水颇丰，但淤塞不通，湖水置换不畅，西湖（大明湖）景况并不好。曾巩兴修水利，派人疏通了水渠，湖水从此吐纳有序，成了真正的"明湖"。一个修建水渠的文人，他没有仅仅满足于对泉水的赞美，虽然泉水对地表的突破自能带来一份激动与惊喜。他更关注的，是水的流向和归宿。他为水规划去处，为水寻找家园，致力于修建桥梁。这些泉水，最终汇聚成了一个浩大的存在。所有的景色，以及流传下来的那些与景相关的诗句，都是衍生的。曾巩是一个站在源头，为泉水规划去处的诗人。

大明湖一定会记得他，将他从众多的文人墨客里区别出来。

这也让我想到当下的城市开发建设。所有的"作品"都将交由时间来检验。时间是公正的。

某年某月某一天的凌晨，我下了火车，在这个并不熟悉的城市街头漫步，像一个晨练者一样。天刚蒙蒙亮，路人都在匆忙奔向住处。我一个人在济南的街头行走，从清晨一直走到中午，试图用脚步丈量和认识这个城市。

千佛山在不远处，一派安详的样子。山下，有我惦念的文学师长，他二十多年来一直在注视着我的写作，提醒我怀着怕和爱，一路走了过来。

沉默的岛屿

作为一个生活在胶东半岛的人，我对岛屿有一种很复杂的情感。在我心目中，岛屿已经不仅仅是四面环水的客观存在物，而是有着多重意味的文化符码。那些最好的作品和写作者，在我看来都是一座座岛屿。

在千岛湖，当第一次置身于这片散落着上千座岛屿的水中时，我竟然觉得自己也成了其中的一座岛。湖水浩渺。船颠簸着，经过一座座的岛；或者，一座座的岛被船经过，被船上的我们经过。天有点阴，船在湖面划出一道水路，像是一些支离破碎的伤口，目力所及之处，伤口很快就痊愈了。湖面重新陷入一片平静。

朋友们在船上淡淡地聊着一些话题，与写作有关的，抑或与写作无关的。大家都没有谈论水。一片浩大的水，此刻是不需要被言说的。每个人都看到了自己所要看到的那一部分。这片水，想要漾进我的心里，却被什么阻挡住了。我也说不清是被什么阻挡，我只知道，内心有一种东西，阻挡了这片水的进入。

船不时地擦着岛屿驶过。水纹层起，绿树把水映得更绿了，像是一块伤痕叠加的碧玉。

凉意渐浓，有人侧身把窗关上。水溅到了窗玻璃上，窗外的水看起来更模糊了。

靠近一座岛，我们下了船，搭乘缆车，登上一个叫作梅峰的地方。在梅峰，俯瞰群岛，距离恰好，不算清晰也不算模糊。在梅峰，我看到更远处的水，看到更大的水，却再也看不到水的波纹了，那些依然存在的被叠加的伤痕，再也看不到了。我仰脸看松，莫名地幻想着一棵山顶的松树被水湮没。这不是杞人忧天。在这里，在不远的过去，有太多的松树被水湮没了。我从松树的枝梢，看到风的痕迹；循着风的痕迹，似乎听到了水在成长的消息。水在成长。水位慢慢升高，越来越高，终于有一天把岛湮没，把松树的枝梢湮没，那些曾经的仰望，在未来某个时刻永远被沉入水底。大水漫过树梢，形形色色的鱼穿行其间。

这不是想象。

湖面起了雾气，像是水的另一种形态。船在行驶。说不清是我们经过这水，还是水在经过我们，只觉得整个人和这片水渐渐地融成一体。我在想，一个人即使不能成为一座岛，至少也应该成为一滴有主见的水，不畏惧随时面临的干涸，不逃离作为一滴水的命运。作为一滴水，我更想滋润一寸干渴的土地。所有土地都潜藏着成长的愿望。

一片土地沉寂在大水之下。浮光掠影地看水，竟然看出很多切身的体会。后来知道了这片水的历史，知道了水底沉寂着1377个村庄，我就再也无法轻松和浪漫了。仅仅陶醉是不够的，仅仅赞美是不够的，在优美之外，在修辞之外，理应还有更为重要也更为真实的体验。一个人的心里装着什么，就会更多地看到什么。我从这片沉默的大水里看到了更为巨大的沉默。

一座千年古城。一片水。一些远去的和正在到来的时光。

关于村庄,关于城市,关于风景,关于这片水的历史,我想到了很多。水是生命之源。置身于这片浩荡的水中,我的所有想法,最终都归结为一个简单的关于生命本身的思考和追问。

走在后人复制的"千年古城",似有清风从湖面吹来。沿街仿古建筑的一面墙上,有鱼破墙而出,这个残酷的创意让我震撼,无言;也是在一面墙上,密密麻麻挂满了老照片,它们所承载的记忆已经永远伴随着古城沉入水底;还是在一面墙上,镌刻着60个手模,来自距离那场搬迁60年后的60个亲历者……我站在一面面的墙前,想象着沉在水底的那些村庄,多想挨个去采访那些亲历者,看一下他们如今的生活状态,听他们谈谈他们所以为的历史和未来。

在另一面墙上,悬挂着一张巨大的关于水底村庄的手绘地图。这是一个老人的"作品"。他凭借童年记忆和多年的独自走访,手绘了当年的古城,诸多细节栩栩如生。这样的一种打捞记忆和表达记忆的方式,是让人敬重的。这个难以割舍记忆的老人,这个四处奔走的老人,这个以自己的方式"抢建"和"恢复"千年古城的老人,当他默立在湖边,想要穿越一片大水看到沉寂在水底的家园时,有谁会察觉到千岛湖的水位升高了一点点?

这样的完全被忽略不计的"一点点",自有一种惊心动魄的力。

笔会的主办方带我们爬了一段山,抵达观景台。站在观景台上观景,我却什么也看不到了。我只看到水,看到浮在水上的一座又一座岛屿。身边,有芦苇模样的植物在风中飘荡,咨询了当地人,确定是芦苇。在我的印象里,芦苇是长在水边的,在山上看到了这种植物,让人觉得脚底下的山，仿似一脉坚硬的水。白色的芦苇随风起舞，像是一些不知所去的存在。

一些事物被另一些事物湮没了。面对一片巨大的水，我所想到的，几乎全是水之外的东西。在水之外，一些事情曾经发生；在水之外，一些声音依然在沉默着。

我们是不同的水，在千岛湖相遇，然后分别。这片水，是可以洗涤心灵的。离开千岛湖的时候，我觉得自己不再仅仅是一个游人，这片水告诉了我很多东西，我从这片水中也看到了很多东西。它们不是通常意义上的"风景"。这里看似平静的水面下尘封了一段历史，留待后人讲述。

离开千岛湖的那个夜晚，月亮又大又圆。我记住了一轮圆月，它让我想起半个世纪前的那次大迁移。

驻足继述堂

我是被这栋古建筑的名字吸引住了。继述堂，继志述事之所在，这其中的意蕴是耐人寻味的。据史料记载，继述堂为迁居溪北的徐氏头代祖宗徐俊始建，直到他的第五代孙徐必达时才告完工，时间是在清道光初年。继述堂以雕刻精致而著名。在我看来，古建筑上的精致雕刻并不新奇，新奇的是我在这些精致雕刻中看到了苏武牧羊的"长卷"，这里面大约是有深意的。遥想房子主人在这样的一间屋里，心系国事天下事，于灯下掩卷沉思，心事浩茫，有着苏武牧羊般的心事和情怀。

继述堂的檐廊隐约可见火烧痕迹，这里的门厅在二十世纪五十年代被一场大火烧毁了。有些破损的门窗雕刻，也曾请人修复过，但是根本就不可能修复如初。雕刻水平的高低是一回事，仅就心境和情怀，即是当下的所谓技术无法复制的。来诸暨之前，我在装修新居，装修公司的各种设计，全是模式化的，看不到个性和审美志趣。房子仅仅成为一个栖身之地，我们活在统一的模式中，却在享受所谓的"新"。在继述堂，我的心里有了一些古意，而与这种古意形成对照的，是每天都在日新月异的变化。遥想古人，一间屋子，一个庭院，一张书桌，那是多么缓慢的生活。

关于继述堂，我并不知道更多，问村里的人，他们也说不出更多。我想留在村里继续采访下去，想了想，算了。

要离开继述堂了，同行者突然发现梁柱下的一窝雏燕，它们从燕窝里探出了嘴巴，叽叽喳喳地叫着。声音稚嫩。到处都是白亮的阳光。继述堂是古旧的，而继述堂前的燕子是新的，它们叽叽喳喳地，似乎想要讲述什么。讲述关于春天的故事，讲述关于江南的故事，讲述关于每个人隐藏在内心的不曾说出口的心事……我们一群人站在继述堂前，长久地仰脸，看燕子。这几只尚未学会飞翔的小燕子，让古旧的雕梁画栋有了生机和活力。那一刻，一只燕子衔接了一个人与遥远的时光之间的距离。

在继述堂，无声的叙述与屏息静听是可以同时发生的。同行的都是作家，是纸上的叙述者和表达者。我们更看重的也许是表达本身。一个所谓的思考者，他对这个世界有太多的牵挂，对所有的事情都有发言的欲望，这是正确的吗？一个人有太多的话语出口，他的底气在哪里？我对此存疑，或者说，我更相信隐忍的叙述。当我在不同的叙述里周旋往返，而且必须是认真地周旋往返时，我对自己有些放心不下。当我即将被一种叙述独自占领的时候，只有对另一种不同的叙述施以更大的力，摆脱才会成为可能。抵达一种叙述的同时，我已经做好了离开的准备。只能这样。向往把握叙述的主动权，同时也在期望被一种叙述操控。希望有这样的一种力，可以控制我，也可以被我所控制。在我们的相互作用之中，我们彼此成了自己。感谢这样的作为一种力的叙述，它叙述了一些我原本无力叙述的东西。

建筑是古旧的。而人是新的，人的想法是新的。同行的诗人在谈论如何自新，以应对这个瞬息万变的时代。对于看不清的事物，最好的方式就是锚定一个位置，不随波逐流。就像有经验的渔民，都会在大风来时把船固定在某个位置上。在时代的"变"中，要保持一个写作者的"不变"，并且给予这种"不变"以超越当下的品质，即使当下的生态发生了变化，这种"不变"依然是有生命的——有生命与有意义是不同的。意义可以在局部存在，亦可成为特定时期的诠释；而生命，面向更为广阔的时间，依然具有继续阐释下去的可能。

继述堂不远处，是稻田和新建的楼房。用田园水墨画来概括这里，似乎缺少了一些什么。新式建筑与古建筑出现在同一个平面上，而时光，已经错开了。我在来到这里之前的那些想象，更像是一场虚构。这座小城是真实的，它有它的历史，它的人物，它的人物关系，而我不过是一个阅读者。我从中读到了什么，其实更多地取决于我的内心装着什么。同样是走进这座小城，同行的人，看到的和感受到的却是不同的东西。

在继述堂，想到已经和将要继述的事。继述什么，何以继述，这都是我们不得不直面的当代问题。

鲁 山

曾在泰山脚下住过一段日子。早晨自然是要去爬一爬山的,在半山腰停步,寻块巨石静坐,看山里的景,想山外的事,或者七弯八拐地四处寻读石刻。"朝讲学于斯,暮游息于斯,朝朝暮暮念兹在兹。吾身遂与世长辞耶……"这几句尤合我意,好似刻在心上。那些吊嗓子的奇声怪调,此起彼伏,隔着密密的丛林,居然遥相呼应起来。每次下山都是循着原路回去的,这山太深,脚底总有雾气缭绕,我怕迷失了自己。下得山去,才知太阳早已蹿得老高了。

而鲁山是不同的。鲁山委实是一个简单的所在,历代文人墨客的文化留存,在这里是少见的。即使是鲁山的主要景观,也没留下什么人工痕迹,没有人为地附加一些别的东西。要认识鲁山,只能靠自己去体味。在这样的一座山里,你尽可以一个人静静地走,没有热闹,没有喧嚣,你可以聆听山的语言,也可以向山倾诉,或者什么都不去想,只管走下去就好,渐渐地就会走出奢侈的感觉。

石阶若隐若现,是直接在山石上凿出来的。古人登山,恐怕是没有这路的,脚到了哪里,路就在哪里。鲁山并不高,海拔一千多米。隐约的山路，一不小心就把你带到某个意想不到的境地。不管怎样惊奇，也无论如何夸张，属于你的只是平静。也只有这平静，才与鲁山的格调一致。即使是在那个叫作"云梯"的地方，那些短暂的峻险和刺激，也是在平静中发生的。所谓云梯，就是从陡峭的裸岩巨石上开出的三百多级台阶。脚踩"云梯"，宛若走过一段云上的日子。

鲁山的石径是窄而斜的。脚底是枯黄的松针，一脚落下去，就会泛起强烈的植物气息，让人有一种说不出的冲动。松针从脚底渐渐地撤退，越来越少，越来越薄，待到露出青色的山石，我们已经到达"狼窝"。"狼窝"又名万石迷宫，由很多奇形怪状的石头堆垒而成，它们错落着，恣肆着，纠缠着，幽深，潮湿，让人感觉背后有一双冷冷的眸子。那眸子属于一匹充满野性的狼，它与欲望无关，与贪婪无关，与饥饿无关，它更像是一束复仇的蓝色火焰。这个地方之所以被称为"狼窝"，大抵与狼是不无关系的。环顾身边的这堆怪石，继续弓腰，继续蜗行，我隐约听到孤独的狼嚎，在松涛声中金属一般地跌落。

一座有灵性的山，是不能没有水的。鲁山有个枣树峪瀑布，那水是从沉积的岩层中渗出来的，一年四季淋漓不断。还有一湾叫作"镜泊湖"的水，在海拔九百多米的山肩上，颇有天池的味道。据说再旱的年份，这里也从未干涸过。鲁山主峰的倒影，藏在如镜的水面，大朵的白云不时从湖上飘过。在鲁山顶峰，我们发现了一条条微润的水痕。想象那些柔弱的水，攀缘上了山的脊梁，然后滚动成珍珠的溪流，该是多么让人激动的景象。"山有多高，水就有多高。"一位老人喃喃自语，迈着并不硬朗的步子从我们身边走过。

我们都默不作声了。水比山高，是一份浪漫的景致。而人比山高呢？

看远山逶迤苍茫,再看脚下这处女一样的鲁山,我无法预知她接下来将要面临怎样的命运,只能寄希望于那些开发者的审美水平、对待功名利益的态度,以及面对历史的责任感。这样一座山的命运,其实也预示了人自身的命运。远山一片苍茫,一截干枯的松枝横逸在镜头中间,我按动了快门。

在另一座山上,齐长城遗址在荒草乱石的掩映下,显得很是落寞。真正的遗址,也就剩下这一小段了,其余的都是后来仿造的。顺着朋友手指的方向,我看到用水泥和石块仿造的齐长城在暮色的山中起伏。历史可以修复吗?唯有乱草掩映下的那一段带状碎石是真实的,它们是齐长城散落的骨骸,依然带着历史的体温。

这山沉默着。齐长城遗址沉默着。我沉默着。自然的和人造的景观,这样的和那样的想法,交错斑驳。夕阳的余晖下,我在离去,不忍心回头再看它们一眼。

一滴酒里的世界

慢生活

朋友赠送的两瓶葡萄酒,在车的后备厢里放了好长时间,那天开瓶欲饮时才发觉酒味涣散了,只剩下微苦。朋友说这是因为酒在车上被晃晕了,唯一的补救方法就是把它放到一个安静的地方,让它自己静养回来。

被晃晕的酒。需要静养的酒。刚启瓶的葡萄酒是不能马上喝的,醒酒是一个不可忽略的环节,让酒在杯子里氧化一会儿,然后轻轻地晃动,它才会渐渐舒展、绽放,呈现出不同的风味。当然这个晃动是有限度的,倘若过于剧烈,比如放在车上长久地颠簸,酒很容易就被晃晕了。人无醉意,酒已先晕,这真是一件尴尬的事。

在一个加速度的语境中,葡萄酒常常成为被寄托的角色。它以慢的方式,参与到了快的节奏之中;它以安静的品质,成为很多人倾诉和表达的工具。其实,葡萄酒也是需要理解的,那些陈年的滋味,那些经过漫长时光的酝酿和发酵才形成的内涵,需要慢慢去品味,浮光掠影是不可能抵达的。葡萄酒的发酵,犹如男女之间的爱情,热烈,激荡,最后终将归于平静。平静不是平淡,这平静里有着复杂的人生况味和彼此之间的懂得。有些物事如果过于浓烈,则很容易将细部的风味掩盖了。葡萄酒曾在酒窖中安静了那么多的时日,当然也期待一个具有同样安静品质的人,启瓶,品尝，相互懂得，彼此珍惜。这是人的态度，也是酒的命运。

很难想象，一个端着葡萄酒杯的人，倘若焦躁不安或者暴怒如雷，会给人一种什么样的感觉。人生也是需要发酵的。有的事物之所以美好和丰富，有的人之所以从容和淡定，往往正是因为经历了"发酵"这样一个过程。很多人越来越缺少耐心，他们直接省略了这个过程，更相信速度与效率，在速度与效率中体验快感，或者粗暴地压缩一些中间环节，演绎当代版的"拔苗助长"。

那个夏日午后，我陪同一位来自江南的作家朋友游览了葡萄酒庄园。在模拟生产线前，我们投入一枚硬币，体验葡萄酒的生产流程。一瓶酒很快就"酿"成了，然后进行简单的加工与包装，她在标签上签名留念。这样的流水线游戏结束后，我们开始谈论文学，很自然就切换成了郑重的态度和语调。我们都是慢的写作者，固执地相信在提速增效的生存环境中，慢是一种勇气，也是一种能力。我记得那天是这个滨海城市多年来最热的一天，我们坐在酒庄里淡淡地交谈，时间从谈话的间隙里悄然溜走。后来，因为工作关系，我时常陪同外地客人去到那个酒庄，参观、介绍、体验，然后离开，流水线一样的程序，紧张并且有序，只是不知他们在酒庄里究竟看到了什么，带走了什么。

年份的怀想

1961年，在伦敦，一瓶拥有421年历史的斯泰因葡萄酒被开启了。

著名的葡萄酒评论家休·约翰逊是这样描述当时情景的："我从来没有亲眼看见过这样的事实，原来葡萄酒的确是有生命的，这瓶外观类似马德拉葡萄酒的棕色液体仍蕴含着数百年前的活力和炽热的阳光。它甚至还带有几分难以言传的德国酒的风格。在空气将这四个多世纪的精灵破坏之前,我们有幸得以每人品尝了两口。它在我们的酒杯中绽放出最后的瑰丽,然后消失。"

关于年份酒,我曾以为年代越是久远,酒就越好,其实不然。好的年份酒,更多的是指当年风调雨顺,是对自然的一份纪念。这是葡萄酒内部的自然属性,是被人们忽略了的一种东西。一个好的年份是多么值得珍惜和怀念。

葡萄酒是有生命的。对于生命,尊重和理解是最基本的底线,也是一种最高境界。懂酒的人,他与酒之间的默契本身就是一种情趣,用诸如高雅、浪漫之类的词语是无法概括的。他会将目光放得更长远,更有宽度,他不会略过葡萄酒背后的故事,它们与自然有关,与风雨有关,与劳动有关,它们成为葡萄酒品质的一部分。岁月流逝,真正留下来的正是这样一种品质,来于自然,超越自然,血脉中永远有着自然的禀赋。它进入饮者的肠胃,以自己的方式提醒他们,要亲近自然,敬畏自然。

酒庄,一个把葡萄变成酒的地方。酒庄起源于法语,原意是中世纪为了防范敌人入侵而修建的城堡,后来随着时间的迁移和葡萄酒的发展,就被用来泛指那些专营葡萄酿酒的庄园。一个与战争相关的场所,居然演变成为一个浪漫之地,在这个转变中,时间和葡萄酒究竟起到了什么样的作用?一粒粒紫色的精灵,从最初的栽种、成长、采摘,一直到被酿成葡萄美酒,这样的一个过程让人充满遐想。

在葡萄身上有一种天然的"悖论",它对土壤环境要求很高,对地域的适应性又非常强。据《塔木德经》记载,为了辨别土壤,有的人用鼻子品闻土地的味道,有的人趴在地上用舌头舔土地,还有的人直接用嘴来咀嚼泥土。不同的土壤，不同的气候，都可能促发葡萄树基因的改变，要想绘制葡萄种类的谱系，注定是徒劳的。因为，它总是处在变化之中，这种变化因地而异。我更喜欢把葡萄托付给一个遥远的并无确切所指的时光概念，它不会把我导向具体的某个地域和某个时间。在我的心目中，葡萄酒也是属于远方的事物，它来自远方，带来了远方的消息。我们是未知者，理应把成见放下，接受这份最真实的传达。

年份酒，与自然有关，与记忆相连。那里有我们珍藏的记忆，或者，是我们忽略和淡忘了的记忆。不管怎样，它一直留在远方某个安静的地方，等待我们终有一天的回访与认领。

被抑制的成长

葡萄酒的成长秘密，一半在土地，一半在酒窖。美国作家威廉·杨格曾经说过："一串葡萄是美丽、静止与纯洁的，但它只是水果而已；一旦压榨成酒后，它就变成了一种动物，因为，它有了生命。"

被装进橡木桶里的葡萄酒，仍然在继续"成长"。它拒绝热闹和喧哗，渐渐变得安静。它并不是与世隔绝，只是把对外界的需求进行了过滤与选择，比如说空气会通过橡木桶的毛孔，缓慢地渗透到桶里，使葡萄酒发生舒缓的氧化，原本生涩的酒液渐渐变得柔和、圆润和成熟。这个生命转变的过程，橡木桶是唯一的见证者。被封闭到橡木桶里的葡萄酒，就像人的成长与成功，需要懂得对外界环境进行适度的拒绝，经历一段孤独寂寞的时光。

在人的眼中，葡萄藤的所有能量，都该用在结出好的果实上。人类按照自己的欲求，判断哪一根枝条可以保留，哪一根枝条必须剪除，采用修剪的方式对葡萄藤进行成长规划。他们知道，如果不修剪，枝条就会肆意疯长，就会白白浪费能量和营养。他们也知道，繁衍后代是生物的本能，葡萄树通常会首先把营养输送给果内的种子，余下的才给果肉，果肉对于葡萄树来讲只能算是副产品。葡萄树的生长，为的是让自己的种子成熟，而不是什么甜度、酸性之类。人类更在意的，却是酿酒用的果肉和果皮，他们将这样的想法和期望，嫁接到了葡萄藤的身上，希望它们结出理想的果实。至于葡萄最为看重的种子，并不是他们所关注和关心的。他们深深懂得，最有效的成长，不是自由的成长，不是肆意的成长，而是节制的、被抑制的成长，是按照人类规定的方式去成长。这种"改造"也体现在茶叶上。种茶的人都知道，茶树一旦开花结果，从这棵树上就难以制作好茶了，因为茶树的营养会首先供应给花束，而不是茶叶。所以茶农在修剪茶树的时候，会毫不留情地将花束剪掉。我们享用的葡萄酒和茶，是通过抑制了植物的繁殖本能而得来的。我们明白节制之于成长的重要性，将这一法则运用到植物身上，却忽略了自身其实也存有同样的问题。

节制是一种自信，一种美德，一种更为长久的成长规划。那些不懂得节制、不尊重基本规律的言与行，是经不住时光打量的。

"发表"

电影《杯酒人生》中，一个人在介绍葡萄酒时说，这款酒刚发表两个月。他用了"发表"两个字。作为一个写作者，我觉得这是对于葡萄酒品质的另一种阐释，这意味着每一款酒都是一件作品，当这样的作品公之于世，准备供人品尝的时候，谓之"发表"。就像一个作家，将自己酝酿、构思、写作和修改多年的作品正式发表，这里面自有一份郑重，他和它都在期待美好的回声。

葡萄酒是有生命周期的，它会年轻、会成熟，当然也会衰老，并不是"愈陈愈香"。在一个好的时辰，打开一瓶好的酒，宛若人与人的相遇，是一件缘分注定的事。我曾跟一个朋友谈过我在写作关于葡萄酒的文章，我说我写得很不顺利，进展非常艰难。她说葡萄酒就像女人，是需要爱与懂得的。一瓶葡萄酒产自哪里，经历过什么样的岁月，在哪里被开启，由谁来品尝，这都将影响到酒的个性和品质。对一款酒的描述，通常会说它是丰富的、丰满的、丰盈的，甚至是丰腴的。而这些词语，本是用来形容人的，是健康与活力的代名词。所有这些，都将归于"回味"。一款值得回味的酒，才算得上美好的酒。

一滴水，一滴叫作"酒"的水，它穿越了太多时光，有着绵厚的余韵。被发表的酒，成为一种文化符号，被赋予了更多情感意义与价值寄托。花看半开，酒至半酣，乃是最好的境界。夜里读书写作累了的时候，我时常自斟自饮半杯葡萄酒，很快就觉得神清气爽，很多环节像被打通了一般，有一种创造的快感与欣慰。

在格鲁吉亚的博物馆里，收藏着一些作为陪葬品的葡萄藤。它们跟人的小手指差不多长，被一个浇铸而成的银套子紧紧套住，藤上的嫩芽轮廓清晰可见，保存得完好无损，一眼就可断定是葡萄藤上截下的一段。这样的陪葬品，透露出的是古人对葡萄藤的看重，即使离开人世之后，也希望能将它带到另一个世界去，继续栽种它，拥有它。他们难以忘记和割舍的，不仅仅是葡萄酒带来的欢愉，还有一种信仰和梦想。

当年麦哲伦率领船队环球航行，船队购买大炮、火药、盔甲等装备的费用，远远低于购买和储备葡萄酒的费用。最初读到这段史料时，我想象在漫长的旅途上,在汹涌的波涛中,一支船队朝着未知的目标破浪远航,是葡萄酒增添了他们的勇气,消解了长夜的孤寒。这也让我想起,一个诗人曾经写下的诗句:"带着我踏上风雪征程,我会点燃你的好歌喉。"这是我在少年时代读过的一首与酒相关的诗,我认真地把它抄录在笔记本的封面上。是的,带着我踏上风雪征程,我会点燃你的好歌喉。这歌喉,在黄土高坡,在广场,在KTV,也在心里。是酒,帮我们打开了自己,向这个世界展露更为真实的自己。这是一个人的另一种生命形态的"发表"。

色与味

一篇题为《葡萄熟了》的文章,讲述了这样一个故事。大学生阿尔福雷德在一次事故中双目失明,他无法面对这样的打击,将自己封闭在屋子里,拒绝与外界往来。后来,他到法国某个著名葡萄酒产区散心,认识了刚满9岁的小女孩黛尔。在黛尔的鼓励下,双目失明的他走进葡萄园,用心品尝和分辨各种葡萄,渐渐地恢复了乐观和自信。若干年后,他成为一个顶级品酒大师,在伦敦拥有了自己的葡萄酒鉴定公司。一天,一位年轻的法国游客带来一款新制的葡萄酒请他鉴定。他把杯子里的酒放近鼻子嗅嗅,然后抿了一小口,怔了怔,随即微笑道:"由精选的苏蔚浓和白麝香合成,来自我一个朋友的葡萄酒庄园,而且还私下加了点新鲜的塞蜜容葡萄汁,百分之八的比例。这一次葡萄熟了,我想她也长大了。"游客笑着拉住阿尔福雷德的手,像好多年以前那样抚在她的脸上——葡萄熟了,带着年轻稳定的柔顺气息。当年那个叫作黛尔的小女孩已经长大成人,脸上还泛着阿尔福雷德看不见的羞涩红润。

这个故事就像葡萄酒一样意味深长,它把葡萄酒植入人生,既写出了酒的味道，也写出了人生的况味。瞬间的味道。可意会而不可言传的味道。深深触动灵魂的味道。那些难以忘却的物事，是通过味道来储存和传达的，它们在舌尖缭绕，可以感知，却无法言说。这样的一种气味，以特有的品质构成了对技术成分的有效拒绝，是离艺术最近，也是最接近人性的一种状态。

高脚杯里斟满了冰酒。金黄色的液体，薄如蝉翼的杯子，就摆在我和电脑之间的桌面上，安静，柔和，发出淡淡的光。在书桌的一角，是剩余的半瓶冰酒，它安安静静地等候着，像一个久违的朋友，恍若一梦。我无法准确地说出那种感觉，它以冰冷的方式传递温情，它历经沧桑，表现出的却是一种平淡，一种安宁。这样的静物，让我听到了岁月流动的声音。它不是黄色的，也不是红色的，它是一种岁月的颜色。岁月是什么样的颜色，我说不出，它存在于每一个人的心中。透过这种颜色，我体味到了葡萄酒的"幽"。是幽深，幽静，幽长，幽香。《说文解字》是这样解释的："幽，隐也。"葡萄酒在酒窖中隐忍了那么多的岁月，就像一个人，因为太多世事磨砺变得丰富驳杂。这样的一瓶酒，从酒窖来到了尘世，是不可能一下子就被理解的。它的美好，在于它的含蓄，在于平淡中的不平淡，安静中的不安静。它的魅力，只能借助于回味。据说专业的酿酒师通常使用九百多个专用名词，来界定葡萄酒的色与味。它们是相互纠结融合的，有一种立体感。面对一款酒，最需要的是想象力。

那个夜晚，我长久地端量手中的高脚杯，它太薄了，很容易让人产生错觉，担心它甚至经不住空气的抚触。斟酒，脆响中有一丝清韵，沿着杯壁飘逸而出。那声音，像是冰块融化的声音，它来自冰酒的体内，带着寒冷与火焰，带着冰酒将要说出口的秘密。